芙蓉少年

李春雷 ♥ 著

"5·12"汶川大地震伤残少年心灵成长纪事

光明日报出版社

图书在版编目（CIP）数据

芙蓉少年："5.12"汶川大地震伤残少年心灵成长纪事 / 李春雷著. -- 北京：光明日报出版社，2020.7
ISBN 978-7-5194-5012-0

Ⅰ. ①芙… Ⅱ. ①李… Ⅲ. ①纪实文学－中国－当代 Ⅳ. ①I25

中国版本图书馆CIP数据核字(2019)第262477号

芙蓉少年："5·12"汶川大地震伤残少年心灵成长纪事
FURONG SHAONIAN："5·12"WENCHUAN DADIZHEN SHANGCAN SHAONIAN XINLING CHENGZHANG JISHI

著　　者：李春雷	
责任编辑：宋　悦	责任校对：仲济云
装帧设计：谭　锴	责任印制：曹　诤

出版发行：光明日报出版社
地　　址：北京市西城区永安路106号，100050
电　　话：010-59625116（咨询），010-59625116（邮购）
传　　真：010-59627511
网　　址：http://book.gmw.cn
E-mail：songyue@gmw.cn
法律顾问：北京德恒律师事务所龚柳方律师
印　　刷：三河市东兴印刷有限公司
装　　订：三河市东兴印刷有限公司
本书如有破损、缺页、装订错误，请与本社联系调换，电话：010-59625116

开　　本：170mm×240mm　1/16			
字　　数：301 千字		印　张：18.5
版　　次：2020年7月第1版		印　次：2020年7月第1次印刷
书　　号：ISBN 978-7-5194-5012-0			
定　　价：56.00元			

版权所有　翻印必究

引言 又见芙蓉

我是一名写作者。

三十多年来,走过故乡之外的许多山山水水。他乡的水土和故事,滋养和丰富了我的生命。

但是,细细想来,与我的生命联系最为紧密的,或者说最触动灵魂的他乡,当数四川。

飞机的舷窗下,铺满了浓浓淡淡的白云,像棉海,像浪涛,此起彼伏。正暗自惊叹,白云的罅隙间,涌动起了连连绵绵的青山,游弋出了蜿蜿蜒蜒的河流,翠绿丛中点点房舍,若隐若现。这时,我便欢喜地知道,又进川了。

及至双脚行走在巴蜀大地上,满耳尽是婉转的巴音蜀语,双眼则铺满了叶绿花红,舌尖上的味蕾便全是麻辣鲜香……

这里的风土,这里的人情,这里的饮食,像一缕缕迷迭香,郁郁葱葱,氤氤氲氲……

然而,印象中巴山蜀水的美好,全在2008年5月12日这一天被震碎了。

地震猝然而至,瞬间山崩地裂。

举国震惊,全民行动,支援灾区!

文人报国无长物,唯有手中笔如刀。

汶川大地震发生后,我立即向中国作家协会请缨参战,有幸成为第一批赶到现场的纪实文学作家。

重灾区里房倒屋塌,到处是开裂的墙壁,龇牙咧嘴,犹如痛苦的呐喊;中小学校教学楼的废墟上,全是散乱的书包、铅笔、课本和鞋子;往日活力四射的操场上,摆放着几百具孩子的尸体,家长们哭天抢地,痛不欲生;体育场馆变成了灾民安置所,目之所及,全是满脸惊慌和泪痕;成都的天府广场上,牡丹如雪，万人静默。烛光摇曳中，肃穆成了天地间最宏大的祭坛，祭奠着这场人世间的大灾难……

余震频仍，处处危险。

我背着睡袋、干粮和饮水，步行在乱石飞滚的山路上，长达一周时间。时时心惊肉跳，几度死里逃生。

这是我平生第一次面对面与死神摩肩接踵！

汶川地震发生后，我曾经跟踪调查过对口援建的灾民安置房工程，长期关注地处重灾区的棚花村……

灾区房屋及公共设施重建，沐浴着全国各地的深情厚谊，在一天天长高，在一天天完善；废墟上的棚花村，也像一只浴火重生的火凤凰，彻底脱胎换骨，蜕变成了中国美丽乡村。

然而，灾后硬件设施重建易，心灵创伤抚平难！

我们知道，每一名灾难的幸存者，都会出现悲痛、恐惧和绝望等心理应激反应，更何况汶川大地震这场震惊世界的人类灾难呢。幸存者不仅要承受惨烈的心理摧残，而且还要面对环境的破坏、生存的挑战、疾病的蔓延，因此极易引发意志失控、情感紊乱等心理危机。

而心理危机，如果得不到及时干预或治疗，将会引发各种心理疾病。

研究表明：地震灾害会导致30%的幸存者在5～10年乃至更长时间内处于慢性心理创伤状态，而处于这种状态的患者，自杀危险性高达19%！

这，对于受灾人数多达4624万的汶川大地震来说，将是一个多么令人胆战心惊的数字啊。

还不仅仅如此，心理疾病还会导致自伤、暴力发泄等行为，对当事者的命运、家庭生活和社会安全稳定危害严重！

而且，随着我国经济社会的快速发展，各种社会矛盾逐渐浮出水面，人们的生存、生活竞争压力大增，导致心理疾病高发。无疑，这对于地震灾害"后遗症"患者来说，更是雪上加霜。

因此，地震给灾民造成的心理创伤，比地震灾难可见的破坏更甚，且影响更加深远！

心理疾病带来的经济负担，占疾病总负担的1/5，已高居我国各类疾病负担之首，超过心脑血管疾病、呼吸系统疾病和恶性肿瘤等疾病。

更重要的是，心理疾病不仅可能毁掉患者本人的幸福，并且还会拖累家庭成员。而年轻的心理疾病患者，必然导致婚姻、生育质量不佳等问题，将直接影响下一代的身心健康。

由于地震发生时正值上课时间，人口最为密集的中小学校，成为首当其冲的重灾区。

这些无辜的孩子们，背负着民族的希望和未来。他们的心理疾患如果得不到及时正确的干预和治疗，后果严重！而如此庞大的人群，必将导致地域性的人口质量下降，必将影响国家和民族的健康发展，甚至波及人类文明的演进！

他们，如何穿越黑暗、走出惊悸、走出噩梦、走向黎明、迎来曙光呢？

这，才是我，也是全国和全世界的最担心、最牵挂！

所以，之后每次入川，我都有意收集此类信息，以期消除心中的疑虑，更期望能够诉诸笔端，向全国、全世界报告汶川地震灾区的心灵故事。

一位四川朋友曾经告诉我一个感人至深的故事。

这个故事的主人公，是一群北川地震灾区的肢残孩子、一位女性志愿者和一位北京的爱心人士。

他们之间，似有冥冥之缘，却又简单自然。

谁为媒？谁为缘？

是爱心！是真情！

如今，在爱心和真情的滋润下，这群不幸却又幸运的孩子，已经成长为大学生、研究生、海外留学生。

……

2017年10月，我再次来到成都，专门寻访这个故事的主人公们。

然而，出乎意料的是，朋友转述的仅仅是细枝末节，而孩子们的心灵成长秘事，远比坊间传说和我的想象更精彩、更感人……

目录

第一章·引爆小宇宙

1. 向灾难出发·002
2. 编外志愿者·006
3. 苦水泡黄连·008
4. 救赎·010

第二章·地狱里的天使

5. 遭遇"金刚"·016
6. 小鱼儿的噩梦·019
7. 触摸死神·022
8. 心债·025
9. 重回死亡·028

第三章·身残心碎

10. 特别关注·034
11. 穿去天国的连衣裙·036
12. 固执的高山·039
13. 心碎的成绩单·041
14. 母爱有多远·043
15. 九死的女子·045
16. 为爱正名·048

第四章·心牢

17. 等待灾难 · 054

18. 疮痂 · 058

19. 神秘的钥匙 · 060

20. "破坏分子" · 062

21. 母亲之外的另一个女人 · 064

22. 祈望疼痛 · 066

第五章·爱满绿丝带

23. 熟悉的陌生人 · 074

24. 安安的秘密 · 077

25. 生命中的N多第一次 · 079

26. 半个人儿 · 082

27. 为爱找个家 · 083

28. 有一种爱，叫陪伴 · 087

29. 把我的"腿"挪远些 · 089

第六章·叩问未来

30. 颠簸的日子 · 096

31. 轮椅的梦想 · 099

32. 摇摆不定的命运 · 102

33. 安安的心事 · 103

34. 站起来看世界 · 108

第七章·天有阴晴

35. 爱心的家，碎了·116
36. "瓜娃子"·119
37. 自卑的大脑·121
38. 灰溜溜的书桌·124
39. 泪洒羌历年·126
40. 打扮过的坚强·128
41. 科比男孩儿·129

第八章·北京来的神秘访客

42. 北京与北川·138
43. 心理沙盘·145
44. 让我随他们去吧·147
45. 女儿的婚事·150
46. NO.10B0001·151
47. 幸运的惊雷·153
48. 走进象牙塔·156

第九章·苦相追，爱相随

49. 英雄出少年·162
50. 命悬一线·164
51. 遇见往日的自己·167
52. 细雨润无声·170
53. 信心的支点·172
54. 徘徊左右的死神·175
55. "痛快"的初夏·178
56. 命运十字路·183

第十章·天，亮了

57.再见死神·190

58.蓝莲花·192

59.倔强的生命·197

60.青春的姿态·199

61.启动梦想·202

62.与智慧同行·204

63.我的大学·209

第十一章·你若安好，便是晴天

64.伯伯的"幺子"·216

65.人生实习课·217

66.冲动的惩罚·221

67.第一桶金·223

68.现实大于梦想·228

69.理想很骨感，现实很丰满·233

70.成长是一剂良药·236

71.叔叔的苦心·238

第十二章·芙蓉花开

72.摇摇摆摆的理想·246

73.打开生命·250

74.智慧，是生命的最佳气质·254

75.直视灾难·259

76.做最好的自己·263

77.颜色不一样的焰火·267

78.最幸福的母亲·273

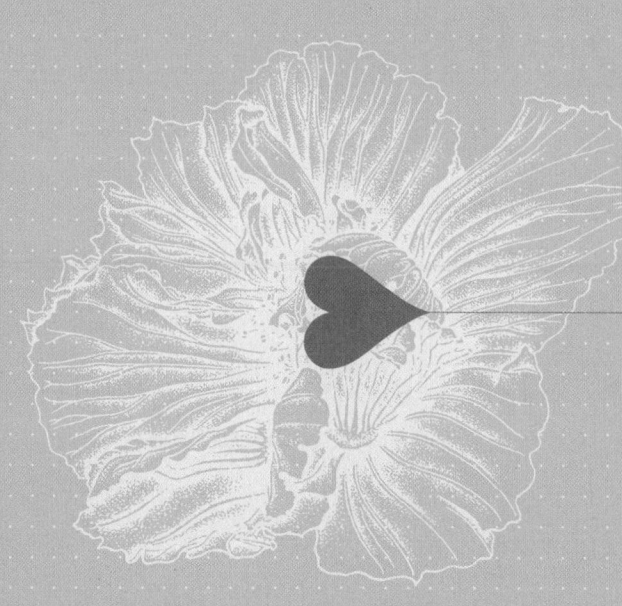

第一章
引爆小宇宙

每个人的心底,都埋藏着一个私密的梦想。

这个私密,犹如一颗炸弹。

很多人,年龄大了,见识多了,被世俗同化了,这颗炸弹的引信和炸药便潮湿了,失效了。于是,生命在悄悄中化为世俗,化为庸常。

但总有一些人,心底埋藏的炸药依然鲜活,依然劲爆,说不定在某个时间,就会引爆。

一旦爆炸,就会把四周厚厚的壁垒全部炸开,从而炸开一扇门,炸开一条路,炸出一方新天地……

王志航,就属于后者!

1. 向灾难出发

刚刚死里逃生，竟然又寻短见，哭闹不止，要自杀！

四川省人民医院走廊的尽头，有一位破衣烂衫的老人，不停地唉声叹气。他的旁边，蹲着一个愁眉苦脸的小伙子。不远处的垃圾桶里，扔着一段段刚刚截下来还未及处理的长长短短的人腿和手臂，血肉模糊，触目惊心。

地震发生几天来，这家医院每天都要做数十例截肢手术。其实，成都的每一家医院，包括周边县市的每一家医院，都是同样繁忙。但是，即便如此，仍有很多刚刚从地震废墟区扒出来的伤员，呼天抢地，心惊胆战地等待截肢或不截肢的命运裁决……

造物主经过千百万年的精心雕琢，才打造成了人类最科学、最完美的身躯，赋予最神秘、最聪慧的大脑。

而且，一个人能够来到这个世界上，又是绕过了多少激流险滩，躲过了几多不可预知的差错和难以想象的失误啊。

卵子与精子两枚精微的细胞，经过奇妙的旅行，相遇、相拥，合而为一。之后，便是昏天暗地的分裂、分裂。但是，谁能知道，在细胞分裂之后排序时，到底受到了怎样神秘的指引，才使这完全一模一样的精灵，组合成了眼耳鼻舌身脑等等各种各样完全不同的器官构件，而且恰如其分地各就其位呢？

如此浩繁且细密的分裂组合工程，哪怕出现一丁点儿差错，后果也不堪设想。比如人类的近亲黑猩猩，其基因序列组合与人类差异微乎其微，但体现在两个物种之间，身体构造和智力水平却是天壤之别。

这不能不让人担心，在繁忙急速的分裂组合过程中，万一哪个细胞糊涂了，跑错了方向、站错了队呢，岂不惹下大祸？

想想吧，我们能够健健全全、顺顺利利地来到这个世界上，该是多么神奇的幸运啊！

但是，"5·12"汶川大地震，却将无数如此宝贵的生命瞬间毁灭了，完美的身躯致残了……

王志航怯生生地向老人走去，想问一下是否需要帮助。

52岁的王志航因病退休，几年来一直赋闲在家。天府之国的成都市，生活原本就曼妙舒缓，她作为一名家庭妇女，又没有一子半女，多的是大把花不完的悠闲时光。

她整天不是在麻将馆里砌"长城"，就是穿着睡衣，在小区里晃来晃去。

这，或许就是芸芸众生、万丈红尘的本来样态吧。可她，偏偏烦腻了这无所事事的日子，却又无力改变，也无从改变，只能就着日光月影，咀嚼以往寡淡、且有些苦涩的岁月。

有时候，她甚至无端地觉得，是自己前半生经历了太多，演完了老天爷为自己准备的剧本，所以才留下了大段的空白和寂寥。

但，一场突如其来的大地震，彻底震碎了王志航慵懒的日子，震碎了她的家，震碎了她的"三观"。可也是地震，震醒了她沉睡的爱，让她得以重生，让她成了205个孩子的妈妈，让她收获了满满的关爱、饱饱的幸福……

谁也没有料到，老天爷在她的剧本留白之后，竟然出手大方且别出心裁地安排了如此精彩的故事。

一切，都从这场地震开始。

狗日的地震！

王志航实在不忍心揭开那位老人心头的伤疤，因为医院里的每一位灾民，都怀揣着一个伤心欲绝的故事。而且，刚刚死里逃生，惊魂未定，谁愿意重温那让人心惊肉跳的战栗呢？

对于灾民此时的心情，王志航感同身受。因为，距震中汶川不足100公里的成都，也是重灾区。

2008年5月12日这一天，王志航像以往一样，神情专注地与朋友玩麻将。只见她：时而如临大敌，时而眉开眼笑，时而粗话满口，时而轻声慢语。不停地计算，反复地算计。一个上午，一包烟抽完，脑细胞阵亡一片。

累了，简单扒口午饭，倒头便睡。

睡梦中，忽然听见窗外人声鼎沸。哪来的轧路机？轰轰隆隆，吵死人了！

突然，衣柜蹦蹦跳跳，柜式空调也左舞右摆。噼里啪啦，所有的东西似乎都活得不耐烦了，争先恐后地往地上摔，顿时粉身碎骨……

地震了！

成都地震了！

末日来了！

王志航猛然醒悟过来，本能地从颤颤巍巍的床上跳起来，拔腿就往外跑。

大脑一片空白，只是本能地奔跑，逃生！

灾难面前，人实在仅仅是一只可怜的蚁虫，生死难料，魄散魂飞。此刻，任何平日里趾高气昂、飞扬拔扈的人，都会惊慌失措、神气全消！

王志航脚下一滑，摔倒了，便有无数慌不择路的脚从她身上踩过去、迈过去。她试图爬起来，可刚一抬头，就被急着逃命的脚给踢倒了。

绝望，在劫难逃的绝望，眼前漆黑一片……

等她连滚带爬地逃到楼下时，身后再也没有其他人了。她，是整栋大楼逃生人群的最后一名！

的确，两次罹患癌症的王志航过于瘦弱了，虽然有心逃生，但却无力自保。

公寓外的大街上全是衣冠不整的男男女女，和惊恐的表情与绝望的眼神。

有人发疯似的大喊："谁有救心丸？求求你们！谁有救心丸？"

王志航本能地朝着喊声望去，这才发现不远处的水泥地上躺着一位中年妇女，眼睛紧闭，嘴唇青紫……

赶紧拨打"120"急救电话，可手机变成了哑巴。

通信瘫痪了，视野之外杳无音信，世界仿佛猛然隐去，像外太空，只能远远地猜测。

慌乱的人群，每一颗心都变成了一座惶恐的孤岛。无边无际的绝望，像茫茫大海中的惊涛骇浪波波袭来，分分钟便可将小岛吞没！

……

终于，世界苏醒了，传来了消息。

是汶川发生了大地震。国家领导人正向灾区飞来；亲人解放军正向灾区飞来；热心的志愿者也从祖国的四面八方，向灾区飞来；灾区自救和救援工作，已经展开，将有大批灾区伤员向周边的大小医院转移……

左邻右舍都商量着去献血，王志航也去。

第二天一早，她没敢吃一口饭，也不喝一口水，去排队献血。可是，她忘了，自己曾患过两次甲状腺癌。遇到同来献血的好朋友，经善意提醒，她才如梦方醒。

嗐，竟然连献血的资格都没有！

外地的志愿者都来帮助抗震救灾，自己不该为灾区做一点儿事情吗？

王志航曾是一名女兵，在部队的野战医院当过3年卫生员，精通伤病员护理知识。去当志愿者吧。

万万没想到，她马不停蹄地跑遍了成都市的7家志愿者服务站，竟然无一录用。

"可能是嫌自己年纪大了吧！"她颓然坐在路边。

余震如恶浪，一波接一波，把她的自尊心震得碎落一地。

她眼睁睁地看着人流涌动，车来车往，都为抗震救灾忙得团团转，唯有自己，无从插手。

3000人，8000人，15000人……

电视直播新闻中，灾区的伤亡人数在直线上升。

王志航急得坐卧不宁。后来，她从朋友那里打听得知，成都市儿童福利院从灾区接来一批震灾中失去亲人的孩子。

她急忙跑去，央求管理人员说，我家的房子大，可以搞一个临时托儿所，帮忙照顾孩子，等情况好些了我再送回来。

管理人员谢绝了她的好意。因为这些孩子突遭变故，必须进行专业治疗和特殊陪护。

"那我就真的这么没用，一点儿忙也帮不上？"

她急得直跺脚，直想哭。

管理人员善解人意地劝慰："阿姨，您不要着急。大难当头，正是用人的时候。您去省医院看看吧，那里缺人手。"

2. 编外志愿者

赶到四川省人民医院，王志航陡然心惊！

大街上车水马龙，熙来攘往。一辆辆声嘶力竭的120救护车，一辆辆心急火燎的小轿车，一辆辆气喘如牛的大卡车，甚至还穿插着一辆辆大汗淋漓的平板车，一副副简易担架、木板，拉着的，抬着的，全是血淋淋的伤员……

急促的呼喊声，痛苦的呼救声，微弱的呻吟声，吵闹的指责声，在街道上弥漫、升腾、杂糅成一团让人惊恐心悸的浓霾。

穿越拥挤，走进医院，凄惨的场面更是触目惊心。

医院的广场、停车场、草坪等等所有的空隙地，全都摆满了灾区伤员。

他们袒胸露背，他们蓬头垢面，他们血渍斑斑，他们肢体残缺，他们奄奄一息，他们惊慌失措；他们在疼痛，他们在口渴，他们在饥饿；他们在呼儿唤女，他们在哭爹喊娘；他们在诅咒，他们在祈祷，他们在呻吟……

狼藉满目，血腥弥漫！

大院里支一张床，就算是手术台。两位医生正在给一名伤员锯掉已经坏死的右腿。来不及打麻药，几名身强力壮的志愿者拼命地摁住他的头、他的胳膊、他的腰。

伤员号叫着，咒骂着，往志愿者脸上吐血唾沫。

医生们都扭曲着脸，不敢直视。只是锯子仍然不够锋利，偏不听使唤。

拉锯的医生气喘吁吁，浑身流汗。鞋子里流满了，索性甩掉。光着脚，在干燥的地板上踩出一朵朵湿漉漉的梅花。

……

王志航看得心惊肉跳，但她还是毅然留了下来。

在这慌乱浓稠的苦难里，她"自作主张"地成了一名抗震救灾的志愿者。

医生和护士们都忙得不可开交，谁顾得上问她的身份和来历呀，任她在病房里、过道中，举着一块写有电话号码的纸牌不停地喊："我是成都人。这是我的电话,你们有什么事都可以找我……"

护理人员忙不过来,可又分身乏术,大批没有亲人陪护的伤员得不到基本的帮助和抚慰。王志航见状,立即给自己的朋友打电话、发信息,让他们尽最大能力组织志愿服务人员,来省医院做护理服务。同时,她还让朋友尽最大能力送牛奶、送衣服、送水、送方便食品来!

给朋友打完电话,她又冲进最前沿、最繁忙的急救室,忙前跑后地协助医护人员救治伤员。

此后,她便每天早早地来省医院"上班",而且随身携带着5000元现金,不论谁来求助,她都慷慨解囊。

……

随后几天,全国各地的大批志愿者陆续到达。

连日来,王志航的细致、周全和干练,已经深得医院认可。于是,医院安排她统一管理越来越多的志愿者,负责人员统计和饮食分配,并且组织岗前培训,按需调配到成都市各大医院。

因此,她每天都要在全市的十几家大医院间往来奔波。

在省医院的走廊里看到这位老人和小伙子时,王志航刚从省中医院回来。

原来,这是一对来自广元市旺苍县水磨乡的父子。

老人期期艾艾地说,刚刚订婚的儿媳妇小芳,在地震中被砸伤了右腿,截

2008年5月16日,成都军区总医院,王志航组织运送救灾物资。

肢了,一直哭闹,说要自杀,谁都劝不住。"

说着,老人不停地抹泪,小伙子也眼圈红红的。

小芳就是这位小伙子的未婚妻,刚刚18岁。

……

看到小芳的一瞬,王志航心里猛然一紧。虽然近几天她已经看惯了残腿断臂,听惯了绝望的诅咒和痛哭,但具体到一个她知道身世故事的女孩儿身上,还是让她的心底泛起撕裂般的阵阵剧痛。

王志航百般劝慰,小芳只是默默流泪,并不答话,眼神里充满着冷漠和防范。因为失去右腿,她对人生绝望了,心硬如石,去意已决!

王志航太理解小芳此刻万念俱灰的心情了。自己年轻时,也曾多次萌生过自杀的念头,甚至在地震发生的前一刻,她仍然对人生充满着怀疑与失望,一度自暴自弃,只是被动地打发着百无聊赖的日子。

她从未向别人提及过自己的伤心往事,却对小芳这位陌生的女孩儿,第一次敞开了心扉……

3. 苦水泡黄连

王志航祖籍辽宁省昌图县。父亲是一名高级军官,参加过解放战争和抗美援朝战争。1956年,她就出生在朝鲜新义州志愿军后方留守处卫生院。

抗美援朝战争结束后,父亲驻防成都。她,便成了蓉城的女儿。

小时候的她,漂亮可人,是人见人爱的小公主。她爱美,常常照镜子。镜子里,涂满了微笑和甜蜜。

14岁那一年,她当兵了,是卫生员。这在那个年代,是特殊的荣耀。于是,她走进了成人生活。

可是好景不长,当兵第三个月,她猛然被发现罹患癌症。

马上做手术。

也许是病发早期,也许是误诊,也许是自己青春无敌,抵抗力强大。反正手术后，没有什么异常，仍是正常发育，发育得漂亮丰满红润，是整个驻地的军营之花。

内心的发育也正常啊，山是山水是水的，月经也正常地来临了。

只是，她退伍了。

到成都市物资公司工作后，她仍是人见人爱的明星，招引得满楼道满街道的男人们妄想。

其实，她的内心孤独又冷清。

后来，她走进了婚姻。丈夫是一个军界高官的儿子，帅气却风流。婚姻，自然不幸福。她便在朋友的邀请下，参加一些私人聚会，奇装异服，唱歌跳舞。

1982年，为了整治社会治安，中国从上至下进行了一次"严打"。她阴差阳错地以"流氓罪"嫌疑被抓……

最让她痛心的是，父母在此期间先后病逝，而她，竟然没能见上最后一面。

出狱后，她的工作没有了，家庭没有了。为了生存，她摆摊卖菜，当过群众演员，到外地做生意……

世俗的目光，将她蜇得遍体鳞伤。她，开始变得玩世不恭起来。学会了吸烟，而且熟练掌握了全套成都民间骂人的绝活儿——两手叉腰，不愠不怒，却使对方不战而降。

后来，再婚，丈夫带着一个孩子。

更意想不到的是，她的身体再次出现问题——发现癌症！手术时，被切除子宫。

她，永远失去了当母亲的权利。

生活，就这样，走过夏天，走过秋天，无声无息又无奈，坐看落花流水……

地震了！整个四川，像一块碧玉，不，像一方玉镜，碎了一地。

而她，却鬼使神差地走进了这里，当起了志愿者。

过去在部队里当卫生员时的技术又用上了。终生没有当母亲的爱心，也用上了。

仿佛一夜之间，她找到了迷失几十年的自己！

4. 救赎

一连几天，只要稍有闲暇，王志航总会跑来找小芳聊天。

小芳的心思，也在悄然发生着变化，开始配合医生治疗。其实，王志航没有发觉，自己的心田上，也渐渐萌发出了绿油油的新芽。

被人需要，竟然是这般幸福、美妙的感觉。虽然累，但却充实。

每天早晨，王志航总是早早起床，然后风风火火地跑进医院，直到子夜才拖着疲惫的身躯，回到自己的帐篷里。

因为余震连连，谁也不敢回家居住。

一回到帐篷，她摇身一变，就成了地震灾区的"草根信号台"，通过网络，向世界发送灾区最基层、最民间的消息。

她注册了"雪中傲菊绿丝带"——"512"志愿者新浪博客。全国各地的爱心人士，渐渐认识、认可了这位热心的大姐，通过她关注着地震灾区的最新动态，并通过她为灾区捐款捐物。

每当她带领志愿者到成都火车东站货场，领取爱心人士寄来的救灾物资时，看到"成都王志航收"的字样，她心里总是异常温暖。那种被人信任的感觉和感动，引爆了她体内的小宇宙，让她停不下来，也不想停下来。

王志航的影响力越来越大，粉丝越来越多。新浪网的方玉书、小浪、王斌、阿莲、梦宇等等，也加入了她的团队，给予大力支持。

全国各地的爱心，像一脉脉清澈的小溪，流进四川，流进灾区，流进灾民的心田……

那天忙完，已经是夜里 12 点多了。

临走之前，王志航又习惯性地来到小芳的病房。小芳还没睡，看见王志航，竟然轻轻地咧嘴笑了一下。

王志航顿时心里一热。

她知道，这个孩子得救了。

"怎么还不休息？"

"我知道您会来。"

王志航坐在小芳的病床边，轻声细语地聊天。

她对小芳说，你受伤后，公公婆婆用床单和竹耙绑成担架，央求六七位村民，和你男朋友一起踩着泥泞的乱石堆，冒着余震的危险，翻越近百里山路，把你送到医院来抢救。

王志航还说，你的男朋友小范不善表达，好几次让我转达对你的爱呢。

小芳又轻轻地咧嘴笑了一下，说，这个瓜货。

王志航做梦也没有想到，就在这天晚上，这位名叫小芳的姑娘，在丈夫和公公的见证下，竟然提出要做她的干女儿。而她自己，竟然也神使鬼差地答应了。

52岁的天命之年，终于有人呼唤自己"妈妈"了。

这，是她的第一个干女儿。

深夜回到帐篷里，打开电脑。她看到自己的微博上有数百名爱心人士的留言。每一颗心都是那么真诚，那么火热。

她顿时鼻辣眼热，两手颤颤抖抖地写道："感激'5·12'大地震，震醒了我日渐沉沦的心，救赎了我的灵魂！"

……

每个生命都在沉睡，每个生命都在苏醒，每个生命都在寻找。

磕磕绊绊，半明半昧，曲曲折折，迷迷糊糊。绝大多数的人，都是普通人，在无奈中，在虚度中，就告别了一年又一年，走进了黄昏日暮。

但，一场大地震，把生命最深处的东西震裂了。

震裂后重组。

重新洗牌，彻头彻尾。

于是，一个全新的人生！

附录

汶川大地震灾区采访手记之一：

夜半请缨

2008年5月15日

5月12日大地震之时，我是在母校——邯郸学院度过的。

那一天上午，学院领导约我前去谈话。共进午餐后，又去董书记办公室喝茶。他刚刚写了一篇论文，想让我提提意见。正在这时，他身体猛地晃动一下，不自觉地扶住了办公桌。我的意识里顿觉一阵眩晕，脚下也感到了一阵隐隐的战栗。不过我们都没有意识到是地震，就又坐回到了沙发上。突然，我发现天花板上悬挂的四根荧光灯管都在剧烈地摇动，这才意识到什么。

隔窗往外看，同学们都在往外跑。

电话瘫痪，信息短路，空气窒息，世界开始慌乱起来。

几分钟后，国家正式公布——四川省汶川县发生地震，震级7.8级。

一场天大的灾难，已经降临了！

之后的几天内，电视里在不间断地播报着灾情。死亡数字日日攀升，灾情越来越严重。

这期间，我虽然每天都在看电视，遥寄哀思，但还没有意识到这场人类的大灾难与自己的关系，还没有意识到亲自去灾区采访，用文学的刀笔去刻写下这一场民族的深重的灾难记忆。

5月15日晚上，我与几个朋友吃饭。回到家里时，已经22点多了。坐在沙发上看电视，屏幕里涌动的依然是灾难和泪水。

这时，我爱人说："这么大的灾情，你应该写些作品了，如果能到前线最好。不知道北京组织不组织？如果组织，你可不能错过机会呀！"

她这样说话，另有深意。2003年初，我全家正在北京居住。我的长篇报告文学《钢铁是这样炼成的》和《宝山》已有一些影响，中国作家协会破格接受我为会员。这个时候，"非典"骤然来临，好多作家纷纷要求到前线采访，我也跃跃欲试，但由于自卑，担心选不上，就没有报名。几天后，中国作协公布了名单。几位当选的作家手持特殊通行证，在全国各地深入采访，创作了一批惊心动魄的作品。而我，只能猫在家里，眼巴巴地看着人家的背影。过后，主持这项工作的中国作协某领导见到我，说曾想到过我，但因我没有报名，而竞选者众，就没有通知我。

这件事，曾让我懊悔了好几年。

这一次，我不能再耽误机会了。

此时，已经接近23点，由于喝过几杯酒，我有些莽撞地给北京打了一个电话。电话的对象，是中国作协副主席、书记处书记高洪波。

电话通了，高主席没有怪我打扰，而是很客气地倾听了我的申请。

地震前的王志航。2008年春节，丽江。

但是，让我没想到的是，这一次我又迟到了。洪波副主席惋惜地说："今天下午刚开了党组会，确定了人选，还进行了捐款。"

我心里一暗。

他又说："大家纷纷报名，你应该早说的。"

"还能不能把我补上？"我大胆地问了一句。

他为难地说："恐怕不好办吧，上了会的。下一次再有机会吧。"

我想了想，感觉木已成舟，不能勉强，便闷闷不乐地放下了电话。

但我的爱人，此时似乎比我多出了一份执拗。她说："能不能再争取一下？你可以再给高主席发一个短信。"

于是，依然是仗着刚才喝酒的胆气，我又编

写了一条短信,它乘着浓浓的夜色,焦切地飞向了北京。

此时,已是午夜。我想,事已至此,已经努力,成败由天吧。

实在没有想到,第二天一上班,高主席的短信来了:"我再努一下力。"

我心内一热。

临下班时,办公室工作人员在楼道里喊我接电话。

迅即,我心中有所预感。果然,中国作协办公厅正式通知:"你已被批准加入中国作家赴灾区慰问和采访代表团。"并向我索要身份证号码,准备统一购买机票。

我忙问:"何时出发?"

对方回答:"现在灾情严重,中央控制各系统组团前往。中国作协正在报批,时间待定。"

第二章
地狱里的天使

求生，是一切生命的本能，是造物主在缔造生命之初，就植入生命深处的遗传密码。

因而，向生而趋死，显然违反了造物主的本意。

但也恰恰是这种违反，往往让造物主颔首而笑。

5. 遭遇"金刚"

戴克维通过网络,偶然得知汶川地震重灾区北川中学,有一名学生被救出废墟后,为搭救同学,又重返废墟而被困的消息。

求生,是一切生命的本能,是造物主在缔造生命之初,就植入生命深处的遗传密码。

因而,向生而趋死,显然违反了造物主的本意。

但,恰恰是这种违反,往往让造物主颔首而笑。

用生命照亮生命,在危难之中敢于冒险向同伴伸出援手,是人类超越其他物种的最可贵的本质,也是人类文明最骄傲的标高。

更何况,他还是一位刚刚脱离死亡威胁、惊魂未定的少年呢?

戴克维(左二)与晏鹏(左一)、李安强(左三)在一起

看看名字，这名学生叫晏鹏。戴克维对这位小英雄充满了敬意，因此记下了这个名字，并持续关注事态的发展。

不想，正是因此，戴克维与晏鹏、李安强等几十名因汶川震灾致残的孩子，结下了今生今世永远的不解之缘！

北川羌族自治县（以下简称北川县），位于四川盆地西北部，距绵阳市区42公里，距四川省会成都160公里，是中国唯一的羌族自治县。

"5·12"汶川大地震，北川县是受灾最为严重的地区之一，而位于县城南侧的北川中学，更是重灾区中的重灾区，800多个正值花季的生命，惨遭毁灭。

晏鹏16岁，家住北川县曲山镇海光村，是北川中学高一（9）班的学生。

虽然家在农村，但因为他的父亲既是村主任，又是一位小包工头，工作之余承包一些建筑工程，挣些碎银，所以家庭条件比较宽裕。

父母望子成龙，家里田里的活计，一概不让晏鹏插手，以便腾出更多的时间，供他学习。可是，他成绩单上的名次，却始终徘徊不前。

小学的时候，晏鹏还算是一个乖孩子，学习成绩也差强人意。但读初中时住校，避开了家长的约束，再加上青春期的逆反心理，整天跟老师较劲。进入高中后更是不堪，第一周就因为违反学校纪律被请了家长。而后便放浪形骸，打架、早恋、玩电子游戏，是老师和同学眼中的"问题学生"。

晏鹏没有什么像样的理想，只是盘算着混到高中毕业，然后像爸爸一样，当一个包工头，有吃有喝，有房有车，然后娶妻生子，孝敬双亲。至于考大学光宗耀祖，那是弟弟的事业。

晏鹏的弟弟10岁，是北川县曲山小学四年级的学生。弟弟不仅人长得帅气漂亮，学习成绩更是名列前茅。

他时常对弟弟说，考大学的事就拜托给你了。将来我挣了钱，供你上大学，读研究生，给老爸老妈争光。

弟弟总是傻呵呵地笑笑说，行，哥哥！

晏鹏自认为不是读书学习的苗子，但他却是绿茵场上的健将，校足球队的主力。

放学后，他总会与同学在球场上拼杀一番。

看他时而狂奔抢断，时而停身妙传，时而飞脚射门……驰骋奔突，动若脱兔；辗转腾挪，弹跳如簧，就常常惹得围观的女生大呼小叫。你不知道呢，有好几名女生都在暗恋他，背地里还争风吃醋，闹过几次别扭呢。

父母想给晏鹏换一下学习环境，或许成绩会有起色。于是，父亲托人联系了绵阳市的一所学校，打算让晏鹏和弟弟一起转学。可晏鹏说舍不得现在的老师和同学，不同意转学。弟弟见哥哥不愿转学，他也坚持不转。

正是此事，成了晏鹏多年来一直解不开的心结。他认为是由于自己不愿转学，害死了弟弟。

2008年5月12日这天，与以往似乎并没有什么不同，暖阳懒散，天空静谧，是踢球的好天气。因此，下午上课前，晏鹏与同学约定，放学后球场见，踢他个天昏地暗。

第一节是物理课，老师讲"加速度"。

"不计空气阻力，从离地面同一高度处，以相同的速率竖直上抛、竖直下抛和平抛三个质量相同的物体，直到落地，则它们落地时的速度哪个大？"

"竖直下抛速度最大？竖直上抛速度最小？平抛速度居中？"

"可前提是无阻力啊！"

晏鹏眨巴眨巴眼，想以足球的经验，来破解加速度的难题。想来想去，有风无风，情况不同。而且，若是没有阻力，情况又会怎么样呢？始终不得要领，思绪也跟着足球，飞向了球场。

就在此时，教室猛然晃动了一下！

"哦，地震来了！"

一名学生兴奋地站起来，四处张望着，惊喜地说。

地震，无疑会让人谈之色变，可对于处在青藏高原边缘龙门山脉地震频发带上的北川人来说，四五级的小震，根本就像隐匿于四周群山里的小野猪、小豹子一样，一年总会遇上几次。虽然偶尔蹿出来，把人吓一跳，但一般有惊无险。

可是今天，遇到的却不是普通的小野兽，而是翻脸不认人的怒"金刚"。

整个世界猛然左摇右摆,上颠下晃。教室的墙壁、天花板,瞬间爆裂。师生们霎时意识到,这是一场非同寻常的大地震,但为时已晚。

说时迟,那时快,随之便山崩地裂,房倒屋塌!

"快钻到桌子底下!"

晏鹏像一只受到惊吓的小刺猬,紧紧地蜷缩在课桌下。细细的桌腿儿被他死死地攥在手里,像惊涛骇浪里的一根稻草,聊胜于无。

随即,他像被猛然抛进旋涡似的,震荡,飘摇,下坠……

6. 小鱼儿的噩梦

刘敏1993年出生,是一个活泼开朗的女娃儿,家住北川县九皇山麓层层褶皱中的一个小村里。

门前有一条清澈的溪流,一年四季,泉水淙淙,小鱼小虾,在碧水绿藻间留连嬉戏。那绿藻,就是它们的森林吧。它们的家,就安在森林深处的小村子里吧。小刘敏总想一探究竟,可小鱼小虾们却总是怯生生的,与她捉着迷藏。

5岁那年夏天,父亲纠缠不过,带刘敏下到小溪里,去绿藻间访问小鱼的家……

正是那个无忧无虑的夏天,刘敏学会了游泳。

清清凉凉的溪水,爱抚着她白白嫩嫩的肌肤。刘敏觉得自己仿佛也变成了一条小鱼儿,两条细长敏捷的腿,活像小鱼的尾巴,上摆下拍,身后便荡起了一串洁白的浪花,就把小鱼们吓得落荒而逃。

"哈哈,小鱼们的胆子也太小了吧,连水花儿都怕。"

……

日子黑黑白白,在山间往来穿梭。刘敏也一天天长大起来,比同龄的孩子高出一大截。那双葱白似的腿,就显得修长、脂凝玉白。

除了夏天在溪流中游泳,刘敏更多的时候,是爬山。每天上下学要走长长的山路,穿溪越涧。回到家,她还要帮父母料理农活。

农忙时节，高高地悬挂在山坡上的田地里，玉米熟了。刘敏与爸爸妈妈一起，一趟趟往家里背玉米。

山路像一根随意抛下来的绳子，弯弯曲曲。背着沉重的玉米踩在上面，摇摇晃晃。不过，这反而锻炼了刘敏的耐力和一双能蹦善跳的腿。

劳累一天的奖赏，便是那些还没成熟的嫩玉米。

下工了，刘敏帮妈妈生火做饭。

烧火用的柴，是刘敏从高高的山坡上打来的。打柴，也是她学习之余的功课。

"咕嘟咕嘟"煮上一锅嫩玉米，刘敏每每大快朵颐，直吃得唇齿生香，幸福满脸。

虽然粗茶淡饭，但大山的纯朴与灵秀，滋养着这个日渐长大的川妹子。

刘敏不仅身材比同龄的孩子高，而且健康葱绿，很少生病，从来不知道打针输液为何事，甚至连药丸儿也不吃一颗。

大山不单练就了刘敏结实的身体和一双弹跳如簧的腿，更滋养了她的性情与聪慧。2007年，刘敏以优异成绩，考取了北川县唯一的一所高中——北川中学，并担任高一（4）班的班长。

这个山妹子，终于走出了家乡熟悉的山山水水，来到了"大"城市——北川县城。

她的世界，再也不只是几座嶙峋的山峰、几条褶皱的山沟，顿时阔大起来。

刚刚15岁的刘敏，心中的梦想还模模糊糊、毛毛茸茸。虽然村子里外出打过工、见多识广的乡亲见她身体矫健、双腿修长，说将来能当运动员。可运动员只是在画面闪烁的电视里，太遥远了。考大学呢？什么是大学，她单纯的大脑里还没有清晰的概念。因此，她只是沿着生活的惯性，读书学习，朝自己心中毛茸茸的梦想进发。

然而，这所有的一切，都在2008年这个天崩地裂的初夏，彻底改变了⋯⋯

刘敏的教室在北川中学教学楼的最高层——5楼。

教室里的课桌纵有9列，横为9排。刘敏的课桌恰好位于最中间的第5列，第5排。

地震猝然来临，靠近窗户和走廊的同学具有先天性的逃生优势。而居于最中间的刘敏，显然无路可逃。但是，她却反应最为机敏。

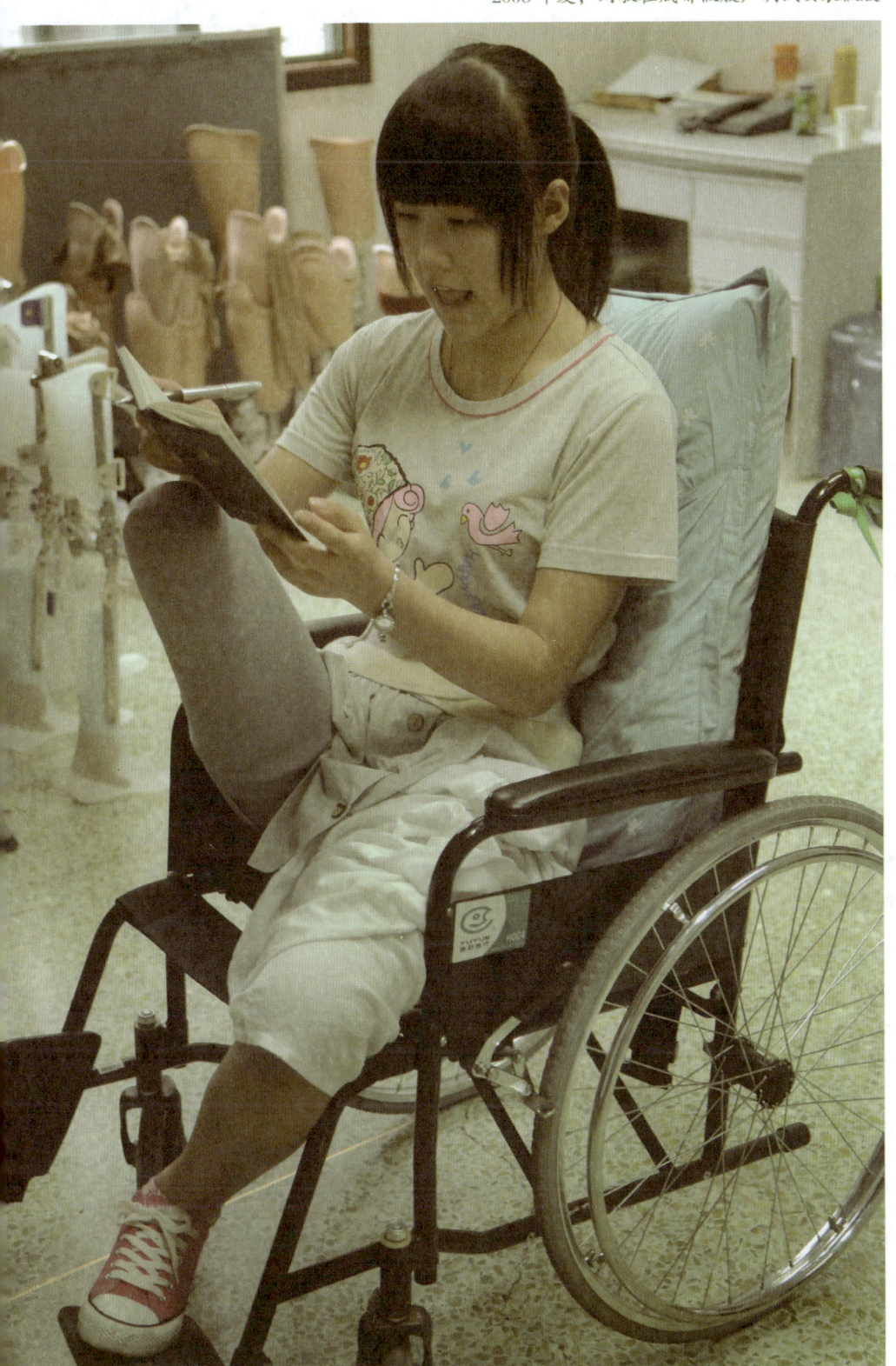

2008年夏,刘敏在成都假肢厂调试安装假肢

小时候在老家，爸爸曾在攀山涉涧的日常生活中，教给她很多应急避险的知识，此时，全都快速地闪现在她的大脑里。

可是，刘敏想跳上课桌，夺路逃命，但几经尝试，无法如愿。虽然她日常游泳爬山，双腿弹跳如簧，但此时剧烈的震荡如同筛糠，站都站不稳，更别说跳跃了。

刹那间，教室开始垮塌。刘敏亲眼看见大块的预制板砸在同学的头上，压向地板。一个造物主精心雕琢的、鲜活的生命，瞬间变成了一摊血肉模糊的噩梦！

刘敏被卡在课桌的夹缝中，右腿被一大块预制板压住了，左臂也被挤在碎砖乱石里，像一条被罟网紧紧箍住的小鱼儿……

7. 触摸死神

网络报道：四川省汶川县发生7.8级地震！

如此高的震级，必然会有较大人员伤亡。因此，从地震发生之初，戴克维便始终密切关注灾区情况。

当然，此时他还不知道，那个命运将与自己紧密相连的小伙子，正在遥远的北川中学教学楼的废墟里，生死挣扎！

震荡停止了，晏鹏确认自己还活着，万幸四肢也没有受伤。

他使劲儿摇摇头，惊魂未定地松开桌子腿。抬手擦擦眼睛，想看看自己身在何处。

可是，手刚一动，他就感觉触到了别人的胳膊，或者是一条腿。哦，原来身边还挤着不少同学。

他瞪大眼睛，想看清楚身边有谁，可眼前却是一片漆黑，只感觉密密麻麻的粉尘，簌簌飘落。

这时，同学们也从剧烈的震荡中，先先后后地苏醒过来。

顿时，晏鹏的耳边响起了噪杂凄厉的声音。不知置身何处的惊骇，创伤疼痛的喊叫，深陷黑暗的呐喊，气息将尽的呻吟，此起彼伏。

灾难中脆弱的生命，焦灼、无助、绝望！

种种响动，或熟悉，或陌生，或凄厉，或微弱；尖叫声骇人，呻吟声惊心，但却一样的歇斯底里，一样的撕心裂肺，一样的惊心动魄，一样的痛彻心扉，一样的身处绝境！

死亡的恐怖，紧紧地裹在身边。

孙汝冰，是一个冰清玉洁的漂亮女孩儿，从教室的前排被甩到了晏鹏的右侧。

她呻吟着，干咳着。可能是吐血了，喷洒在晏鹏的右臂上。黏糊糊的血腥味，既让晏鹏心惊胆颤，又无比痛惜。

"孙汝冰，你怎么样了？"晏鹏战战兢兢地问。

"我浑身被压得好疼……"孙汝冰有气无力地回答。

晏鹏想动动身子，帮孙汝冰挪开身上的杂物。可是，四周交错着变形的桌椅、沉重的预制板、粗粝的砖头、密实的渣土，把他紧紧地困住了，像镶嵌在琥珀里的小虫儿，无法动弹。

和晏鹏一样，孙汝冰也被死死地卡在窒息的夹缝中。

"我恐怕出不去了……"她绝望地哭泣着。

"你一定要坚持住，马上就会有人来救我们！"

……

谁的一条腿，横亘在晏鹏的左颚下。

穿的是牛仔裤。

晏鹏怯生生地问了一声，没有回音。

拍拍这条腿，温温软软的，却一动也不动。再喊，仍然没有应答。

应该是张茜。她已经死了！

这个聪明机灵的女孩儿，两分钟前还像一只快乐的小鸟，说说笑笑，蹦蹦跳跳，这会儿却死了。

晏鹏顿觉毛骨悚然，急忙缩手。这是他16岁的生命历程中，第一次接触死亡，而且，就在他的颚下，与自己肌肤摩擦！

晏鹏的头顶上，是被压得不时嘎嘎作响的课桌。

他被挤在课桌底下极其狭小的空间里,像一条被塞进罐头里的鱼,闷得喘不过气来。而且,细细的桌腿在巨大的重压下,已经扭曲,随时都可能支撑不住,瞬间将他压扁!

越是清楚了自己的处境,晏鹏越是胆战心惊。谁知道头顶的课桌哪一刻会"啪嗒"一声压下来?他暗自猜测。而对死亡的猜测,比死亡本身更加恐怖!

死亡的阴影,把晏鹏死死地攫住了。余震不断,四周预制板、钢筋猛然断裂的震响,不时撞击着他的耳鼓,敲打着他几近崩溃的神经。他猜不透,自己手边颤颤巍巍的桌腿,哪一刻会突然折断。

曾经让他痛恨的课桌,此刻成了生命的避难所,是他活命的唯一希望。

"如果能活着出去,一定要珍惜课桌,好好读书。"晏鹏暗暗发誓。

但是,这几乎无处落脚的誓言,在死亡面前是多么苍白呀,连他自己都不敢相信。

隔着张茜的腿,再往左边,是男生毛顺云。他"呼哧呼哧"地、短促而急迫地喘着气,瓮声瓮气地说自己胸口憋闷得要死,但因为埋得太深,动弹不得。他的脑袋被挤在混凝土预制板的缝隙里,受伤了,正流血。

晏鹏更加害怕了,鼓励毛顺云要坚持住,肯定会有人来救。

无疑,他也是在给自己鼓劲!

……

绝望,把时间无限地拉长了,每一分每一秒都度日如年。

终于,晏鹏听到废墟外有急切的呼叫声。起初以为是幻觉,细听,果然。那声音犹如天籁,声声叩击心灵,让人听了直想哭。因为这声音里,藏着活命的希望。

希望,是多么斑斓多姿;希望,是多么欲罢不能;希望,让人充满了渴盼,但也让人胆怯。因为晏鹏担心,救援人员踩在废墟上,自己藏身的课桌会支撑不住,猛然折断……

他渴盼赶快被救出去,但又害怕功败垂成。希望和绝望交织,像两根冰冷的钢索,把这名16岁的少年勒得喘不过气来,几近崩溃!

8. 心债

张凤是一名文静秀气的女娃,北川中学高一(5)班的学生,教室在四楼。"5·12"汶川地震发生前,老师正在讲化学课。

先是一阵剧烈摇晃,窗玻璃震得"哗哗"响。随即,便是地动山摇的震荡,天花板崩裂。桌椅的碰撞声、同学们惊慌失措的尖叫声,把她惊呆了,坐在凳子上一动不动。

突然,教室中间塌陷了,张凤身子一沉,跌落下去。

着地的瞬间,她的腿像被刀砍一般,剧烈疼痛。

混凝土的气味焦臭刺鼻。张凤睁开眼,四周漆黑一片,只有右上方的一个小孔,筛下一丝微光。她,被埋在参差交错的废墟里了。

张凤斜躺着,左手被压在预制板下。她感觉背下软软的,是她的同桌。可是,这位个子不高,皮肤黝黑,戴金属方框眼镜的幽默男生,已经没有了生息。

余震连连,哭喊声一片。

张凤这才知道,是地震了,而不仅仅只是教学楼倒塌。

班上唯一在废墟外的幸存者是张光辉。他一直呼喊着同学们的名字,不停地说救援的吊车一会儿就来了,你们一定要坚持住。

可是,"一会儿"过去了,吊车没有来;又"一会儿"过去了,吊车还是没有来。

废墟下还活着的同学就不停地追问张光辉:"你不是说吊车一会儿就来吗?怎么还不来?"

张光辉一再解释安慰,可废墟下的哭喊声却越来越稀疏了。

一名男生可能伤得很重,绝望了,哭着喊:"爸,妈,我可能再也见不到你们了!"

受这名男生的感染,一名女生要另一名女生给她父母捎话,说你出去以后,帮我告诉爸妈,我爱他们。

另一名女生就嫌这话不吉利，"要说等你出去自己说，我才不替你说"。

……

张凤最要好的朋友唐安阳，正好压在张凤的脚上。唐安阳一动，张凤的脚就剧烈疼痛。

张凤对她说，安阳，你别动。你一动我的脚就好痛。

正是这句话，让张凤背负了沉重的心债，此后好多年都无法释怀。她嫌自己自私。好朋友已经生命垂危了，自己不单没有关心她，反而还不让她动。

唐安阳一直在呕血，最后喊了一声"妈妈我爱你"，就再也不出声了。

好朋友离开了，张凤连向她解释的机会都没有。

后来张凤曾经做过一个梦，梦见唐安阳回来了。她高兴地跑过去与唐安阳说话，但唐安阳只是默默的，没有理她。

张凤觉得唐安阳不会原谅她。因此，她自己也不会原谅自己。

幸存的师生和附近村民很快在学校展开了救援。

张凤听到废墟外有人在喊"赵阳娃"。她知道，"赵阳娃"就是赵宗阳。

赵宗阳就在张凤的左边，十几分钟之前还在呻吟。

张凤问他：宗阳，你怎么样了？

赵宗阳的声音屡若游丝，回答说头被压住了。

张凤知道他情况危急，哭着说，宗阳，你要坚持住。我们一起活着出去！一定要坚持住！

可是，赵宗阳再也没有了声息。

……

"赵阳娃——，赵阳娃——"

喊声依然固执地在废墟上乱撞。

张凤想把废墟下的真实情况告诉赵宗阳的家长。可是，他们能够承受这个噩耗吗？若要不说，他们又会四处寻找。她终于还是没有答话，让他们的希望多保留一会儿吧，总会好些。

又一个叔叔喊着孩子的名字找过来。张凤仰起头对着小孔大声喊："叔叔，你可以救我出去吗？"

听到废墟下传来的喊声，他停下来，仔细地找到声音的来源，然后用双手扒开小孔旁的碎石。

丝丝缕缕的微光，把废墟下的黑暗撕开了。

他看了看张凤，却无奈地告诉她："孩子，你埋得太深了，叔叔没法救你出来。但是叔叔可以把这个洞再刨大些，这样你就不会被闷着了，还可以看见外面。"

张凤看见自己向右扭曲着身子，被挤压在杂乱的废墟中。头顶上，几块宽大的混凝土预制板，错落叠压，像层层封锁的大门。

旁边是同学的尸体，而自己的后背就倚在同桌的尸体上。

张凤开始害怕了。她还仅仅是一个十几岁的孩子啊，却如此眼睁睁地面对死亡，看着同学和好朋友一个个离去。

她细细的手腕上带着一块表。她不停地看，不停地看，嘀嘀嗒嗒，嘀嘀嗒嗒，时光黏稠。

最初张凤双腿的剧痛，此时已经麻木了。她的左手，被压在预制板的缝隙里。之前，她曾试图把手拔出来，可轻轻一动，便疼痛钻心，只好放弃。此时，竟然不疼了，她猛然使劲儿，拔了出来，但已肿胀得像个脏兮兮的馒头。

……

终于，天快黑的时候，一名救援指挥官模样的军人，在张凤头顶上看了又看，琢磨着如何施救才最安全。

张凤心里顿时升腾起希望。可是，几分钟过后，指挥官却对另一个人说："一下子动这么多的预制板，危险性太大，还是等吊车来吧。先救表层的！"

张凤觉得自己并无大碍，对于救援人员的离开，有些失落。

然而，此时魔鬼的毒液已经注入了她的体内，"并无大碍"的感觉只是魔鬼迷惑人的外衣。

她的磨难，才刚刚开始……

9. 重回死亡

晏鹏被埋的位置相对较浅,救援人员用简单的工具,撬开了他头顶的混凝土预制板,打通了一条狭窄的生命通道。

爬出废墟的一刻,晏鹏失声痛哭,像刚刚出生的婴儿。可不是吗?从鬼门关里爬出来,就是重生。

晏鹏,得救了!

可是,由于没有大型机械,救援人员却无法救出埋得较深的同学。

……

夜幕悄然降临,天地间朦朦胧胧,星星点点慌慌乱乱的灯火,跟随着战战兢兢的人群,在废墟间闪闪烁烁。

到处弥漫着刺鼻的土腥味和黑黢黢的死亡气息。

晏鹏模模糊糊地看到,曾经干净阔大的校园,挺拔的教学楼,变成了险象环生的废墟。像梦一样不可捉摸,却又像钢筋水泥一样冰冷坚硬!

可那里面,埋着他的同学。

呻吟声、呼救声,声声不断。时时刻刻,涌动着急切的生命呼唤。

救援人员或打着手电筒,或借着手机的微光,趴在废墟的缝隙间,一声声喊叫,搜救。废墟四周,到处是匆忙的人群,焦急的身影。

余震,仍在接连不断地发生。脚下的土地,还在不停地战栗。整座校园,还被攥在魔鬼的腥爪里。

晏鹏徘徊在废墟边不肯离去。

有人大声呵斥他:"这里危险,到操场上找你的老师和同学去!"

他一脚深一脚浅地走到花坛边,眼前是长长的一排学生的尸体。有的家长跪下来仔细查看着是不是自己的孩子,有的抱着孩子血肉模糊的尸体呼天抢地……

"我的同学还活着,我不能离开,我得救他们!我得做些什么!"晏鹏又回到了自己刚刚爬出来的废墟旁。大喊："孙汝冰——""毛顺云——"

"你这孩子怎么这么不听话，快离开！"

"我的同学还在里面，还活着，我得救他们！我得做些什么，不然不仗义！"晏鹏甚至单纯地想，一定能把埋在自己身边的同学扒出来，救出废墟。

"滚！"

一个身材高大的陌生人，一把把他推开了。

有人递给晏鹏一瓶矿泉水，催促他快去操场。

如果晏鹏顺从地走开，他的人生，或许沿着原有的轨道，正常前行。

但是命运，在此刻把他推上了另一条轨道。

晏鹏慢吞吞地从成排的尸体旁边走过，死亡的折磨，已经让他对死亡麻木了。面对死去的同学，他只有痛心，并不害怕。

他打开瓶盖，喝了一口水。

从中午到现在，六七个小时了，滴水未进。

同学呢？还埋在废墟里的同学们呢？他们肯定更口渴！而且他相信，只要努力，肯定能把同学救出废墟。哪怕救一名呢，也不枉同学一场！

这么想着，晏鹏再次扭头返回废墟。

趁人不注意，他偷偷地从自己爬出来的地方，又钻了进去。

晏鹏大声告诉同学们说，外面来了很多的救援人员，大家一定要坚持住，不要着急，要保存好体力，不要睡着。他还特别肯定地告诉埋得比较深的同学，带着大型机械的专业救援人员就要来了，大家很快就能出去！

晏鹏喊孙汝冰的名字，没有应声。他心里一惊，如果长时间昏迷，她就更危险了。于是他便轻轻地推她的胳膊，想叫醒她。

孙汝冰又呻吟起来，声音羼若游丝。

"我困……

"出不去了……

"我想爸爸妈妈……"

刚才听外面救援的人员说，受内伤的人喝水会严重损伤内脏，因此晏鹏没敢给孙汝冰喝水。他又喊不远处的毛顺云，很快有了回应。

晏鹏急忙抓起一块砖头，敲打着桌子，告诉毛顺云他这里有矿泉水。晏鹏把一瓶水放在自己手能伸到的最远位置,也就是距离毛顺云最近的一块预制板上。然后,又一次用砖头敲打着预制板,告诉毛顺云水瓶的具体位置。

毛顺云摸到水瓶,贪婪地喝了几口,又传递给身边的其他同学。

晏鹏想把附近的同学从废墟里扒出来,无奈空间狭窄且杂物参差,根本无从下手。所幸,他摸到了一根棍子。

外边的救援人员得知晏鹏又爬回了废墟里,连喊带骂,叫他赶紧出来。

晏鹏正用棍子捅离他较远的、昏睡的同学。如此生命垂危的情况下,一旦昏睡,很可能就再也醒不过来了。

不论外边的救援人员如何急吼吼地喊叫,晏鹏只是不应。他觉得如果这时候自己爬出去,多不仗义啊,将来怎么见人?

可就在此时,灾难再一次降临!

余震袭来,原本就交错参差、凌乱粗砺的废墟,又被重新洗牌,压得更紧密、更结实了。

一根房梁横过来,恰好把晏鹏钻进来的通道封死了。

而且,一块预制板,死死地压在晏鹏藏身的课桌桌面上……

附录

汶川大地震灾区采访手记之二:

北上报到

2008年5月17日

昨天,我终于接到确切的通知:17日下午赶到中国作协机关报到,18日出发,赶赴汶川地震灾区。

这时,我的心里开始有了一种别样的感觉。

因为各种传言在纷纷撞击着我的耳鼓:余震不断,山崩地裂,连县城都埋住了;山体滑坡形成的堰塞湖悬挂山腰,随时可能决口;尸臭难闻,瘟疫弥漫，需要戴三层口罩；灾区的狗都吓疯了，见人就咬……

不过，对我来说，需要的就是这种感觉。我已经四十岁了，我们这一代人的生命记忆里缺少波澜，虽然也经历过一些人事险恶，但真正的极端恶劣、危险、恐怖的场面并没有直接见识过，而这正是一个真正的作家所应该亲历的。

只有这些，才能使你感受到生命最深处的悸动，才能唤发出最原始的创造本能，进而蒸腾出一种浑厚的深远的文学气象，写出真正的文学精品。

今天下午，我乘坐D字头特快列车进京，又乘出租车于5时赶到了位于北京朝阳区东土城路的中国作家协会。

我被安排住进了作协办公大楼的作家公寓305房间。

这栋大楼是所有中国作家的圣地。小时候，我是多么地向往啊，许多文学大师的故事都发生在这里。住在中国作协改稿，曾是一个多么奢侈的梦想啊。可今天，凭着自己一步步的努力，终于初步实现了这个梦想。

凌晨1点30分，忽听敲门声。是中国作协创联部主任孙德全。

他告诉我，明天上午，将举办采访团壮行会，希望我在会上讲几句话。

第三章
身残心碎

北川中学教导主任见状，猛然跪在废墟上，紧紧地拉住一名武警警官，泪流满面地苦苦哀求说，晏鹏就在我们脚下。他是个好孩子，是为了救同学才第二次钻进废墟的。他肯定还活着，求您一定要救他出来……

10. 特别关注

　　由于没有大型机械，在北川中学实施救援的武警官兵，把地震废墟中埋较浅的师生救出以后，面对巨大的建筑结构，爱莫能助。

　　救援指挥部研究决定，待大型机械到位后，再行救援。所以，在此救援的武警官兵于5月14日凌晨，奉命驰援附近的曲山小学！

　　北川中学教导主任见状，猛然跪在废墟上，紧紧地拉住一名武警警官，泪流满面地苦苦哀求说，晏鹏就在我们脚下。他是为了救同学才第二次钻进废墟的，埋得不会太深，肯定还活着，求您一定要救他出来……

　　于是，武警指挥官临时决定留下4名精干战士，组成晏鹏紧急救援小组。

　　粗蠢的房梁，像一头固执的拦路猛虎，横亘在晏鹏上方。

　　不搬除房梁，根本无法施救。可是，混凝土浇铸的房梁本身重达数吨，而且又被压在废墟里，即便有大型吊车，也不容易起吊，更何况救援人员仅有简单的工具呢？

　　此时，晏鹏已被埋在废墟里30多个小时，每耽误一分一秒，生还的机率都将大打折扣。

　　北川中学校长刘亚春请求武警战士，尽快想想办法，尽快想想办法……

　　武警战士灵机一动，把房梁锯断吧。只有把房梁锯断，搬除晏鹏上方的一截房梁，才能进一步实施救援！

　　没有石材切割机，只有一把手锯。

　　混凝土浇铸的房梁里边钢筋交错，要用手锯将其锯断，难度可想而知。更何况又是在空间逼仄的废墟里呢，而且余震连连。

　　但是，别无他法！

　　……

　　武警战士的手被锯柄磨得鲜血淋漓，缠上纱布，咬牙坚持；锯条被磨得滚烫，浇上矿泉水，继续。

余震频仍，险象环生。

可，此时谁也顾不得个人安危，救人要紧！

最艰难的，是房梁的第一道锯口锯开后，第二道锯口将要锯开的时候。如果这段失去支撑的房梁猛然断裂，跌落下去，必然会对下面的晏鹏造成二次伤害，后果不堪设想。

于是，人们找来一根粗壮的绳子，将截开的房梁捆牢，几个人紧紧地拽住，防止跌落。

可是，这又给锯房梁的战士造成了困难。绳子拉得太紧，锯口变窄，锯子被卡住无法拉动。绳子放松，又担心房梁突然断裂，瞬间跌落产生惯性，绳子拉不住。

只能松松紧紧，试试探探地配合着。手锯每一次拉动，人们的心头总会一颤，生怕出现意外，功亏一篑。

……

历经万难，晏鹏终于获救了。只是，从废墟里将他扒出来的时候，他已经昏迷了。

整个施救过程，新华社记者用摄像机的镜头，告诉了世界。

戴克维看到报道后，很是感动，也松了一口气。

似有冥冥之缘！

2008年5月14日消防武警战士经过40个小时紧张救援，从废墟中救出小英雄晏鹏

20世纪50年代,戴克维出生于一个军人家庭。他的母亲,战争年代中不幸失去一条胳膊。父亲在三年困难时期下放农村劳动,"文革"期间遭迫害被关进"牛棚"。正是残疾的母亲,独自一人拖家带口。

母亲克服残障,双腿夹着毛衣针,用一只手为全家人织毛衣的情景,一直留存在戴克维的记忆里,给他温暖。到了读书的年龄,他发奋努力,成绩优异。恢复高考后,他顺利考入中山大学。

随着年龄的增长,视野的开阔,思想的变迁,戴克维对人间冷暖有了更多理解,始终心怀悲悯,尽力扶危助困。

他大学毕业时被选拔任全国学联副秘书长,长期在共青团中央学校部工作,经常深入学校,比较了解学生,爱学生,对贫困学生和弱势群体感同身受,异常倾情。"希望工程"实施"一对一"资助计划时,他一次就资助了10个孩子,每人600元。而他当时月工资,还不足3000元。

……

此时,戴克维已调任中国华融。

虽然工作岗位变化了,但他对学生的关爱之情,依然浓烈……

……

不想,就在小英雄晏鹏成功获救,国人备感欣慰的第二天,上海东方卫视的一则新闻报道,如石击浪,让人唏嘘不已,万分惋惜。

11. 穿去天国的连衣裙

张凤是5月13日中午获救的。

叠压在她上方的一块块预制板被搬除了,但是,仍有钢筋交错如网,无法把她抱出来。

救援人员拿来无齿锯,开始切割钢筋。

天空下着雨,雨滴和切割钢筋崩溅出的火花,掉落在张凤身上。于是,救援人员在她身上蒙上了一件厚厚的、湿漉漉的大衣。

张凤很快就要被救出来了，一直紧绷的神经突然放松，便觉得异常困倦。

救援人员一再提醒她说，姑娘，千万别睡。你很快就可以出来了，一定要坚持住。

与救援人员说着话，钢筋便被切割开了。

张凤被抱了出来，这时她看见一个已经死去的女同学，面色发紫，瞪着惊恐的眼睛。大张着的嘴巴里，被砸掉了两颗门牙。

张凤惊恐万状。

救援人员说，快闭上眼睛，别看！

在学校操场的临时治疗点简单检查处理之后，张凤被送往绵阳市人民医院。

医院里早已人满为患，张凤便被安置在了医院广场上的一处用雨布搭成的临时病房里。

护士给她挂上了生理盐水，又给她放了两瓶矿泉水，临走前叮嘱说，要少喝点水。

与张凤同一帐篷的，是曲山小学的一名一年级的小姑娘，在吃八宝粥。虽然张凤从地震以来粒米未进，但她一点胃口也没有。

……

张凤想坐起来，但浑身酸疼，尤其是两条腿，疼痛且沉重。

由躺到坐，这是人类最基本、最常用、最被忽略不计的动作，可张凤几经尝试，无论怎样努力，均未成功。

她的两条腿肿胀粗大，把裤缝线绷得龇牙咧嘴，快支撑不住了。看看脚腕，乌紫发黑，胀得发亮，要爆裂似的。

在此之前，她何曾如此认真地察看过自己的腿呢？它们乖巧灵活，可以随时带她到想去的地方，从来也没有闹过别扭。双腿好好的，谁会去在意呢？

就在一天前，她穿着蓝色帆布鞋，轻快地走进教室。可是，现在两条腿竟然全都不听使唤，连坐都坐不起来了。

她的父母远在江苏打工，身边没有一位亲人。

于是，她央求一位在旁边照顾家人的阿姨，扶她坐起来。

坐了一会儿，她感觉困倦了，于是又躺下，很快就迷迷糊糊地睡着了。

醒来的时候，已是黑夜，帐篷里原来的人都已经不知去向。张凤的旁边，坐着一位叔叔。

叔叔家住北川县城，腰受了伤，只能坐着。

张凤用这位叔叔的手机，给爸妈打了电话。她说自己好好的，只是受了点儿轻伤，不用担心。你们离家这么远，就不要浪费钱回来了。

到了这般境地，张凤仍然觉得自己的伤不碍大事。

此时，她的内脏正在悄悄地酝酿一起大暴动，一次次将她送近鬼门关。只是，她自己尚未发觉。

5月14日上午，为张凤拍过X光片，又在医院的大厅里，为她实施小腿减压手术。

所谓减压手术，就是用手术刀把小腿上的皮肉划开，以便缓解神经、血管的压力。

减压手术虽然未用麻药，但张凤竟然没有感觉到一丝疼痛。

第二天上午，张凤的父母从外地心急火燎地赶了回来。

问问医生，说孩子的腿在废墟下压得时间太长了，必须做左小腿截肢手术。

张凤的爸爸听说女儿要截肢，竟然当着那么多人的面，痛哭失声。这是张凤从小到大，第一次看见爸爸哭，哭得那么伤心。

当天，医生为张凤实施了左小腿截肢手术。等她醒来时，已经躺在了医院楼道里的病床上。

不幸的是，由于残端感染，导致肾脏衰竭，张凤不时陷入昏迷，生命垂危！

亲戚们来看她，问她想吃什么。医生转过头对张凤的妈妈说，想吃什么就给她买点儿，再买件新衣服。万一不行了，不能光着身子走啊。

……

张凤伤口流出的分泌液，把床单都打湿了，散发出浓烈的腐肉气息。她觉得自己已经开始腐烂了。她想，或许人死后被埋在地下，腐烂时就是这样的味道。

5月16日上午，亲戚为张凤买来一件浅蓝色的连衣裙。

穿着裙子离开，是张凤当时的心愿。

这时，张凤让爸爸给唐安阳的家人打电话。接电话的是唐安阳的妈妈。张凤说，安阳已经不在了。

张凤始终忘不了阿姨听到这个消息后那伤心欲绝的声音。之后多年，张凤一直想去看望阿姨，告诉她，安阳临终前说的最后一句话是"妈妈我爱你"。

12. 固执的高山

刘敏的妈妈在九皇山景区工作。地震发生时，她正在海拔 2000 多米的山顶上班。

不要以为远离平地的山顶会安全一些，同样在劫难逃。山体滑坡，房倒屋塌，几位同事当场丧命。刘敏的妈妈被吓得瘫坐在地上。

刘敏的爸爸在东北打工，不用担心；刘敏在学校，也应该安全。妈妈唯一放心不下的，是在家里的婆婆。想回去看看，怎奈大山阻隔，道路断绝，无法下山。

打电话，电话也哑巴了，层层大山之外的世界，音信全无。往日游客熙来攘往的九皇山，顿时变成了凶险莫测的孤岛。

……

刘敏家的房子全都倒塌了，所幸年迈的奶奶有惊无险。只是，北川中学教学楼倒塌，学生被埋的消息不断传来，老人吓得心惊肉跳。

一再打听，得知刘敏被埋在废墟下，生死不明，这更让奶奶心急如焚。

她几次托人给困在山上的儿媳妇捎话，要她赶紧想办法去找刘敏。

可等她捎送的口信磕磕绊绊地爬上九皇山顶的时候，已经是两天以后了。

妈妈两天来也一直拨打刘敏班主任的电话，多达数十次。

电话终于接通了。

但是，消息冰凉："刘敏死了！"

"我女子死了？！"

妈妈一听，瞬间崩溃。

猛然间，她又醒悟过来，再次拨通老师的电话："我女子怎么会死呢？她一定不会死，麻烦老师再费心仔细找找看。"

刘敏的妈妈固执地认为自己的女儿不会死，因此一再喋喋不休地恳求老师。

谁愿意相信自己活蹦乱跳的孩子会死去呢？

老师诚恳地安慰妈妈说："刘敏妈妈，咱们要面对现实。刘敏是我们班的班长，她死没死我肯定清楚。我不会骗你的。"

妈妈目瞪口呆。

可是，她仍然不相信自己机灵活泼的女儿会死去。

"我女子一定没有死，我一定要下山去找她！"

刘敏的妈妈不顾同事劝阻，执意下山去找女儿。

乌云压顶，风雨阵阵。缆车没电了，挂在细长渺茫的钢缆上，像一只屈死的蜘蛛。山路也被地震拧断了，沟壑纵横。

刘敏的妈妈披着一件捉襟见肘的雨衣，穿着一双湿湿滑滑的胶鞋，拄着一根瘦瘦弱弱的木棍，在同事的一再叮嘱下，摸索下山。

为了尽快找到女儿，她选择了山后的近路。这是一条十多年来鲜有人迹的羊肠小道，乱石嶙峋，险象环生。她跌跌撞撞，手脚并用，连滚带爬，用了近一天的时间，才终于一身泥水地赶回家里。

看看婆婆还好，便立即赶往北川县城。

近80公里的路程，晴日里正常步行要17个小时。可是，风雨交加，道路又多处被泥石流阻断，再加之刘敏的妈妈刚从九皇山顶下来，早已精疲力竭。因此，虽然她寻女心切，但怎奈山高路远，且泥泞难行，两腿根本不听使唤，以致整整走了一天一夜，才来到了北川中学。

她看到的不单单是废墟，更有一排排还没来得及处理的尸体。虽然她不相信女儿已经死了，但还是提心吊胆地在死尸间仔仔细细地翻找了一遍。

和平年代里，谁见过这么多的尸体啊？而且还几乎全是正值青春年华的学生，更何况她又是一位母亲呢，自己的女儿还生死未卜。

既便在战乱的岁月里，人们对死亡近乎麻木，但看到大片战死沙场的死尸，仍然有人崩溃，更何况刘敏妈妈这样一位之前从未经历过大灾大难的女人呢？她的心灵，该承受着怎么样难以想象的焦灼与恐惧呀？

她最希望看到女儿那熟悉的面孔，可又最害怕在此处看到。两种极端对立的心情，像冰与火，此刻却紧紧地拧在一起，把妈妈的心都快拧碎了。

问遍了遇到的所有人，答复只是爱莫能助的摇头。

……

夜深了，绝望、疲累、弱小、湿淋淋的妈妈，像一株枯瘦的霜草，披着一床废墟里捡来的透湿的棉被，栖身在天桥下，心似油煎。

严重感冒，鼻涕和着泪水、雨水，把绝望的黑夜涂抹得黏黏糊糊。

这时，电话突然震响，是一个令她惊慌失措的陌生号码。

可是，她呆呆傻傻地握着电话，却不敢接听，怕听到那个她最不愿意听到的消息。然而，她又最迫切地想知道女儿的下落。

电话温和而又急迫地告诉她："你是刘敏的妈妈吗？你女儿在绵阳404医院、8楼重症监护室等你！"

哦，刘敏真的还活着！

"我女子还活着，我女子没有死……"

刘敏的妈妈扔下电话，披着被子，冲上天桥，手舞足蹈地跳跃着，大声地喊叫着："我女子还活着，我女子没有死……"

那天夜里，老天爷哭得一塌糊涂。

13. 心碎的成绩单

由于晏鹏右膝关节长达40多个小时的弯曲，右小腿供血受阻。送到绵阳404医院的时候，他的右小腿已经严重坏疽。

必须尽快实施截肢手术！

送来医院的路上，慢慢苏醒过来的晏鹏还不停地喊："通道里还有很多同学，快去救他们！"

此时，他却不得不在手术同意单上，颤颤抖抖地写下自己的名字。父母音信全无，不知道他们现在怎么样了。

前来支援抗震救灾的东南大学附属中大医院的护师王艳花说，这是我工作以来配合得最沉重的一次手术。一次次余震，我没有觉得害怕。刀子、线锯、骨腊在悄无声息地传递着。随着晏鹏的腿被慢慢截断，我的心也越来越沉重。如果孩子醒来不见了自己的腿，他能承受得了吗？

上天虽然有好生之德，但不总是微笑。晏鹏所面临的，不单单是失去一条腿，而且还有丧弟之痛！

做完截肢手术后，志愿者才终于帮他拨通了父亲的电话。

5月14日夜里，晏鹏的母亲在亲戚的陪伴下，急匆匆地来到医院。

走进重症监护室的一瞬，母亲的第一眼，就清楚地看到，白色的床单下，儿子原本长长的右腿下部，空落落的！

母亲一下扑向病床。

可是，她迷蒙着泪眼，假装什么也没看见，故作平静地告诉他："你爸爸正组织村民转移，明天就来看你。"

晏鹏的父亲，是村委会主任，此时正背着村里信用社的几十万元现金和所有账目，带着村民，翻山越岭地向绵阳市区转移安顿。

"弟弟呢，他没事吧？"

在残缺的大儿子面前，母亲已是百爪挠心，此时晏鹏一句关切的问候，又像万千钢针，刺在母亲的心头。母亲顿时一阵眩晕，双手紧紧地抓住病床的护栏。

是啊，心爱的小儿子呢？

地震已经过去两天多了，至今还没有小儿子的下落。

晏鹏的弟弟所在的北川县曲山小学，坐落在山脚下。离教学楼不足10米，便是陡峭的悬崖。地震把山震塌了，整座学校几乎全被泥石流掩埋。

虽然经过两天紧张施救，但绝大多数孩子已经失去生命。晏鹏10岁的弟弟，还被埋在废墟下，生还的希望，几乎为零！

母亲白天黑夜地守在救援现场，哭哑了嗓子，哭干了泪水，哭碎了心。

可是，天不悲，地不悯。

悲痛欲绝的母亲又听到大儿子截肢的消息，瞬间瘫软在地，几度昏厥。

然而此时，这位惨遭心灵重创的母亲，只能把一切压在心底。

她不敢正视晏鹏，装着弯腰收拾病床下的东西，然后故作轻松地说："弟弟没事。你爸在找呢，别担心。"

母亲时而目光呆滞，时而坐立不安。

虽然母亲没有明说，但晏鹏还是从她慌乱的言行举止中，猜出了弟弟当前的境遇。

他，开始悔恨、自责起来。

如果那次自己同意与弟弟转学去绵阳，弟弟也许就不会遭此横祸。

是自己害死了弟弟！那个替自己担当光宗耀祖重任的弟弟！

晏鹏后来得知，弟弟地震前的最后一次考试，地震后公布分数——总成绩全年级第一名！

14. 母爱有多远

刘敏是 5 月 14 日上午，被救援人员从废墟里扒出来的。

因为伤势严重，她被直接送往绵阳 404 医院。医护人员紧缺，亲人又不在身边，没有人照顾她。

这位年仅 15 岁的小女孩，在医生给她失去知觉的右腿做减压手术时，眼睁睁地看着寒光闪闪的刀子，在她的小腿上割开了 4 条长长的口子。

随后，医生过来告诉她，右腿需要截肢。

"为什么要截肢？"

"必须截肢，不然危及生命！"

没来得及让她在手术同意书上签名，便被抬进了手术室。

可是，手术室里的床位上躺满了重伤员。她又被抬出来，在广场临时搭建的帐篷里，实施截肢手术。

没有麻醉。刘敏就那么眼睁睁地看着尖利的手术刀，一刀刀割开自己的皮肉，锯子一下下锯断骨头！

对于年少孩子的稚嫩心灵，这是多么血腥残酷的场面啊……

一位医生突然意识到了什么，赶忙用双手蒙上了她惊慌的眼睛。

刘敏昏迷过去了。

等她醒来时，已经躺在重症监护室里两天了。

不但截肢后的残端感染，更严重的是，挤压综合征也随之而来，刘敏不时昏迷。每天晚上，她都不时被减压、锯腿的噩梦惊醒。接着就是一阵阵锥心刺骨的脚丫疼、脚趾疼等幻肢神经疼症状。

重症监护室里的刘敏，身上插满了粗粗细细的各种管子，像一根根绳索，把生命捆在她的身体里。任何一根松动，似乎都可能让她魂飞魄散。

她的妈妈慌慌张张地来到医院，心急火燎地在病房里穿梭，把脑袋伸向每一位病号，瞪大眼睛，仔细查看。

妈妈刚一进门，刘敏就看见了。

几天来，她只身躺在孤苦伶仃的病床上，病痛把她折磨得死去活来，心中最大的渴盼，就是能见到妈妈。因此，只要清醒着，她就紧紧盯着门口看。

每有人进来，她的心里总会一颤，是不是妈妈？

虽然总是失望，但她固执地相信，下一刻，妈妈就会从那扇门走进来。所以，病房的门口，已经成了她忍受病痛折磨的力量源泉。

日思夜盼，刘敏最熟悉的身影终于出现：妈妈来了！

她的眼睛，紧紧地追随着失魂落魄的妈妈。

一个病床一个病床地看过，妈妈终于向她走过来。刘敏甚至听到了妈妈急促的喘息声了。她的心跳也骤然加速，恨不能像小时候与妈妈捉迷藏一样，猛然蹦出来，把妈妈吓一跳。

可是，她佩戴着呼吸机，别说蹦，就是连喊妈妈的声音也发不出啊。

时间的脚步实在太沉重、太滞涩了。

妈妈快扭过头来，女儿在这儿啊！

刘敏紧张得口干舌燥。

终于，妈妈向她的病床走来。

妈妈俯下身，鼻尖几乎贴在了她的脸上。

刘敏看到了妈妈那泪汪汪的失望的眼神，听到了轻轻的一声叹息。

妈妈慢慢地直起腰，竟然没有认出自己的女儿来。

刘敏的一颗心，訇然坠落，如入冰窟！

……

护士来了，帮她指认女儿。

可是，妈妈呆呆傻傻地站在病床前，不敢相认。

是啊，此时的刘敏，身上插满管子，浑身浮肿，哪里是妈妈眼中那个白嫩、可爱的女儿呢？

愣怔片刻，妈妈才猛然醒悟过来似的，怯生生地攥住"女儿"的右手，脸上挂着一层干枯的"笑"，不住声地说："活着就好！活着就好！"

15. 九死的女子

张凤的病情越来越严重了，医生建议转院。

5月17日，张凤转入重庆324医院。

随后，她的左腿实施第二次手术，截肢到了膝盖以上。

终于，张凤的伤情稳定了，左腿残端慢慢康复，不久就可以转入四川省假肢厂，接受假肢安装了。

可是，一想到假肢，一想到残疾，张凤总是半天回不过神儿来。虽然爸爸妈妈一再劝慰，但仍无济于事。

张凤原本就不爱说话，从此更是沉默寡言。她眼神茫然，整天空着一张脸，没有任何表情，谁都猜不透她的心思。

妈妈没办法，常常偷偷躲出去抹泪。

其实，恶魔对张凤的折磨，远未结束。

5月底，医生在对张凤的右腿进行检查时，发现虽然皮肤已经渐渐恢复正常，但表皮下的肌肉组织已经全部坏死。

必须尽快截肢，不然有生命危险！

张凤听了失声痛哭："那样我就一条腿都没有了！"

从此，16岁的女孩张凤，双腿高位截肢，成了折翅的天使。

然而，血淋淋的噩梦，还在继续，甚至变本加厉。

由于张凤内脏长时间受到挤压，引发的急性肾功能衰竭越来越严重。医生

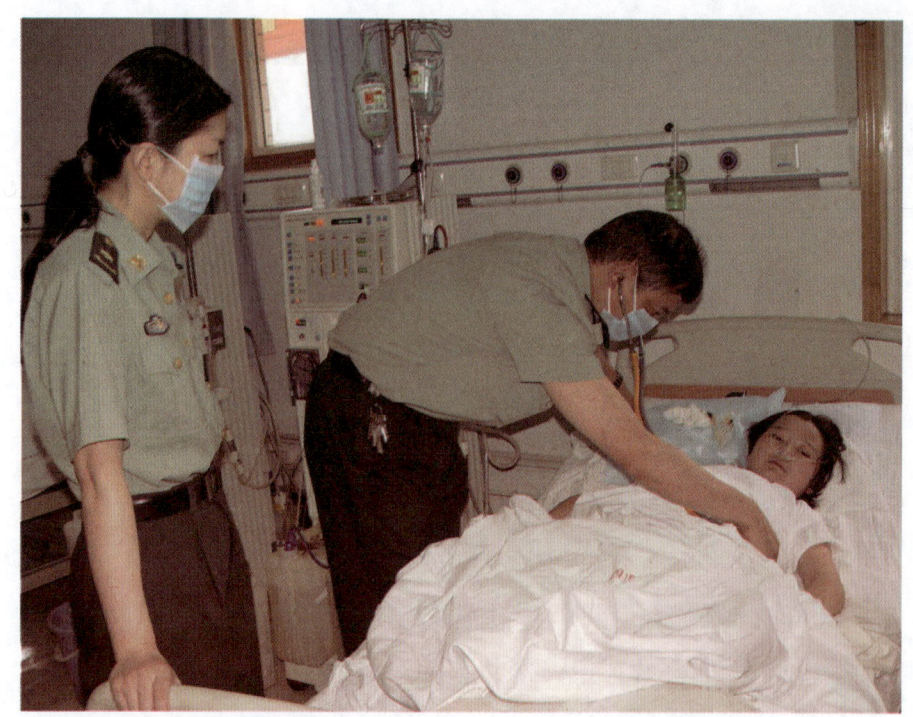

2008年5月,张凤接受治疗

严禁她进食,仅靠药物维持生命。

她的身体状况日益恶化。

那天下午,张凤突然心跳加速,呼吸急促,心率接近130bmp。

又是一波紧张的抢救!

打麻药,医生从她肋间刺进细长扁平的针头,抽出了一大管淡黄色的胸腔积液……

病情刚刚稳定,张凤又高烧不退,眼睛竟然失明了。眼前金星四射,突然,黑暗中一只大手向她抓来。她拼命地左躲右闪……

过后她才知道,原来是癫痫发作,奋力挣扎,几个人都按不住。伤口都挣开了,鲜血把床垫洇湿大片。

张凤被紧急送进重症监护室。父亲再次签收了病危通知书!

……

别的医院的老专家前来会诊，详细了解张凤的病情后断言：这个女孩已经没救了。如果能把她救活，就算你们发射了一枚火箭！

本院一位年轻的医生却坚称："一定能救活她！"

于是，张凤从重症监护室被送进了呼吸科，采用世界一流的血透仪循环治疗。

每天，医生护士三班倒，寸步不离地守在她身边。

她的饮水量被严格控制，精确计算每餐饭食的含水量，每天总的摄入水量不能超过100mL。而一个正常成年人，每天的总需水量约为3000mL。也就是说，张凤一个月的控制摄入水量，仅仅能满足常人一天的需要。

焦渴可想而知！

然而，唯一为张凤解渴的方法是，护士定时拿着浸湿的棉签，在她干裂的嘴唇上涂抹，浅尝辄止。

张凤的心，像一口经年干枯的老井，最祈盼的，就是水。

那一天，护士姐姐带进来一瓶茉莉花茶。

张凤看见了，有气无力地说："姐姐，快给我喝一口！"

"不行！"

"只要一小口。"张凤可怜巴巴地改口说。

患者就是上帝，而此时，天真又惨遭不幸的张凤，更是医护人员及亲人眼中娇贵的小公主，都小心地呵护着、宠爱着。

护士打开瓶子，给她倒了一小瓶盖。

张凤小心翼翼地端着，本想好好地品味一番。可是，一接近干渴的嘴唇，还没容她咂，就被迅疾吸进了干枯的喉咙里。就像猪八戒吃人参果一样，根本没有品尝出滋味。于是，遗憾地囔嚷着还要，护士却一滴也不敢给她喝了。

为了降温，护士常常发给她一个冰袋。她抱在手里，颠来倒去，爱惜地玩弄着。突然有一天，她感觉冰袋里有细细的水珠渗出来。她突然安静下来，一动不动地抱着手心里的宝贝。等水珠儿聚集到一起时，悄悄的，舔舐着……

护士察觉出了她的异常，问她为什么把冰袋放在嘴边。她恋恋不舍地挪开一点点："冰袋放在脸上，可舒服呢。"

病床下，放着亲戚送来的礼品。妈妈遵照医嘱，看管着，不让她食用。

半夜里，她悄悄地伸手到床下，竟然摸到了果冻。凉凉甜甜，滑滑润润，真是沁人心脾。偷吃了一个，感觉不过瘾，又摸出来一个，慢慢舔舐。

第二天又如法炮制。第三天早上，妈妈发现了床下的果冻壳，不但严厉地批评了她，还把床下的物品一件不留地全部清理出去。

张凤遗憾地想念了好几天，悔恨自己怎么那么傻，为什么不把果冻壳塞在床铺里面呢？那样，妈妈不就看不见了吗？

……

张凤的身体还是太虚弱了，经不起任何风吹草动，稍有不慎，恶魔便以命相胁。

那一段时间里，医院曾先后9次给她下达病危通知书……

病愈后，医生和病友都说，这姑娘命大，死过9回都活过来了，必有后福！

唉，谁知道呢？

16. 为爱正名

新闻报道说，北川中学救人小英雄晏鹏被救出废墟后，在医院抢救无效死亡！

戴克维看到新闻后，不禁扼腕叹息。

万幸，只是虚惊一场——电视台误报！

这，使得戴克维更加密切地关注起了晏鹏。

小英雄晏鹏得救了，可是他永远地失去了右腿。戴克维心里一沉——这个孩子将来怎样安身立命呢？

的确，晏鹏还只是一个16岁的孩子，正处在人生最稚嫩的花季，却惨遭摧折，残缺了。人生漫漫，不知道他将来会因此遭遇多少坎坷？

对于这样的英雄少年，社会应该帮助他、庇护他！

……

2008年6月11日，北川中学校长刘亚春，在北京人民大会堂做首场抗震救灾英模事迹报告时，将晏鹏的先进事迹放在了第一个。

然而，6月16日公示的"中宣部、中央文明办、教育部、共青团中央、全国妇联"等五部委联合举办的"抗震救灾英雄少年"与"抗震救灾优秀少年"评选活动候选人名单中，竟然没有晏鹏的名字！

戴克维感到十分意外！

当今教育形势错综复杂，为了引导青少年健康成长，激发正能量，社会太应该给予晏鹏这样的英雄少年应有的荣誉了。

问问相关部门，却是没有收到晏鹏的事迹材料。

这是什么原因呢？

原来，由于当时上报抗震救灾英模事迹的时间较紧，而且，北川中学迁址复学、幸存学生抚慰及遇难师生善后工作繁杂忙乱，学校工作人员就选报了在地面参与救援、老师看得见、表现突出的5名学生。晏鹏呢，或许因为他钻进废墟救人，多数人并不知道；或许因为他平时表现一般，被有意无意地忽略了。并且，由于当时灾区通信中断，因此在上报名单前，学校也没有与正在北京汇报情况的校长刘亚春沟通，所以才出现失误。

刘亚春返回学校后，得知漏报了晏鹏，气得一把抓过桌上的暖瓶，摔了个粉碎。

他忿恨地说，为什么不报晏鹏，就因为他平时表现一般吗？关键时刻才能真正看清一个人，而晏鹏平时表现一般，说明不了他的本质。教育，是要用爱点亮学生心中的希望。如果学生都能自觉成才，那还要老师做什么？我们为人师长，却因为一己偏见，人为地熄灭学生的爱心和希望，这还单单是失职吗？晏鹏将来若是因此自暴自弃，不能很好地立足社会，我一辈子都不会安心！

晏鹏能否正确面对这件事情，也正是戴克维的担忧。

为晏鹏争取应得的荣誉，不仅是为他将来拥有更好的学习、成才的机会，以便更有尊严、更体面地立足社会。更是为了维护社会的公平与正义，否则，谁还会冒死见义勇为呢？！

于是，一个远在北京，一个身在北川；一个是国家领导干部，一个是深山小小少年。虽然他们素昧平生,非亲非故,远隔千山万水。但北京的关注和爱心,开始悄悄地燃烧了……

附录

汶川大地震灾区采访手记之三:

惊恐的初夜

2008年5月19日

我们飞往成都的时间是中午12时30分,所以10点钟必须从中国作协出发。

这样,壮行会从9点开始,只能控制在一个小时之内。

趁着早餐后的一点儿时间,我赶紧写了一个讲话稿。

壮行会的会场在中国作协会议室。气氛特别凝重,中国作协全部领导出席。

我的发言稿标题是:挺身赴国难。

"……拿到采访团成员名单的时候,我注意了一下,发现大多数曾经是军人,比如团长高洪波主席、副团长何建明,团员李鸣生、徐剑、商泽军、王汉青、康纲联、马娜等等。一刹那间,我更有一种特殊的感动!

"是的,我们都是作家,但现在我们更是战士!尤其在目前这个国难当头的时候,我们要冲上前线,共赴国难!因为中国作家从来具有这个光荣传统,中国作家从来不缺少这份神圣的责任和使命,更不缺少这一腔如火的热情和沸腾的热血!

"人们常说,大爱无言。但我要说,大爱无言而有形,这个'形'是'形状'的'形'——那无疑是心形的!这个'行',更是'行动'的'行'!我们都可以看到,全国人民都行动起来了,捐物、捐款、献血……除了这些,我们作家还能做些什么呢?

"是的,我们作家应该成为这个特殊时期里最活跃的文艺工作者,用我们的如火的热情，去进一步激发和点燃社会和民众的热情，去进一步发酵和凝聚最强大的民族精神，去更深刻地留下中华民族这一份沉甸甸的历史记忆，从而众志成城，跨越灾难，共铸明天！

"文人报国无长物，唯有手中笔如刀。也许灾区还有着种种危险：余震、水患、瘟疫……但我们不怕！

"因为，我们现在是战士，是以笔为枪的战士！

"让我们挥舞手中的武器，驱使脚下的胶鞋，走向前线，走向汶川！"

飞机进入西安上空时，正是2点28分，刘颋以一名记者的身份，号召大家为死难者默哀。

我问了一下，这会儿的飞行高度是12000米。

这真是全世界最高层次的默哀了。

到成都后，本来我们都打算到一线住帐篷，但四川方面的条件不允许，因为帐篷奇缺。他们说，好在几个重灾区离成都不远，每天早出晚归，中午可以在当地就餐。

我们入住的是福德酒店，是他们精心寻找的刚建成几年的新型大酒店。他们询问过，这座楼的建筑质量绝无问题。我被分配到1202房间。

当天晚上，我们开会讨论行动方案，确定的采访思路是：先集体采访，把全川重灾区走一遍，然后再分别选点，深入下去。

开完会后，已经接近24点了，困得很，我回到房间想好好睡一觉。

突然，电话响了，宾馆服务员通知说，据国家地震局预测，今晚可能有6~7级余震，并请我收看电视。我马上打开电视，这才发现，屏幕上在连续播报和文字反复提示：19日至20日有可能发生6~7级余震，请大家注意安全。

我猛地感到一股怵人的恐怖气息扑面而来，浑身冰凉。

像天气预报一样由国家电视台公开预报地震，在历史上还从未有过，看来今天晚上是在劫难逃了。

赶紧打电话找团长高洪波，可电话已经打不通了，全瘫痪了。拍门找他，也不在屋内。

其他团员也出来了。我们商定，出去找一个啤酒摊，消磨时间到天明。

可走到街上，才发现所有的酒馆全都停止营业了。街上一片慌乱，不少人抱着被子和枕头，在寻找宿地。

恐怖气氛越来越浓。宾馆服务员说，可以在宾馆门口内外打地铺，一旦地震发生，可以逃生。我们赶紧跑回房间，把被子抱出来，铺在门口。

这时候，谁也顾不上许多，横七竖八地混躺在地上。

中国作协机关刊物《作家通讯》主编高伟不忘自己的职责，赶快拿出照相机，闪起光来。

何建明说："这照片能发封面。"

刘颋说："那叫什么名字呢？"

李鸣生说："初夜，中国作家采访团的初夜！"

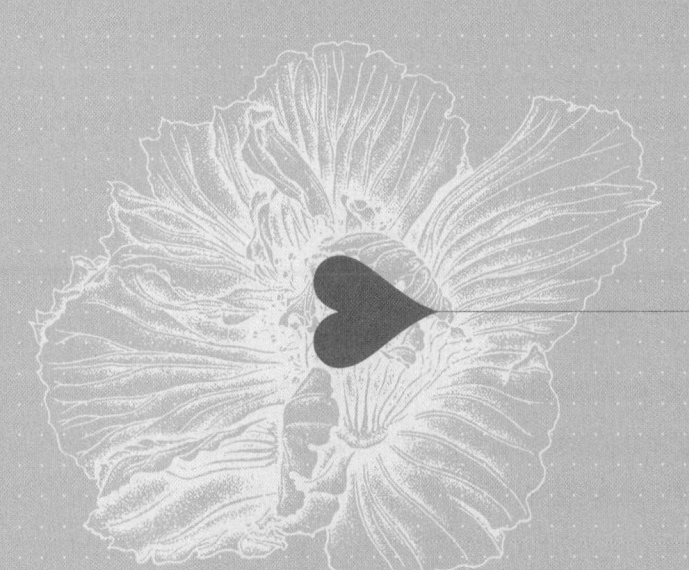

第四章
心牢

病房里,有的孩子夜里不让关灯,关上灯就说地震要来了;有的孩子睡梦中会突然大喊,地震了,快跑啊;有的孩子不让关病房的门,说地震来的时候方便逃命;有的孩子整天不说话,对着墙壁发呆……

没有做过母亲的王志航,竟然有着如此炽烈的母爱之心,那么的不厌其烦。

似乎,真是上天派她来,陪伴这些受伤的孩子……

17. 等待灾难

实在太忙了，王志航根本不可能长时间上网，也不能及时回帖。

而这时，全国各地的志愿者正纷纷向灾区赶来，因为联系不便，很多事情都被耽误了。于是，她便在网络上公布了自己的手机号码，方便大家随时联系。

她的手机，从此就成了灾区最热心的志愿者，整天呼叫不停，累得浑身发烫。

只要有外地志愿者找来，王志航总会想方设法帮忙。有时住处不好安排，她就领回自己家里。来的志愿者多，家里住不下，她便自费安排在宾馆住宿。

她组织新来的志愿者进行岗前培训后，再安排到各大医院去做志愿者服务。

那天，来了5名大学生，王志航却没有接收，自费给他们买了回程火车票，劝他们返校安心读书。

有一个哑巴，写了一张字条递给王志航：我从北京来抗震救灾，三天没有吃饭了，没有地方住，也没洗过澡。

王志航当即掏出500元钱，塞进这名志愿者的手里。

过后有人说这可能是个骗子。王志航笑笑：我相信他是好人。

……

四川省人民医院看到每天来来往往的志愿者太多、太混乱，找到王志航，专门给她腾出一间临时办公室，当作志愿者服务站。

王志航每天负责接待志愿者，登记人数并分派工作，为志愿者分发矿泉水及盒饭。最繁忙的时候，一天要分发10000份盒饭。

什么概念？

10000份盒饭首尾相接，能排5里地那么远！

之前，王志航整天打麻将消磨日子的时候，从来不敢想象，自己竟然有这么巨大的能量。

那几天,她早上醒来对自己说的第一句话就是:"你的能量,超乎你想象。加油!"

......

有时候,王志航还帮助灾区伤员刚刚出生的孩子取名字,有10多个孩子的名字是她的杰作呢。

其中有一个王姓的男婴,她给取名王雨辰。

"震"字上下拆分,正是"雨辰",意为震生。

灾区来的伤员大多没有换洗的衣服,王志航便从家里拿来衣物,分发给伤员和他们的家人,然后再带着他们的血衣、脏衣,回家清洗。

那天早晨,王志航刚走进病房,猛然一愣。一屋子躺着和站着的十几个人,全都穿着她最熟悉的衣服。那种感觉,说不出的奇怪。

王志航缓过神儿来,幽默地说,你们能不能别同时穿呀?

别看王志航做事大大咧咧、风风火火,其实粗中有细,为灾区捐赠尿不湿及卫生巾,就是她的提议。

仍然余震连连,王志航不单要安排志愿者们的吃住、分派工作,更要操心他们的安全。人家远道而来,都是地震灾区的恩人,不能因为自己照顾不周,凉了大家的心。

那天,电视台报道说:据四川省地震台网预测,2008年5月19日至20日,成都市及周边地区,将发生6~7级余震。

2008年6月,王志航前往北川羌族自治县擂鼓镇板房幼儿园,运送新浪网网友捐赠的救灾物资,看望地震孤儿

于是，成都大逃亡开始了！

谁都不敢躲在房间里，拿自己的身家性命与死神打赌！人们，车们，全都争先恐后地涌向郊外。二环和三环，顿时交通瘫痪。汽车焦急的鸣笛声，人们急迫的喊叫声，吱吱哇哇，骂骂咧咧，乱作一团。

……

医院里的伤病员已经挪到了安全地带，外地来的志愿者也安排妥当了，王志航这才坐在伤员的帐篷外，休息一下。但是，一伺闲下来，恐惧便立即把她包围了。大地震随时可能到来，虽然有所准备，但谁又知道灾难哪一刻降临呢？

电视台专门请来一名地震专家，讲地震遇险自救的知识及注意事项。在注意事项中，专家特别强调一定要带上身份证。

当然，如果真的发生地震，身份证会为抢救治疗、救灾物资领取等等带来很多方便。可王志航却总是觉得，让带身份证是为了方便救援人员辨认遇难者尸体。因此，她就更加害怕起来。

给丈夫打电话，无人接听。又接连发了7条短信，无一回复。

在最后一条短信中，她写道："我爱你！我爱你！如果灾难来临，我愿意与你死在一起。"

但是，仍然泥牛入海。

王志航心里明白，自己出来当志愿者，又时常带着外地志愿者和伤员家属到家里居住、洗澡、换洗衣服，丈夫十分反感，因此连日来对她置之不理。

此刻，王志航被几天来从未有过的孤独感紧紧地攫住了。而孤独感又加重了恐惧，不由地悲从中来，心里冰凉，脊背一阵阵发冷。

虽然在别人看来，她有家有丈夫有女儿有车有房，可她又一无所有。

为了照顾丈夫，和丈夫与前妻的女儿，王志航放弃了自己生儿育女的机会，待女儿如同己出。可是，在这灾难即将来临的最危险的时刻，丈夫和女儿，竟然连一声问候也没有。

王志航毕竟只是一个柔弱的女人啊，虽然在志愿者和伤病员眼里，她确乎是信念坚定的女强人形象，快人快语，麻利干练。但是，独自面对灾难时，她又是多么的无助啊。

2008年11月,王志航在北川中学临时板房校舍看望伤残孩子们

她躺在自己的帐篷里,默默流泪。这种等待灾难的过程,比灾难本身更让人恐惧和抓狂。这时,一个女人的声音从隔壁帐篷里传来:"要震就震,要干啥子就快点,这样子等哈(下)去,人都要疯喽!"

下雨了,王志航心里湿得一塌糊涂。

收到一条短信,她以为是丈夫发来的,迅速拿起手机,竟然是小芳:"干妈,您好吗?今晚可能有地震,一定要照顾好自己!"

王志航的心里,顿时涌起一股温热,任凭泪水奔流。

帐篷的一角,倒立着两瓶矿泉水。这是当时地震灾区普遍采用的最简陋却也最可靠的"地震仪"。

王志航躺在帐篷里,两眼紧紧地盯着惊恐的矿泉水瓶,以便一有风吹草动,随时与死神赛跑。

虽然疲惫至极,但仍睡意全无,就这么眼睁睁地等待地震,等待灾难。

不敢脱衣服和鞋子,双肩包就放在手边。然而,看似准备妥当,可她还是担心遭遇不测,因此拿起手机,安排自己的后事。

几天来,王志航为伤员和志愿者买东西,资助需要帮助的人,花了很多钱。她银行卡上的数字,一天天消瘦,比她自己柔弱的身躯还显得干巴。但她还是把银行卡的密码,告诉了在外地的侄女,嘱咐她如果自己发生意外,一定过来料理后事。

……

凌晨，官方通知解除地震警报。

万幸，地震没有发生，但王志航的心里，却发生了一次特大地震。

此后发生的那件关乎她家庭命运的事情，与这个冰冷心碎的夜晚有着直接关系……

18. 疮痂

5月17日，晏鹏转院至重庆324医院，继续右腿截肢后的残端治疗。

此时，医生检查发现，他左脚大拇趾下方的脚板肉坏死了，已经开始化脓。必须立即治疗，否则波及整条左腿。

为了不伤及"无辜"，不敢打麻药，就那么硬生生地用刀一片一片地刮去死肉，像古代的凌迟大刑。可是，这孩子究竟犯了什么错呀，竟然惹怒了老天爷，难道是因为他冒死救人吗？

长了16年的皮肉，被一刀一刀地割下来。有时，接连数刀刮下去，晏鹏毫无知觉。可猛然一刀触及活肉，就疼得他身子一挺，顿时眼前发黑，冷汗直冒。

坚决不能再失去左腿了！

晏鹏时而暗暗诅咒，时而悄悄祈祷，这个从来不知低头的可怜小伙子，此时却无奈地向老天屈服了，向命运投降了。

他的心灵，在一次次痛苦折磨下，慢慢变得麻木。

或许，在外人看来，这个小伙子成熟起来了。

其实，很多苦难下突然成熟起来的心，都裹着一层厚厚的壳。成熟只是假象，就像伤口临时结的痂。

无疑，晏鹏此时的心壁上，正是结了一层固执的疮痂！

最可怕的是，这层疮痂，有些人一生一世都难脱落，只能在灰暗凄凉中，痛苦地咀嚼生硬病态的人生……

16岁的晏鹏，世事初谙，突然失去了一条腿，怎样才能平稳地走向未来

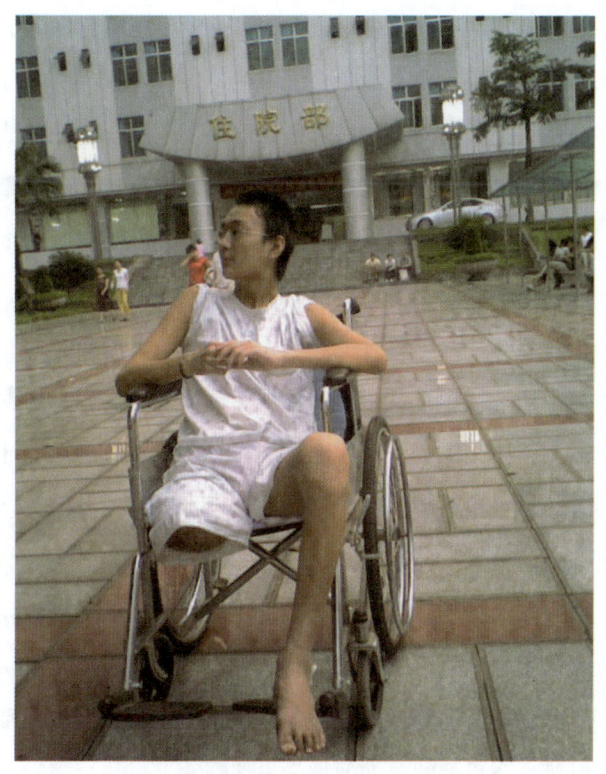

2008年,晏鹏转移到重庆市解放军324医院继续治疗,因残端感染,在324医院进行了二次清创手术,图为晏鹏第二次清创手术后身体逐渐恢复,在住院部楼下拍摄

的人生路呢?

然而,他心底的追问越多,痛苦就越多,受伤也就越深,心灵上的疮痂也会越结越厚。

可是,造化弄人,一波更大的痛苦,接踵而来。

晏鹏左脚坏死的皮肉割除治愈,总算保住了左腿。可是,他右腿残端的整个创口,又严重感染,坏死化脓。医生不得不实施第二次手术——清创,切除和清洗坏死的肌肉组织。

仍然不敢用麻药!

每天,医生用冰冷的钢钳,夹着浸了刺激的消毒液的棉球,在坏死的肉洞里搅动清洗,直至洗出新鲜的活肉,流出鲜血为止。

想必朋友们都曾有过手上扎入尖刺的经历,那种刺痛且百爪挠心的感觉,实在让人煎熬,必欲拔之而后快。然而,那只不过是一根微细的尖刺,就让人如此痛苦难忍。而晏鹏截去的可是一条腿啊，大大的创面，用消毒液清洗，剜心之痛，旁人看着都会心惊肉跳！

医生每次端着器械来到面前，晏鹏就止不住地战栗，汗如豆出。往往清洗不到一半，衣服透湿。可是，你敢想象吗，如此锥心刺骨的疼痛，如此漫长的清洗揉搓，有如炼狱，但他自始至终，从不喊叫一声。

他幼弱的心灵，该承受多么巨大的痛苦啊！

有时，医生看看他那毫无血色的腊黄的面孔，心里就怕怕的，总担心他打熬不住，猛然暴发；更怕他把痛苦郁积在心底，引发心理疾病。

因而，医生每次帮他清洗完，手忙脚乱地擦擦汗，总是没话找话地与他聊几句。可晏鹏却绷着一张脸，一声不吭。

……

然而，连续清创半个多月，坏死的肉洞仍在扩大，医生不得不给他实施第三次手术——再次截肢！

最痛苦的莫过于母亲，两个儿子一死一伤，而且活着的儿子又要遭受如此磨难，当母亲的，如何承受得住啊？

晏鹏入睡的夜里，母亲常常偷偷地走出去，失声哭泣……

19. 神秘的钥匙

2008年6月初，绵阳市上游的北川县唐家山堰塞湖出现险情，绵阳市人口必须全部转移。

为了接受转移过来的伤员，成都市各大医院将已经初步治疗的伤员，转至全国各地医院，只留下一些需急救与截肢的伤员。

截肢伤员康复后，要到设在成都市的四川省假肢厂（后更名为四川省肢体残疾康复中心）接受假肢安装与康复训练。

那天，王志航像往常一样，走进省医院的应急病房。往日的拥挤和喧嚣像潮水一样，远远地退去了。走廊上空荡荡的，像退潮后空寂的海滩。

黄益民看见王志航,嗓子一下哽住了:"姐,伤员不多了,你咋还来?"

他是王志航精心照料的一位伤员。地震时,他从四楼坠入废墟,生死自救十多个小时,才从废墟里爬出来。这次地震,他永远地失去了13岁的女儿和自己的一条腿。

"我不会离开你们,到时候要陪你们安装假肢,扶着你们重新站起来。"王志航说着,倒了一杯水递在黄益民的手里。

王志航认识李安强,是在四川省假肢厂。

2008年7月初,因为帮助映秀镇的4名截肢伤员联系假肢安装,王志航来到假肢厂,了解国家免费为地震灾区截肢伤员安装假肢的福利政策,并帮助他们联系床位,对接康复医师。

让王志航意想不到的是,假肢厂的病房里有很多伤残的孩子。他们的脸上,个个流露着痛苦的表情,似乎对上天的不公充满了痛恨。

她还听说:有的孩子夜里不让关灯,关上灯就说地震要来了;有的孩子睡梦中会突然大喊,地震了,快跑啊;有的孩子不让关病房的门,说地震来的时候方便逃命;有的孩子整天不说话,对着墙壁发呆……

这些折翅的小天使,其实已在心里画地为牢,把自己的灵魂囚禁了。如果他们的心理障碍得不到正确疏解,走不出自己的心牢,将会是一生的负累,甚至会毁掉一生,毁掉一个家庭!

王志航自己的教训就刻骨铭心,正是莫名强加给她的劳动教养,让她心理

2008年6月,成都假肢厂,王志航与伤残小学生

失衡，自暴自弃，以致人生脱轨。

……

回去的路上，王志航拐进书店，买了《人格心理辅导》《精神分析引论》两本书。她想试着为孩子们做心理辅导，帮助他们走出灾难阴影。

她可能已经有二三十年没进过书店了。小时候，她最喜欢读书，而且曾经揣着一个温热的文学梦。可是，突如其来的变故，把她的梦想彻底撞碎了……

新买的两本书捧在手里，好似捧着一把开启未来的神秘钥匙，沉甸甸的使命感油然而生。没有做过母亲的王志航，竟然有着如此炽烈的母爱之心，那么的不厌其烦。似乎，真是上天派她来，陪伴这些受伤的孩子……

从此，王志航志愿者服务的重心，转向了四川省假肢厂。

20."破坏分子"

王志航第一次与李安强见面，气氛并不融洽。

那天清晨，她像往常一样走进假肢厂的病房，发现原先一直空着的那张病床边，伏着一位年轻女子，双手正摩挲着被单下蒙头躺着的另一个人的大腿。

王志航猛然意识到，这是一对恋爱的青年男女在亲昵。各种芜杂的画面，快速地闪现在她的大脑里。

这里是病房，病人多数是未成年的伤残孩子，而且还有几名女孩。在此风流，成何体统？

王志航不由怒从心起，大喝一声："怎么回事？"

床上躺着的，正是李安强。而他身边的年轻女子，是志愿者张玲。

王志航进来的时候，张玲正把双手伸进被单下，小心地给李安强按摩双腿的残端。

一场尴尬的误会！

其实，张玲早已把李安强当作自己的亲弟弟了。

她原本在成都市工作，是最早到医院服务的志愿者之一。

地震发生后，她不顾男朋友的劝阻，毅然辞职到绵阳市当志愿者。最初，由于志愿者紧缺，张玲被安排在重症监护室，一个人要照顾很多伤员，每天只能休息三两个小时。后来，志愿者多了，便安排她专门照顾李安强。

李安强双腿残端康复后，转至四川省假肢厂，她也跟了过来。直到李安强装好假肢康复出院，她才回去找工作上班，是坚守时间最长的志愿者之一。

王志航话音未落，受到惊吓的张玲赶快站起来。李安强也猛然掀开被单，撑着双臂，像一只愤怒的小鸟，恨恨地盯着王志航。

李安强被截去了双腿，是王志航近来见到的受伤最重的一个孩子。她的心里猛然一紧。

张玲连忙介绍说："这是李安强，都喊他强强。我是一名志愿者。"

"别叫什么强强了，那么坚硬。叫安安吧，一辈子平平安安的。"王志航心直口快，但话一出口，便后悔了。人家已经失去双腿了，还怎么平安？

李安强没有说话，脸上表情扭曲。

王志航知道，这孩子的心里也有一座牢。

"你们这些孩子，就算受了伤也要有礼貌，我们成都没有对不起你们哈。"王志航大大咧咧地说。

其实，王志航是有意教训他。对于受伤的孩子，如果流露出怜悯的表情，有时候反而会让他们的心灵受到伤害。

李安强来假肢厂的第二天，一个截肢的7岁小女孩过生日。王志航邀请众多病友，专门在大厅里为她举办生日聚会。送礼物，吃蛋糕，拍照，以此缓解病房里的沉郁气氛。

大家正热烈地闹作一团，王志航不经意间一回头，看见大厅寂寥的一角，李安强坐在轮椅上，像一只离群索居的小鸟，正眼巴巴地看着他们。

"安安，来呀，咱们一起拍照。"王志航亲热地大声招呼。

李安强摇着轮椅，试试探探，慢慢吞吞地滑了过来。

没想到，第三天早晨，李安强一个人摇着轮椅，来电梯口迎接王志航。这让她心里顿时暖暖的。

她甚至后悔第一次见面时，对他太凶了。一个刚刚失去双腿的孩子，心里该是多么痛苦啊，哪能顾得上那么多的礼节呢？

陪李安强在康复室训练的时候,王志航有意给他更多体贴、更多关照,以减轻自己心里的愧疚。

傍晚,李安强悄悄地对王志航说:"阿姨,我妈妈专门炖了北川的腊排骨,请您留下来一起吃饭好吗?"

从当志愿者的第一天起,王志航就给自己立下了规矩:完全义务服务,不喝灾民的一口水,不吃灾民的一碗饭,不接受灾民任何救灾物资转赠,不给灾民添一点点麻烦……

但是,李安强却把王志航的规矩破坏了,可她反而为此感到幸福。因为李安强的妈妈告诉她,安安喜欢她。地震受伤这么长时间以来,他一天到晚不说话,快把人急死了。这下可好,终于开口了。

王志航知道,安安"心牢"上的锁,已经松动了。

……

李安强与王志航越来越亲近了,双方认了亲。

王志航成了他的干妈,他成了王志航的第12个孩子。

从此,王志航不仅走进了李安强的故事里,更走进了他的命运里……

21. 母亲之外的另一个女人

刘敏与干妈王志航的相识,媒介便是李安强。

虽然刘敏性格开朗,但猛然遭遇噩运,心灵还是受到重创,一度意志消沉。是干妈王志航,陪伴她走过了那段阴晦的日子。

在北川中学,刘敏与李安强同为高中一年级的学生,虽然不是同班,但由于他们同为《绵阳日报》的小记者,时常一起参加报社组织的活动,因此在学校期间就相互熟悉。地震后他们又同在重庆324医院救治,同病相怜,情同兄妹,更加亲近。

在医院接受救治初期,刘敏出现急性肾功能衰竭。她的父亲是一个本分的乡下人,深爱着自己的女儿,但不善于表达。那天,他听说女儿肾功能衰竭,这位老实的汉子吓坏了。

"医生，您看看我的肾与我女子是不是配型，把我的肾给了我女子。"

没有任何思考，脱口而出。这就是父亲发自心底的、最真纯的爱。为了子女，父母甘愿献出一切，直至生命！

噢，可爱的父亲呀，他哪里知道，急性肾功能衰竭，可以通过血液透析，恢复正常。

怕女儿担心右腿截肢后影响将来的生活，这位父亲说："敏儿，别怕！爸爸就是砸锅卖铁，也要给你装最好的假肢！"

父母如此疼爱自己，刘敏心里怎么会不踏实呢？于是积极配合治疗，病情日见好转。

这时，刘敏还不知道李安强也住在这家医院，就在楼上。

那天，有位护士姐姐告诉刘敏说，楼上有一个男孩儿，也是北川中学的学生。

刘敏听后脸上瞬间绽出了一个微笑，一句发自心底的话，脱口而出："噢，北川中学又多了一个冲出来的生命！"

这句话，看似平平淡淡，但从一个在地震废墟下逃生出来的孩子口中说出，那种发自内心的，对生命的渴望与敬意，让人听后不禁潸然泪下。

李安强虽然是双腿截肢，但因为没有受到内伤，所以康复得要快一些。

那天，李安强坐在轮椅上，由妈妈推着来看刘敏。

猛然相见，刘敏与李安强几乎异口同声："哇，是你呀？"

劫后重生，故友相见，感慨万千，叽叽喳喳，说个不住。

李安强转入假肢厂，比刘敏要早一些。

刘敏转入假肢厂那一天，李安强专门到门口迎接。随后，他便颇感自豪地向刘敏介绍了干妈。

毋庸讳言，第一次见面，刘敏对干妈的印象并不深刻。

由于地震发生后，全国各地的志愿者、爱心人士，来来往往，她已经司空见惯。

但刘敏万万没有想到，眼前这位看似普普通通的阿姨，竟然走进了她的生命，直至成为她生命中除了母亲之外的最重要的女人。

22. 祈望疼痛

　　李安强与王志航已经成了无话不谈的朋友、亲密无间的母子，甚至比他的亲生母亲还要亲近。

　　康复训练之余，他总会给干妈讲地震时被埋在废墟下的故事。

　　但是，有一个最重要的情节，却被他有意隐瞒了。

　　正是因为此事，致使他与干妈的母子感情，几近破裂！

　　李安强是北川中学高一（7）班的学生，教室在四楼。

　　地震发生的瞬间，他本能地躲进课桌底下。教学楼轰然垮塌，混凝土预制板断裂，砸在书桌上。他背后的两条桌腿被压弯了，死死地顶住他的腰，使他脊背后仰，肚皮贴在了前面的桌腿上。他原本是蹲着的，此时成了双腿跪地的姿势。后背压在脚后跟上，整个人几乎折叠在了一起，只有一双手还能动。

　　王志航不敢想象，那种姿势，该是什么滋味？

　　而越是这样，她越觉得愧疚，第一次见到安安那天，实在不该凶孩子。

　　……

　　5月13日上午，李安强终于被救了出来。但是，他的身体扭曲僵硬，呈一个"弓"字形。若想立刻恢复成挺拔的人形，除非把他的筋骨拽断。

　　他被送往附近的安县临时医院。救护车唯一的床位上躺卧着一位老人，救护人员便把李安强安放在一张椅子上。他依然跪着，也只能跪着。

　　人类先祖与黑猩猩分手之后，踏上进化成人的道路初期，双腿仍然像黑猩猩一样，生理性弯曲。造物主至少经过上百万年的不懈努力，才慢慢改变了人的生理结构，使人的双腿变得笔直修长，粗细有致，实用且美观。

　　然而，魔鬼仅仅用了20个小时，就将李安强的双腿变弯了，而且比人类先祖的弯曲度要大得多。

　　安县小小的医院，早已人满为患，里里外外全是伤员。

李安强被抱进临时搭建的帐篷里，放在一副担架上。说是担架，其实只是从废墟里捡来的一张破门板。硬硬的，呆呆的，铺在那里。

李安强又开始昏迷了，还不时惊厥。

他太虚弱了，医生急忙给他输液，补充能量。

万幸，李安强的腰部没有受到损伤，渐渐恢复了原状，只是双腿，一直没有知觉。

必须尽快转院！

随即，李安强又被抱上了一辆军用敞篷大卡车，转至绵阳404医院。

被抱上大卡车的时候，李安强清醒过来。卧在军用卡车里，他竟然悲戚地想到了行军拉练。因为他的梦想，就是成为军人，当一名神勇的狙击手。但沮丧的是，第一次上军车，竟是被别人抱上去的。

……

404医院也是嘈杂忙乱，人满为患。

李安强还是被放在一顶帐篷里的硬木板上。

帐篷口，挂着崭新的白色门帘，像一面忧伤的旗帜，默然半垂，纹丝不动。

院子里的高杆照明灯，像一截即将燃尽的蜡烛，在大地的余震中摇摇晃晃，放射着惊惊恐恐的光晕。

从北川到安县，又从安县到绵阳，李安强在废墟里被扒出来以后，就一直在求医路上辗转颠簸。十几个小时了，除了输液，滴水未进，嗓子干得冒烟。

可是，他的双腿还僵硬地弯曲着，仍然没有任何感觉，根本不可能出去找水喝。

他只好盯着门口，凝神听着外面的动静。

有人经过，他赶紧叫喊："求您给我买瓶水，好吗？"

经过的是一位年轻的哥哥，很快给他送来一瓶矿泉水。

不想，刚喝完水不一会儿，竟然有了急急的尿意，只好请求正在给他做检查的女医生，帮忙找拐杖。

"孩子，这里没有拐杖。就是有，你也用不成啊。"

李安强一愣，天真地想，我怎么连拐杖也用不成呢？生活里那些腿脚不灵便的人，不都是用拐杖吗？再说，我有双腿。

他哪里知道，自己这双曾经弹跳如簧的腿，已经成了摆设，甚至累赘。几个小时之后，将被锯掉，扔进垃圾桶！

这时，女医生拿来一个乳白色的尿壶。

李安强第一次使用这种奇奇怪怪的东西，既紧张又害羞。女医生简单地告诉他使用方法，然后就起身到帐篷外等候。

尿液又黑又浑浊！

女医生当即额头紧锁，严肃地对李安强说："必须立即做手术，你忍着儿点，不能进食任何东西！"

……

一位年长的医生，反反复复地揉搓着李安强的双腿、双脚。

随后，用锋利的剪刀豁开了他已经辩不清颜色的牛仔裤，给他做减压手术。

锋利的手术刀寒光一闪，李安强心里一紧。可是，皮肉被划开，他却没有感到一丝疼痛。

此时，他是多么渴望感受到双腿的疼痛啊，然而没有。也没有血液流出来，只有黄色的体液静静渗流……

听到这里，王志航已经哭成了一个泪人。

她不敢想象，面前的这个孩子经受了多么大的苦难，而且，在未来的人生路上，还要吃多少苦头。

张玲担心王志航过度伤心，于是擦擦眼角的泪水，故作轻松地说："王阿姨，我给您讲讲安安的糗事吧！"

附录

汶川大地震灾区采访手记之四：

奠坛

（2008年5月20日）

因为太累，昨夜我睡得尚好。躺在宾馆门口的地板上，真正的和衣而眠，连鞋也没有脱。

早餐后，四川省作协的同志去省抗震救灾总指挥部办证去了。现在世界各国、全国各地的记者作家都要求到灾区来，还有更多的志愿者们，人数肯定是要控制的。

上午时间，我们只好去位于成都市青羊区体育馆的灾民安置点。

青羊区是成都市最繁华的中心地段，其体育馆规模宏大，可现在变成了灾民安置所，纷纷乱乱的，像是农村的集市。只是集市上的人都低着头，满脸惊慌和悲哀，连空气也像山间飘浮的浸透雨意的黑色雾岚，一团团地静滞着，沉默着。

里面到处是帐篷，像一顶顶雨后丛生的蘑菇。

我和刘颋、王汉清走进去，便认识了一个叫章林的藏族小伙子。

章林24岁，映秀镇人，黑黑的，瘦瘦的，低低的。他原在成都市内某酒店打工，地震后租摩托车往家赶。路不通了，他就扔下摩托车往家中跑，跑了一天一夜，终于赶回了映秀，可全镇成了一片废墟。他的家，他的父母已经找不到了，他就这样成了孤儿。

和章林合住一顶帐篷的是一对年轻夫妻。现在是非常时期，帐篷奇缺，一顶帐篷8平方米，规定必须住3个人，也只有这样临时凑合了。

我问章林将来的打算。他说首先要找到父母的尸体，埋葬后，再去找姐姐。他的姐姐和姐夫还在，他们只有凑成一个新家了。生活总得往前走啊。

特殊通行证终于办好了，由四川省抗震救灾总指挥部新闻中心签发。

午饭后,我们往重灾区——都江堰市赶去。

都江堰是一个县级市,63万人口,距成都只有40分钟的车程。2005年的时候,我受浙江方面的邀请,曾来过这里。那委实是一座美丽、娴静、殷实的小城。但现在,一切全变了,变得面目全非,变成了一座空城和死城。

这里离震中汶川只有10公里,很多楼房倒塌了,没倒塌的也成了危房,到处是开裂的墙壁,呲牙咧嘴,痛苦不堪。房顶上的瓦片也都脱落了,像一条条被刮去鳞片的鱼。水、电早就断绝了,那是城市的神经。市民们都住在城外的开阔地带,家家户户阳台上无人看护的花儿们都枯萎了,唉声叹气,唏嘘不已。

在郊外一座体育馆内,市委宣传部副部长曾正伢,一个满脸疲惫,嗓音嘶哑的小伙子接待了我们。这里是整个都江堰市的指挥中心,工作太忙乱了,死者的尸体要处理掉,被废墟掩埋的人要尽早救出来。房屋全部无法居住了,数十万人住在哪儿?吃什么?喝什么?曾经庞大迟缓的政府机构,此时一下子竟变得灵敏起来。

特殊时期,打破常规,虽然混乱,却也高效。

我们去了中医院,这里的楼房全部倒塌,砸死100多人。新鲜的废墟里伴杂着许多生活用品,只有周边的几棵大树刚刚平息下来,还在喘着气,回味着那一场刻骨铭心的大惊悸……

新建小学也是一个重灾点,估计有上百个小学生遇难,废墟里怵目惊心,全是书包、铅笔、课本、鞋子……

马尔康林业局干休所是一栋老楼,粉碎性倒塌,30多人遇难。已经挖出20多具尸体,还有7具没有挖出来。旁边站着一个小女孩,她的父亲仍然埋在里面。她戴着口罩,瞪着大眼看着,挖掘机们满头大汗地在干活,她的脸上流着汗,眼中流着泪。她告诉我们,地震时,父亲正在院内打麻将……

我们又去了聚源镇中学,原来这里有18个初中班,1000多名学生,在这次灾难中,有大多半遇难了。近十天过去了,仍有17个学生活不见人,死不见尸。粗粗糙糙的废墟上,向天上伸出一根根弯弯曲曲的钢筋,像冬天里干枯的枝杈,枝杈上开满了白花、挂满了黑幛。

在一个角落里,放着一个花圈、一个菩萨和一台录放机,反复播放着低回的哀乐。

另一个花圈上挂着一张白纸，上面写着"孩子，您放心地走，您的笑容，永远是我们心中最美的一幕——张春　薛常群"……

一群家长疯狂地围在废墟周围，哭着，喊着，跪着，地上是棱角分明的瓷片和砖块……

不能不让人震惊的现象是，教学楼全部粉碎性倒塌，可周围的几座办公楼、住宿楼却依然耸立，这自然就招致了家长们的愤怒。见到我们作家采访团，纷纷上前哭诉。

当时的场面真是不堪想象。上午的时候，孩子们还在这里欢快地玩笑着，笑声就栖息在那鲜鲜艳艳的花草上，可下午……几百具尸体摆在操场上。

夕阳在山，霞红如血，我站在这里，感觉空气都是凝滞的。

有一句歌词：痛苦的心，无法呼吸。

真是的，我感到了一种彻透天地的大悲哀。

吃过晚饭，已是22点多了。今晚如何度过，又是一个最棘手的问题。

虽然成都的电视里一直在播放着专家的分析和保证：不会有破坏性的余震。

但震区的灾民们都已是惊弓之鸟，谁会相信他们呢？如果他们说话有准，为什么震前不预报？

我与高伟、王汉青打车去天府广场。

广场上，牡丹如雪，万人静默。这座曾经以休闲、安逸著称的城市，此时正在承受着大山般移不走化不开的痛苦。一群群人围拢在一起，中间是数十支燃烧的白蜡烛，烛光摇晃中，是一双双水光淋淋的泪眼，一双双水光淋漓的泪眼下是一张张祈祷安魂的嘴巴，一张张祈祷安魂的嘴巴下面是一颗颗颤抖的心……

第五章
爱满绿丝带

此时她还不知道,遥远的北京,有一位陌生的朋友,也在关注着晏鹏,正为他奔走呼吁。

将来,他们会携手并肩,优势互补,开启几百名孩子的鲜亮未来。

只是此刻,他们还不相识。

23. 熟悉的陌生人

戴克维已然对晏鹏十分熟悉，可晏鹏对他，却是一无所知。

但这，丝毫也不影响戴克维对晏鹏的关注和帮助。

得知晏鹏没有被列入"抗震救灾英雄少年"候选人名单的原因后，戴克维立即让北川中学整理报送晏鹏的先进事迹材料。并且一再叮嘱，此事不要让晏鹏本人知道。

因为，他也没有十足的把握，不知道此事最终能不能如愿。若不能，必然会对晏鹏的内心造成伤害。

晏鹏正经受着右腿截肢和失去弟弟的双重打击，精神极度脆弱，经不起任何波折了。为他争取荣誉，或许能给他带来一些抚慰，可一旦申请失败，必然事与愿违。

晏鹏正值青春年少，是世界观、人生观、价值观形成的关键时期。戴克维之所以尽力帮助他，正是想让他看到社会的美好，以便树立积极的"三观"！

的确，经历了重大伤痛和挫折，晏鹏完全变了一个人，原先活泼调皮的阳光少年，变得沉默寡言起来。常常一个人坐着发呆，夜里又恶梦连连，每每被惊醒。

可他又怕母亲担心，便极力压抑，更使得他内心压力重重。

果然，戴克维的努力没有成功。

相关部门经过慎重研究，一致认为候选人名单按照既定程序，已经向社会公示，并开始投票选举。如果此时再追加候选人，不仅有失活动的严肃性，而且还可能引起盲目攀比和追加上报。

任何事情都不可能尽善尽美，总有遗憾。

这时，一位首长给了戴克维一个提示，使他顿时看到了新的希望。但也正是因此，让他必将付出更多心血！

戴克维为了晏鹏的未来，又开始了更为艰辛的奔走……

2009年8月16日，戴克维到北川中学看望晏鹏并与其交流座谈

此时的晏鹏呢，已经离开了重庆324医院，也来到四川省假肢厂，接受假肢安装。

安装假肢前，先要进行肌力功能恢复训练，特别是要磨炼残端肌肉的耐力。

截去坏死肢体后的残端，会像一棵被截断的有着旺盛生命力的树干，很快便生出一丛嫩芽来。如果残端护理不当，也会疯狂地长出一圈新肉，使残端变得粗大。

按照粗大的残端尺寸去定做假肢的接受腔，穿上假肢后经过摩擦，残端肌肉又会很快萎缩下去。这样，假肢的接受腔就会变得过于宽松，影响正常穿用。

因此，定制假肢接受腔之前，必须进行一段时间的残端肌肉磨炼，使其尺寸尽快定型。

并且，残端长出的新肉鲜活柔软，而合成材料制成的假肢接受腔又相对僵硬，两者结合，必定是小鲜肉"吃亏"。所以，接受假肢前，还必须先将残端的新肉磨"老"，磨"瘦"，磨"韧"。

力量可以通过饮食和锻炼增强，而"新肉"变成"老茧"，却只能人工辅助摩擦。

残端的新肉，就如同一块橡皮泥，要不停地用手搓揉它、磨擦它。不那么娇嫩、敏感时，再依次改用软毛牙刷、硬毛牙刷，一遍遍地刷，一遍遍地磨。

一番打磨，残端四围的皮肤慢慢磨得粗糙，磨出茧来，迟迟钝钝，这种莫名的钝感时期，配制接受腔效果最好。

残端虽残，却无时不在生长。

而假肢的接受腔，却是一定状态下各种参数综合后，因人而异的私人定制，无论残端增肥或减瘦，假肢都不合用。所以，一番"磨砺"后，为了遏制残端肌肉的肆意生长，医生会用绷带将残端紧紧地包扎起来，促使其萎缩在一定状态。

晏鹏第一天来到假肢厂，就在病房里看到了一位热情的阿姨，很多孩子都喊她干妈。

真奇怪！

叫"干妈"的阿姨过来跟晏鹏打招呼。他仍是闷闷无语。晏鹏的妈妈也只是轻轻地嗯了一声。

不用说，晏鹏看见的这位"干妈"，就是王志航。

此时的王志航，已经有了 153 个孩子。

看到晏鹏精神萎靡，王志航心里一沉。

她的这些孩子们，像晏鹏一样心事重重的不在少数。她总是利用自己的人生经验和新学到的心理学知识，与他们交友、聊天。

推心置腹、柔声细语的谈话，像温徐的春风，像润物无声的细雨，浸润着孩子们心灵的疮痂。

疮痂慢慢变软，悄然蜕化……

从这一天起，王志航便开始密切地关注起了晏鹏。

此时她还不知道，遥远的北京，有一位陌生的朋友，也在关注着晏鹏，正为他奔走呼吁。

将来，他们会携手并肩，优势互补，开启几百名孩子的鲜亮未来。

只是此刻，他们还不相识。

24. 安安的秘密

"王阿姨，您知道安安手术后，想到的第一件事是什么？说出来会笑得您直不起腰。"

安安几欲制止，但张玲仍然要说。

做完减压手术后，李安强的双腿还是伸展不开，依旧僵硬地弯曲着。他自己使劲儿往下摁，用手扳动膝关节，足足半个小时。长长的减压刀口都撕裂了，像被剖开的鱼，可双腿才勉强伸展一点点。

然而，可怕的是，双腿减压刀口撕裂，皮肉外翻，却根本没有任何感觉，连一丝疼痛感都没有。

这两条腿已经不是自己的了，死了！

夜已经很深了，但李安强心烦意乱，无法入眠。没有了双腿，自己将来怎么生活？让父母照顾一辈子吗？可是，父母呢？奶奶呢？妹妹呢？他们在哪里？还活着吗？怎么还不来找我啊？看到我的腿成了这个样子，他们能受得了吗？

一个个问号，在他心里打成了一个个结，使这位心事重重的小伙子，更是愁肠百转。

被救出废墟之后，李安强就一直想托医护人员给父母打个电话。可是，人家都忙得脚不沾地，终于还是没敢开口。

要说，即便他给父母打电话，也联系不上。因为他家所在的北川县小坝乡巩固村一带，通信完全瘫痪了，世界被远远地阻挡在了滑坡的大山之外。

李安强又想到了和他一同被埋在废墟里的同学，他们都获救了吗？

梁欢应该不会受伤，可其他同学呢？

……

5月14日，新的一天，在痛苦烦乱中睁开了眼睛，世界仍然惊恐且心焦。

李安强醒了，迎接他的是一个糟糕透顶的坏消息——双腿必须截肢，不然就有生命危险！

李安强心里清楚，医生不会拿他的双腿当儿戏，更不会拿他年轻的生命开玩笑。他更知道，此时，自己是已经确诊的患者。手术台前，医生不是在与自己商量，而是在下最后的通知。要活下去，只能同意，必须配合。

因为右手受伤，李安强只好用左手在手术同意书上写下了自己的名字——李安强。

三个字歪歪扭扭，轻轻飘飘，慌慌张张，恰似李安强此刻的心情。是啊，他才16岁，父母又不在身边。

16岁，还不足以为自己长长的人生做监护，也不足以为多舛的命运做担保。但是，地震受伤的孩子，却又不得不用自己懵懂的青春，挑起生命难以承受之重！

……

手术室里，刀子、线锯、骨蜡……

李安强青紫的左腿、右腿，皮肉被一层一层地切开、分割、锯断……

浑浊的血水，死亡的双腿，惨不忍睹！

李安强醒来时，已经躺回病房了。

他顾不上浑身疼痛，下肢肿胀，陡然想起了一件事关传宗接代的人生大事。

他怯生生地拉一拉在病床边照顾他的女孩，郑重而神秘地说："姐姐，你去悄悄地问问医生，我以后还能不能当父亲。"

这个女孩，正是被安排来专门照顾李安强的志愿者张玲。

张玲善解人意，虽然有些羞涩，但还是带着庄严的使命感，去找医生了。

"能！"医生一听，十分肯定地说。

张玲讲完这段故事，王志航的确笑了，但笑得很勉强。然后，她装着若无其事地走出去，躲进厕所里，哭得溃不成军。

李安强截肢后终于联系上了父母，可他又高兴又焦躁不安。得知父母快来到医院时，他紧张得语无伦次，让张玲把枕头塞在被窝中他的下肢处。说这样下肢看起来稍长些，父母视觉上会好受一点。

一想到这些，张玲也强忍眼泪跑了出去。

25. 生命中的 N 多第一次

刘敏生命中经历的很多第一次，竟然都是因为地震。

第一次住院、第一次输液、第一次坐汽车（坐的是救护车，由北川到绵阳）、第一次坐火车（坐的是地震灾区伤员救援专列，由绵阳到重庆）……

而更多的第一次，是在假肢厂做康复治疗时，干妈王志航带她体验的。

那时候，为了排解孩子们心里的忧烦，王志航常常组织一些活动，带他们外出游玩。

从小到大，刘敏一直生活在层层叠叠的大山里，即便是读高中时在县城，那也不过是狭窄山沟里的一座土头土脑的小城，与省城成都，不能相提并论。况且，父母只在农闲时节打工挣些碎银，日子过得并不宽裕，哪有闲钱消费城市里的生活呢？所以，一直长到15岁，刘敏还没有吃过肯德基。

残端定型磨钝，除了用手反复揉搓，毛刷打磨外，最快捷的办法便是跪在专用的垫子上，用力摩擦残端。

每一次在垫子上跪下，刘敏都会泪流满面。虽然她不想哭，但仍是情不自禁。

母亲和王志航看了心里不是滋味，可任凭怎样劝慰，都无济于事。

这势必会影响康复治疗进程！

刘敏喜欢吃川味卤制的鸭脚板（鸭掌）。为了鼓励她好好训练，妈妈常常许诺给她买鸭脚板。

鸭脚板两块多钱一只，这对于经济条件好的家庭来说，根本不足为虑，给孩子买来吃就是。然而，刘敏家本来就不富裕，而她地震受伤后母亲又长期在医院陪护，不仅不能打工赚钱，还需要大笔开销。更何况，家里的房子在地震中全都倒塌了，爸爸住在帐篷里，一边照顾年迈的奶奶，一边重建家园。山坡地里的秋庄稼还没有成熟，但山地贫瘠，清汤寡水的收成又有多大指望呢？

家里的经济来源断绝了，每天只出不进，原本就可怜巴巴的一小笔存款，日见枯瘦，妈妈怎能不精打细算呢？

妈妈根据刘敏训练的表现，定数奖励鸭脚板。

王志航也不时地"利诱"刘敏，说只要认真训练，就带她出去玩。

刘敏第一次吃肯德基，就是王志航带着去的。她还在王志航的带领下，第一次到KTV唱歌，第一次到电子游戏城玩游戏……

在与王志航的接触中，刘敏发现，这个阿姨好可爱。与她在一起，总有一种踏实、温暖、可靠的感觉。这不正是妈妈的感觉吗？

经与妈妈商量，在征得王志航的同意后，刘敏也认下了这个干妈。

她与李安强，从此不仅是要好的同学，而且成了一个"妈"的孩子。

最让刘敏难以忘怀的，是干妈第一次带她到游泳池游泳。

以前在老家，刘敏常常和小伙伴们在门前的溪流中戏水。游泳池长什么样子呢？她却从来没有见过。

干妈带她和几个病友去的是四川大学游泳池。

2009年1月,刘敏、李安强参加王志航组织的"绿丝带"冬令营

这不单是刘敏第一次见到游泳池,更是她第一次见到真正的大学——那个在她心目中刻画了无数遍,但仍然模模糊糊的圣地!

四川大学古色古香的建筑,真的好漂亮啊,完全刷新了她以往的经验。

进入游泳馆,管理员阿姨走过来,亲热地与他们聊天,还拿出自己刚煮熟的嫩玉米,分给大家吃。要知道,这嫩玉米,正是刘敏记忆深处家乡的味道,幸福的味道。

刘敏接过阿姨递过来的嫩玉米,一股温暖与幸福,涌上心头。

四川大学的游泳池好气派啊,池水碧波荡漾,像一块湿润、涌动的碧玉。刘敏向水里瞧瞧,只是没有家乡溪流中那一群群怯生生的小鱼。

谁都不会想到,正是这次到四川大学游泳馆游泳,在刘敏的内心深处种下了一颗种子,只是这颗种子一年之后才悄然萌芽。

也正是因为这个机缘,刘敏为生命中那个她最敬佩的男人,出了一道难题!

26. 半个人儿

那天早晨,李安强仍然像前几天一样,摇着轮椅到假肢厂的大门口迎接干妈。

虽然干妈一再叮嘱他,不要到大门口来,在电梯口迎接已经很隆重了。安全第一!

可他,偏不听。

夏天的成都处处滴青流翠,姹紫嫣红。老天似乎十分健忘,仅仅过去了两个多月,就把刚刚经历过的苦难全都忘记了,满山遍野又涂上绿油油的希望。

是啊,过去的终究要过去,心理必须清零,思想必须减负,才能轻松前行!

艳阳当空照,鸟儿枝头叫,多么美好的一天。

这时,一个十来岁的小男孩儿驾着滑板,从王志航与李安强身旁驶过。他本想玩个花样,但笨笨拙拙,没有成功,还差点儿摔喽。

"臭小子,你慢点儿!"王志航喊给他。

如果是在几天前,当着李安强的面,看见蹦蹦跳跳的孩子,她会视而不见,怕他受刺激。

可现在不一样了,李安强已经接受了自己双腿残疾的事实,而且变得阳光起来。

后来事实证明的确如此,李安强是因灾致残的同学中,没有找过专业心理辅导师的,为数不多的一个。

回病房的路上,他兴致勃勃地告诉干妈,自己以前很喜欢跳街舞。每当下了晚自习,就与同学换上新潮的卫衣,头戴鸭舌帽,到操场上练习街舞。他能倒立、旋转,还会前后滚翻。超酷的样子,让女生都看呆了。

"臭美!"

"真的。"

到了病房,李安强要表演给干妈看。

他用双手撑起身体，但颤颤抖抖，难以支撑。他气喘吁吁地说："干妈，倒是还能跳，只是因为没有双腿的自然抬举，单靠臂力支撑起全身的重量，实在太难了，太难了。"

哪里还有全身哟？王志航听着，柔软的心头既生出了明亮亮的希望，又浸溢出泪汪汪的怜惜。

当天晚上，王志航应李安强要求，没有回家，留下来陪他睡在一起。

毋庸讳言，她从来没有跟残疾人同过床，这对她来说具有很大的挑战性。但是，她不能拒绝，因为她的任何一点胆怯，都可能对李安强的心灵造成伤害。

淡淡的夜色挤过窗户，静静地匍匐在病床上，轻轻地爱抚着李安强的身躯。

一觉醒来，王志航猛然看见李安强惨白的残端，心里一憷，吓得再也睡不着了。很多次，看着儿子残缺的身体，她好想拿把尺子丈量一下，看看恶魔到底有多残酷。可是，她又不忍下手。

她根据自己胳膊的长短，揣摩着李安强的身高。

肯定不到1米，或许只有70多公分。

医生按照李安强的各项身体指标推算，他本该长成一米八几的大个儿。

难怪他的妈妈说，看嘛，好好的一个孩子，只剩下半个人儿了。

王志航的心里止不住地泛酸，冰凉的泪水汹涌而出。虽然她没有生育过孩子，但同样饱含细腻、温暖的母爱……

27. 为爱找个家

每当闲下来，王志航总在思考一个更深远的问题。

她可以帮助伤残的孩子们疏导情绪；可以教会他们情感管理和人际关系处理；可以在他们无助的时候，遇到困难的时候，给他们爱与安慰；可以与他们一起哭一起笑；可以用爱陪伴他们成长。但是，她却不能代替他们，走出一条理想的人生路。将来的日子，最终还是要靠他们自己。

因此，他们必须比健全人更优秀，才能在激烈的生存竞争中赢得想要的生活。而要变得更优秀，只能用知识武装自己。所以，务必为他们提供更好的学习条件，再激发他们拼搏向上的热情，才有希望。

王志航每月的退休金只有 800 余元，当志愿者两个多月，已经把 6 万余元的积蓄花完了，而且又卖掉了两份价值 3 万多元的保险单。

可她清楚，自己心有余而力不足，很多问题不是只靠热情就可以解决的，必须发动社会的力量，才能给孩子们更多的关爱，才能帮他们实现梦想。

2008 年 7 月，王志航借助新浪网平台，面向全国乃至全世界，发起了"绿丝带一对一爱心援助计划"，寻找爱心家庭，与汶川地震灾区的伤残孩子对接，进行长期的爱心援助。

当然，地震发生后，国家很快出台政策，受灾家庭基本生活无忧。

可是，房屋重建易，精神再塑难。

因此，在活动发起之初，王志航就把活动重点定在了孩子们的精神关爱和学业资助上。让孩子们知道，大家生活在一个充满爱的世界里。虽然他们失去了宝贵的肢体，但还拥有社会的大爱，可以相携前行，去积极面对生活，积极面对未来，积极面对人生……

为了让爱心人士看到真实、准确、全面的资料，以便根据自己的家庭情况，对接伤残孩子，王志航学着用电脑制作出了条理分明的表格。把孩子们的照片、个人简介、家庭状况以及地震中的经历等等，详尽清楚地一一罗列出来，然后上传到新浪网"绿丝带"专版。

之后，王志航便不停地查看网络，不停地给手机充电，以保证不错过任何一条留言，不漏听任何一个电话。

可是，一天、两天、三天过去了，5 天过去了，网上留言支持者很多，咨询者也不少，却没有一个人留下联系方式，也没有一个爱心电话打过来。

王志航彻夜难眠。

她甚至怀疑是不是自己的手机出了问题。

就在心急如焚的第八天晚上，她手机的铃声异常清脆地响亮起来。

她凭第一直觉，认为是好消息来了，因此心里一股暖流直往上撞。看看对方号码，来自外地，更是让她心潮澎湃。

果然，在王志航苦苦期盼了8天之后，终于等来了第一个"一对一爱心援助"的咨询电话，而且最终与一名伤残孩子成功对接！

2008年7月29日，王志航在博客中写道：

我笑了，是一种前所未有的幸福感充满着我的心灵，是为一个灾区截肢女孩得到社会的关爱而安慰。此时此刻，我恨不得向全世界宣布这个好消息。我的心被爱的希望照亮了……

万事开头难。之后，便是第二个，第三个……

全国各地的爱心，纷纷向"绿丝带"汇聚，在王志航的导航下，先后与孩子们牵手、对接……

成都的卢艳来了，与赵春林和袁孝伟成功对接；成都的张净玮对接了杨淞凌；上海的张琪和罗颖，专程来到四川省假肢厂，成功对接张凤、李安强、李悦。

深圳的神秘客人孟平，来成都找到王志航，表示要对接20个孩子。

王志航说，你一个三十来岁的年轻人，怎么能负担得起这么多孩子的资助呢？再说，即便经济条件允许，但精神关爱也会让你顾此失彼。

因此，王志航只让他对接了王虎、张国先、陈林和张诗悦等4个孩子。

……

几百名孩子，要与天南地北的几百个爱心家庭结对，这是一项浩大且繁复的工程，涉及到方方面面。

无论是在家里的电脑前，还是走在路上，或者坐在车上，王志航随时都关注着活动动态。只要有人咨询，她都不厌其详地耐心讲解。落实了爱心家庭，她还要奔赴灾区，到有意结对的孩子家里、学校进行走访……

半年多的时间里，王志航几乎走遍了灾区的每所学校与每个乡村。

她在映秀镇废墟、向峨乡废墟、汉旺镇废墟、北川中学废墟、北川废墟、青川木鱼中学废墟等地，于残垣断壁中为逝去的生命默哀；在新坟包的松枝上，系上绿丝带……

她在与世隔绝的深山小村里，为伤残孩子的家长讲解"绿丝带一对一爱心

2008年11月，王志航前往北川中学看望张凤、李安强、潘云龙、段志秀等伤残孩子

援助计划"的意义；在乡村临时板房学校，寻找需要帮扶的伤残学生，并鼓励他们参加爱心援助活动，以使他们走进爱心家庭……

王志航像一座小小的电台，持续地向世界发送爱的信号，然后把世界的爱心，捧进最偏远、最闭塞的小山村。

无疑，她就是爱的天使，一位没有翅膀，用双脚播种爱心的天使！

当然，万丈红尘，浮浮躁躁，欺骗与被骗，也时有发生。处于自保与保护考虑，人们思考越来越周全，做事越来越谨慎。

上海的阿文夫妇通过网络，知道了王志航发起的"绿丝带"爱心援助活动，很感兴趣，但又有很多疑问，于是专程来到成都，与王志航见面。

说是了解活动开展情况，不如说是对王志航的审查。经过走访了解、聊天摸底、察言观色等等程序，王志航最终顺利地通过了审查。

然后，王志航又陪同他们来到北川、青川、彭州等地震灾区，看望他们将要对接的孩子。

2008年12月,阿文夫妇开始长期资助8名残疾学生。

不仅如此,因为他们在对王志航的"审查"过程中,了解到这位爱心大姐的全部经济收入,只有每月的800多元退休金。于是,也与王志航结成了"爱心援助对子",时常汇款寄物。

他们还为王志航准备了一份更宝贵、更感人的礼物呢。

不过,这是后话。

28. 有一种爱,叫陪伴

2008年8月5日,张凤终于逃脱了死神的魔爪,双腿残端伤愈,来到四川省假肢厂,进行假肢装配和康复训练。

由于她双腿残端较短,且两腿截肢的长度不同,因此更加难以协调,训练起来往往顾此失彼,格外吃力。而且,她又长时间遭受病魔折磨,侥幸死里逃生,身体极度虚弱。

张凤原本瘦小,又截去双腿,别看她已经是16岁的大姑娘了,可体重只有四五十斤。拖着20多斤重的假肢,每走一步都异常艰难。

这,对于一个花季少女来说,无疑是最残酷的折磨。

站都站不稳,根本不可能学会走!

这个曾经对未来充满憧憬和向往的小姑娘,斑斓多姿的梦想慢慢枯萎了,像受到欺侮的蜗牛,把理想的触角,深深地缩进灵魂的硬壳里,再也不敢轻易尝试。

一直陪护在身边的父母眼看着别人家的孩子先先后后地离开了假肢厂,而自己的女儿还步履艰难,而且一天到晚呆愣愣的样子,他们的心头也在滴血呀。可是,又有什么办法呢?

无可奈何,只能悄悄地躲出去,偷偷地抹眼泪。

而张凤,更是陷入痛苦的煎熬中难以自拔。将来,自己该走向哪里,甚至干脆就没有将来!

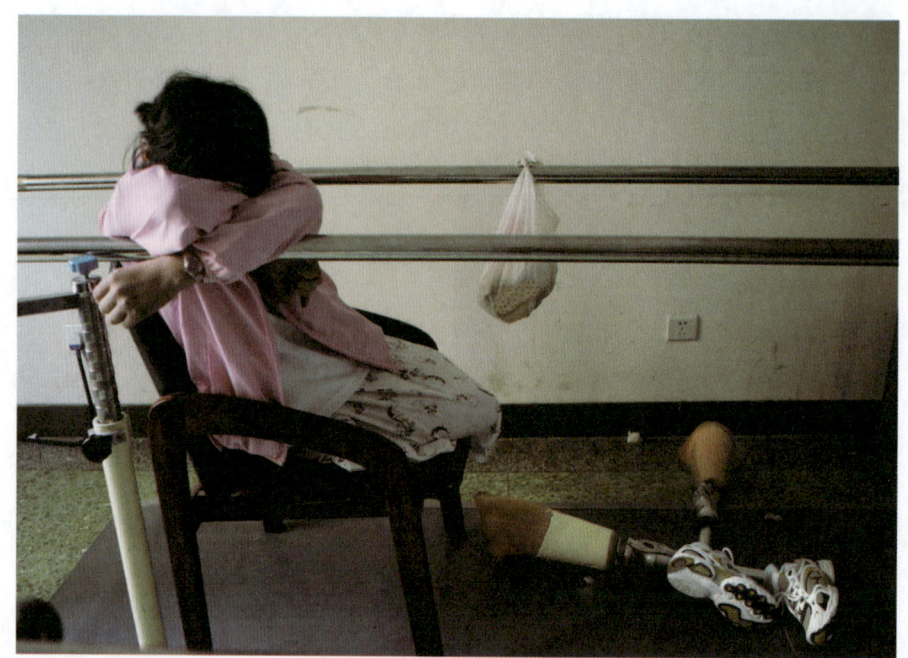

2008年7月张凤在成都假肢厂安装假肢。困顿和迷惘。

……

王志航静静地观察着张凤。

这个孱弱的女孩儿与别的孩子不同,她心灵深处的伤痛要重一些。她不愿意说话,喜欢一个人,待在安静的角落里,沉默。

王志航知道,一般的劝导和鼓励,根本无法打开她的心结。

每天,张凤都按点来到训练室,可她常常坐在一边,暗自出神,静静地发呆。

有时也按照既定程序,做仰卧起坐、燕子飞等练习,但效果并不明显。

王志航就默默地陪在她身边,并不说话。

有一种爱,叫陪伴。

王志航对张凤,就是默默地陪伴。她理解张凤心里的苦楚,从不主动打扰。

张凤后来对干妈王志航敞开心扉,成为无话不谈的朋友,正是缘于干妈对她的深刻理解。

有时候,心灵的创伤,需要交给时间,交给成长。因为性格不同,有的人心里的那把锁，只能靠自己打开。

后来张凤说，干妈很强大，无形中会给人难以抗拒的力量。

这，就是爱的力量。

29. 把我的"腿"挪远些

康复训练之余，王志航总是组织一些活动，带孩子们出去散心。

慢慢地，晏鹏也开始参加他们的活动了。

后来，晏鹏也认下了这位热情的干妈。

每有空闲，王志航便和其他志愿者一起，陪孩子们去出游玩。30多辆轮椅，排成一列纵队，浩浩荡荡。穿越春熙路，走向天府广场，走进欢声笑语……

有时候带孩子们去四川大学游泳馆游泳，不单免票，管理人员还请他们吃美食。或者是热乎乎的嫩玉米，或者是凉丝丝的大西瓜。

玉米香香，西瓜甜甜。孩子们心里顿时幸福满满。

他们，仍然被世界疼爱着！

李安强小时候经常与小伙伴们在村头的小河里游泳，无师自通地学会了狗刨。可是，那天他自告奋勇地下到游泳池，因为没有双腿拨水，手一松开水线就螺旋式地往下沉，呛得直咳嗽。

后来再让他下水，他只是摆手。不过，他喜欢打篮球、羽毛球和乒乓球。有时候坐在轮椅上投篮，还装模作样地玩点儿新动作，一副很专业的样子。

干妈笑得前仰后合。他却傻傻地问："不潇洒吗？"一脸呆萌。

"潇洒，很潇洒。"

李安强的妈妈也咧开了嘴角，说，这个臭娃仔。

她小声地跟王志航说，安安刚出生的时候，算命先生说他天生命硬，需要认一个干妈，以便消灾解难。后来就为他在山对面的村子里找了一个干妈，谁知认亲那天，突然下起了大雨。门前的河水暴涨，道路都被冲断了，这亲就没认成。

2009年1月,成都,王志航组织新浪网绿丝带冬令营活动

"要是当时认了干妈,说不定安安这回也不会遭这么大的灾难呢。嗨,这下好了,有了你这位干妈,往后他就顺了。"

"顺!肯定得顺!必须得顺!"

李安强终于有一双新腿了。

穿上假肢的那一天,他很兴奋。可是,想站起来走一走,却根本不可能,甚至连站起来都困难。

医生告诉他,还需要一个漫长的训练适应过程。就像婴儿学步一样,从练习站立开始,然后才能一步步地学会走路。

他满脸沮丧。

那天晚上,干妈一直陪着他。

床边放着一双新假肢,穿着裤子,腰以上什么都没有。腰以上的那个人,正卧在两米以外的床上看电视。

这是多么诡异的场景呀,难怪李安强也说:"干妈,您把假肢挪远一些吧,我不适应。"

"嘿,这孩子,自己的腿你还害怕?它可是要陪你一辈子啊!"

"现在不是还不适应吗。"

干妈经常陪李安强睡在一张床上。后来他返校读书,每次去北川中学看望孩子们的时候,为了节省住宿费,干妈就住在他家租住的房子里,仍然跟他挤睡在那张临时搭建的木板床上。

每当看到李安强脱下假肢，干妈总是难免心疼。她总会想起李安强妈妈说的那句话，"看嘛，好好的一个孩子，只剩下半个人儿了。"

更让王志航心疼的是，假肢厂安排称量体重的时候，因为孩子们不能独自站立，于是就在磅秤上放一个澡盆。家长们抱着各自的孩子，依次放在澡盆里称量，就像刚出生的婴儿。

只是，婴儿呱呱坠地时的称量，父母充满了幸福和希望。而此时，每个在场的人，眼里都沁着两汪泪。

后来，大家终于想到了一个好办法：先让孩子们穿上假肢称毛重，脱下假肢后再称假肢的重量，然后得出孩子们的净体重。

虽然这不过是掩耳盗铃，但至少可以为孩子们保留一些尊严，也不再让家长们一次次心碎。

穿上假肢后，站立和行走训练仍然异常艰苦。

正是夏天，成都天气炎热，训练场内孩子太多，空调开足马力也无济于事。

刚开始练习站立的时候，李安强每次只能坚持一两分钟，一整天加起来，总共也站不了一个小时。

可是，他并不灰心，慢慢从连续站立 2 分钟，到 5 分钟，再到 10 分钟，20 分钟……

这不仅仅是体力的检验，也是耐力的磨砺，更是意志的挑战。有时实在站不住，要摔倒，干妈过来扶他一把，依然咬牙坚持。

当然，李安强一般不让干妈帮助，日常生活也尽量自理，除非撒娇的时候，他才会对王志航说，干妈，你抱抱我嘛。

每当干妈抱起他，他总是不失时机地表扬说，干妈你好厉害啊，轻轻地就把我抱起来了。

听到这些话，干妈总是难免心酸。地震前，李安强身高 174 公分，体重 104 斤。而现在，身高只有 94 公分，体重仅 64 斤！

……

手臂、腰部、腹部、臀部和仰卧起坐、残端负重拉扯等等训练，反反复复、没完没了，辛苦又乏味，单调且枯燥。

2008年7月,李安强装上假肢走路第一天

晏鹏厌倦了,总想偷懒。干妈看见了,不依不饶:"臭小子,必须给我练!一、二、三、四……"

李安强挤挤眼,给他做了一个加油的手势。

练习单腿站立的时候。

张爷爷说,单腿能持续站立30秒,就是难能可贵的大突破。

结果,李安强连续站立了40秒!

训练大厅里的练步通道,设有像单杠、双杠一样的护栏,可以单手抓扶,也可以用双手。为了增强体力,达到最好的训练效果,李安强尽量不用手扶。

几天后,他便开始试着在没有任何攀扶的大厅里行走。

"这小子双腿截肢恢复得这么快、这么好,是我从业50年来看到的最好的一个。"张爷爷又信心十足地带着他到外面的街道上试走。

街道不平坦,而且还有小石子。李安强屏气凝神,硬是小心翼翼地走出了几十米……

这群孩子,似乎又回到了婴儿时代。被地震恶魔夺去腿脚的他们,练习借助假肢行走,与婴儿学步何其相似啊。

不同的是,他们所经历的,不仅仅是一次身体流血流汗的磨砺,更是一次心灵浴火重生的涅槃……

附录

汶川大地震采访手记之五：

银厂沟

2008年5月21日　李春雷

今天去彭州。

早上出发前，高洪波副主席召开一个小会。原来，昨天下午中宣部召开会议，统一宣传文化口的行动，我们"中国作家抗震救灾采访团"也更名为"中央抗震救灾文艺采风小分队"。

汽车在山路上小心翼翼地爬行，路面上全是闪电纹一样的裂缝。两侧怪石嶙峋，累累欲坠，如饿虎，如怒狮。远处的山身上是一片片白色和黄色，那是滑坡后露出的山石，像伤者的灿灿白骨。

一场地震，把原来的一座座青山变成了一座座新坟。

前面就是银厂沟，这里原是著名的风景区，幽深的山谷绵延近20公里，里面建造了数不清的大型宾馆和家庭旅馆。每年初夏时节，成都市的有钱人和有闲人都要来此消暑，最少也有几万人。如果地震晚发生一个月，成都市的哭声就更稠了。

进沟不久有一座小鱼洞大桥，是咽喉之路，在这次地震中一举成名。为了这座桥那边的10万灾民，国务院总理温家宝给部队下命令："我只要这10万人的生命"。于是，部队工兵连夜重修小鱼洞大桥，用最短时间打通了这条生命线。

银厂沟原来真是一个淌金流银的宝地啊。山高林密谷深泉杂，山腰上挽着一条公路，公路周围的岗坡平地上，栖息着一座座样式新颖的大大小小的宾馆，在这里闲居，真是世外桃源了。曾有人打趣道，长期住在这里，吃在这里，一切都会返璞归真，连老婆也会变成生态夫人。

可惜，这一切都已荡然无存。

我们走进了一个小村——宝山村。

这个村死亡52人,重伤数百人。固定资产30亿元,损失了27亿。

让人惊奇的是,带领这个村走向富裕道路的支部书记,竟是一位盲人,姓贾,73岁。

村里的房子几乎全部倒塌了,只有行政大楼完好无损。

我们坐在会客厅里,听盲人支书讲当时的情况。当时老支书正在彭州办事回来的路上,刚临近小鱼洞大桥,桥断了,汽车无法通行。他只好牵着别人的手,跑了10公里,回到村里。当时全村一片哭喊声,凄惨无比。四周的山体还在"哗哗啦啦"地塌陷,有的地段一下子就塌了几公里,闷雷般的响声持续了一夜……

据有关专家测算,这次地震所释放的能量相当于400颗原子弹爆炸。

老支书正在说着,我们突然感到脚下一阵悸动,余震又开始了,窗户在瑟瑟地抖动,杯中的茶水也翻起了波澜。

贾支书微微一笑,小意思,小意思,小泥鳅翻不起大波浪。

说也奇怪,经历了几次余震折腾的我们,竟也没有恐惧感了。安坐在椅子上,像乘坐颠簸的汽车……

第六章
叩问未来

2008年5月19日,北川中学借用绵阳市长虹培训中心的板房教室,正式复课。

当天早晨,"四川省北川中学"的校牌,才从地震的废墟中扒出来。原来矗立在学校大门旁的标牌,庄严大方,明朗辉煌。如今,斜靠在板房边,斑斑驳驳,伤痕累累。

昨日宁馨,不复存在!

余震中的复课仪式,没有鲜艳的花朵,没有热烈的掌声,没有开心的笑容。多得只是满目哀伤,满耳哭泣,满天白花。

"5·12"汶川大地震,北川中学遇难学生823人,幸存1131人。遇难教师40人,幸存92人!

30. 颠簸的日子

从四川省假肢厂回到绵阳市的当天下午,晏鹏就来到了学校。

北川中学高中一年级原先有9个班,地震中学生伤亡过半,与其他学校合并来的高一学生一起,才拼成了6个班。

晏鹏所在的原高一(9)班,伤亡惨重,70名学生只剩下了20名,因此取消班级编号,全部被编进高二(6)班。

回到学校,他就被原来的班主任亲切地领进了高二(6)班。

全班40多人,14名男生,大多是外校组合来的新面孔。

睹物思人,已然物非人非,百味杂陈。晏鹏敏感的心绪,更加复杂。而且,在这些幸存者中,他又是唯一不幸截肢的学生。

地震之前,晏鹏考大学的理想飘忽不定,若有似无。可是,突如其来的大地震,不仅改变了巴蜀大地的山川河流、地形地貌,也拆解了无数人的肢体和命运。

晏鹏也陷入深深的矛盾之中,肩负光宗耀祖重任的弟弟没有了,自己又惨遭截肢,父母在痛苦中难以自拔。

考大学一直是弟弟的梦想,而弟弟的死,又与自己当初不愿转学有着直接关系。必须努力读书,替弟弟实现大学梦。

可是,发誓容易,实施太难。晏鹏的知识基础差,学习中一伺遇到难题,便产生了畏难情绪,不由退缩。

而且,学习生活中因残肢带来的种种不便,更是如影随形。诸多困扰,远远超出了晏鹏的预期和想象。

吃饭,对于别的同学来说,是一种幸福和享受,但对晏鹏却无异于痛苦折磨。

学校在一个高高的斜坡上,食堂前面是一段长且陡峭的台阶。晏鹏要迈上去,简直比登山还难。可要再挪下来,则如坠深渊一样可怕。

刚开始，他只要往下望一眼，就会头晕目眩。闭上眼睛，扶着墙壁硬着头皮往下走。只试着下了三个台阶，就赶紧抽身返回。因为身子总是控制不住地往前倾，万一失足摔下去，非死即伤！

而且，每当放了学，青春年少的学生们犹如一只只饥饿的小老虎，成群结队，冲冲撞撞，奔向餐厅。饥不择路的疯狂样子，让晏鹏望而生畏，只好远远地躲开。真怕哪个鲁莽的同学，一不小心把他给撞飞了。

因此，他只好避开打饭的高峰期，一个人慢慢地、试试探探地上下台阶。

吃喝进去，拉撒出来，是日常生活的不二流程。

而上厕所拉大便，对晏鹏来说，更是头痛的难题。

学校为残疾学生准备了坐式马桶。但因为人多，又管理不善，时常堵塞，肮脏不堪。可是，假肢关节僵硬死板，难以自由伸缩，不能使用蹲式便坑。

晏鹏曾下狠心锻炼过，试图要像健全人一样使用蹲式便坑。但右腿的假肢不仅不易打弯，而且弯曲后不能承重。因此，硬要蹲下去，只能将上半身的重量全部压坐在左腿上。而起身时，假肢根本用不上力，单靠左腿又支撑不起整个身体的重量，更不能把控平衡。每次尝试，他都顾此失彼，虽然累得满头大汗，大便问题仍然解决得一塌糊涂，令人懊恼。

几次努力过后，晏鹏只好垂头丧气地放弃了。

不得已，他只能总结自己的生活规律，控制好早中晚的饮食。不仅不敢多吃多喝，而且还要定时定量。可想而知，这对于一个正处在生长旺季、每天需要大量食物的少年来说，是多么残酷的生命剥夺啊。

有时候，他不由地在心里默念，弟弟啊，哥哥对不住你。这学，我实在上不下去了。

父母在学校附近为晏鹏租赁了一间住房，劝他好歹读完高中。

……

有时，实在忍不住要大便了，他就向老师请假，走20多分钟的路，回租住的房子解决。

洗澡，也只能熬到周末，在租住房里进行。

溽热的天气里，晏鹏感觉自己就像一块橡皮泥，浑身燥热、油腻、酸腐。

而最为烦琐的，是每天穿戴假肢的严格流程。

先准备好接受腔，然后将一款特制的圆锥形布袋塞进去。

布袋为丝绸质地，柔软光滑，比接受腔要长，袋口留在接受腔外。布袋底端缝有一根带子，接受腔的底部有一个阀门孔。布袋塞进接受腔后，将其底端的带子穿过阀门孔，留在接受腔底端的外边。

接下来，就将腿部残端塞进布袋内，当残端与接受腔壁吻合后，再将露在外面的带子一拉，残端与腔壁之间的布袋就被拉紧了。最后，将阀门孔盖牢，接受腔内就形成了一个封闭空间，腿的残端便与接受腔牢牢地吸附在了一起。

因此，须步步精心，仔仔细细，才能将假肢穿好。

缓慢而细心的过程，只为保证假肢和残端的协调。若一步草率，假肢不但不能给行走带来方便，反而会成为一种痛苦的负担，磨破皮肉，疼痛难忍。

果真如此不幸，就只能脱下假肢，重新再穿。

而艰难行走一天后的晚上呢？如果穿着假肢睡觉，与戴着枷锁无异，身体难以舒展、翻转。因此，每天晚上必须脱下假肢，而且还要进行一系列的呵护，细碎而烦琐，但又缺一不可。

接受腔之于残端，就像袜子或鞋子之于健全人的双脚。

袜子穿了一天，汗液渗入，皮屑纷落，晚上脱下，难免会有酸臭味，必须清洗，还要放在干燥通风处，透透气。

所以，每天都要对接受腔、布袋子进行清洗，保持卫生。尤其是接受腔，每天要先用洗涤剂蘸水清洁一遍，然后再用吹风机吹干燥，不能留下一滴水珠。哪怕不小心留下一粒细小的水珠，穿上假肢后也会生成气泡，使残端与接受腔接触松弛，因此产生摩擦，伤皮伤肉。

而且，早上穿戴假肢前与晚上脱去后，还要对残端进行细心的按摩。尤其是晚上，必须柔和地按摩残端，缓解被接受腔硬硬的合成材料磨擦了一天的肌肉和骨骼，促进血液循环。否则，血液循环不畅，残端肿胀疼痛，第二天就不能穿戴假肢了。

天天如此，月月如此，年年如此！

穿戴维护假肢，占用了晏鹏很多学习时间。

学习时间少,基础又差,要想与别的同学竞争,必须付出更多更多的血汗。可是,他以前散漫惯了,能坚持住吗?

31. 轮椅的梦想

2008年秋季开学一周后,李安强穿戴好假肢,坐在轮椅上,由父亲推着,进了校园。

在学校门口,一位面容憔悴的中年人向他扑过来,焦急地询问:

"你见过我儿子没有?"

"你们都回来了,他怎么还没有回来?"

"他怎么不上学了,也不回家了呢?"

然后,他又惊疑地看着坐在轮椅上的李安强,不解地问:

"你好好的有腿,坐在轮椅上干什么?

"下来,自己好好走,别让爸爸推着……"

还有一位阿姨,听说李安强不幸截去双腿,安装着假肢时,跪伏在他面前,抚摸着他硬邦邦的"腿",哭着问:"孩子,你疼不疼啊?疼不疼啊?……"

李安强知道,这位叔叔是学校一名男同学的爸爸。地震中,他永远失去了自己唯一的孩子。猝然降临的灾难,使他承受不住打击,以致精神失常。他整天守在学校门口,等待着儿子归来。见人就问,有没有见过他儿子。

敏感的神经,辛酸的话语,一句句刺疼在李安强的心上。

孩子,是父母永远、永远都化解不开的,深深的痴爱。

由于李安强住院治疗和康复训练时间较长,耽误的课程很多,学校建议他插班进高中一年级复读。

因此,李安强便成了高一(7)班的学生。

李安强原来所在班级的编号被取消了,幸存的同学与别的班组合成了新的班级。相熟的、为数不多的同学来看望他。他突然有种恍如隔世之感,不由悲从中来。那天,他哭了。

这是遭遇地震以来,李安强第二次哭。

第一次,是在他截肢初步康复后,护士抱着他上厕所。当他真真切切地看到自己没了双腿,于是躲在厕所里绝望地号啕大哭起来,昏天暗地!

这次见到同学后李安强哭,虽然没有大放悲声,但却伤心欲绝。为不幸遇难的同学,为不复存在的时光……

历经灾难,死里逃生,使得李安强更加清醒了——以后的人生路,注定不会是平平顺顺的坦途。所以他笃定要努力学习,让自己真正强大起来,以抵御未来诸多不可预知的人生遭际。

……

可是,尽管李安强安装假肢期间,进行了长时间的正规训练,而且是行走能力最好的一名患者。然而,国产假肢在仿生技术及材料方面,毕竟与世界先进的智能假肢还有很大差距。因此,一旦离开了康复训练场的既定线路,在坑洼不平的校园里,李安强的假肢几乎发挥不出助力行走的实际作用。

所以,他仍然只能坐着轮椅上课。上下楼梯、台阶、斜坡,过马路、越过沟沟坎坎需要有人推扶轮椅。有段时间,校园里经常看见李安强的爸爸在他身后推轮椅。

所以,他的梦想,也只能攀附在颠颠簸簸的轮椅上。

去教室、吃饭、上卫生间、回宿舍等等,都有同学热情帮忙,推着他进进出出。但是,晚上住在集体宿舍,不仅自己有诸多不便,也给同学带来很

安强与同学在北川中学设在绵阳长虹培训中心的临时校区

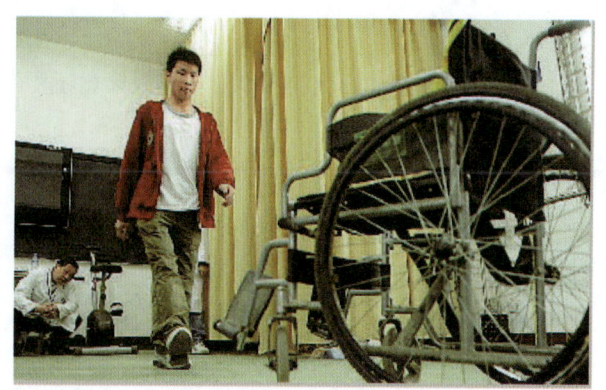

2009年3月31日,李安强在北川中学康复室按假肢技师指导调整步态

多麻烦。

  李安强的父母一再权衡,最终决定在学校附近租房,让他走读。

  有位房东很善良,见他们一家实在困难,便留他们居住在自家一楼闲置的一间铺面房里。将近半年,房东分文不收。李安强的父母觉得亏欠了人家,便打算搬家。

  春节过后,他们觅到了一处位于二楼的民房。虽然价格相对便宜,但年租金也高达万余元。

  李安强穿着假肢,双手攀附楼梯扶手,上上下下。

  "路漫漫其修远兮,吾将上下而求索。"他自我解嘲。

  每天,李安强5点钟起床,要花费近一个小时,才能将假肢穿戴妥当;早饭后,母亲推着轮椅把他送到学校;中午,同学争着帮他买饭,洗碗;下午放了学,母亲再来学校把他推回租住房……

  母亲利用李安强上课的时间,在附近打零工,挣钱补贴家用。

  地震几个月来,李安强的父母一直在忙于护理儿子,家里倒塌的房子还没顾得上收拾;李安强80岁的奶奶与10岁的妹妹,还借住在亲戚家;而他们在绵阳陪读的花销也是一笔不小的开支,且这种背井离乡的日子,才刚刚开始……

  刚刚安顿下来,父亲就狠狠心,留下妻儿,一个人回了老家。

  灾后重建,对石板的需求量很大。父亲想抓住这个挣钱的机会,回乡上山挖石板卖。

是啊，无论怎样艰难和不幸，一家人毕竟还要生活下去。

32. 摇摆不定的命运

2008年秋季开学后，刘敏回到北川中学临时板房学校，复学了。

可是，她像一条被捉进洗脸盆豢养了一段时间、又突然被放归溪流的小鱼，顿时不知所措，一脸茫然。

临时板房学校那么陌生，而且，她插班进高中一年级复读，同学和老师都是新面孔。更让刘敏无所适从的是，她不知道应该怎样学习了，就像第一次穿上假肢的时候，不知道该如何迈步一样。

从幼儿园开始，一直到地震前，刘敏的学习从来没有间断过。即便是放假在家，总还是要做作业、复习功课。可是，地震受伤后4个多月的时间里，她一直在接受抢救治疗与康复训练，学业便荒芜了。

而且，班主任是一位刚刚大学毕业不久的女老师，对刘敏慈爱多于严厉。

临时板房学校建在一处山坡上，院内坑洼不平，台阶很多，假肢就成了摆设，根本无法助力行走。

刘敏坐轮椅上下课，有时候会迟到。班主任老师看见了说，没事，回到自己的座位上吧。然而，刘敏不迟到的时候，如果身体健全的同学迟到，却不行。班主任会说，你怎么回事？看人家刘敏都不迟到。

刘敏被作为特殊群体，心安理得地享受优待。这，反而使得她更加懈怠。况且，周边的人不时传递给她的信息是，经历灾难，能够保住生命就是万幸了，成绩好坏，都是小事。

就这样过了一段时间后，刘敏灰心了。地震之前她考大学的梦想原本就不清晰，此时更是变得遥不可及。

为了给因地震致残的孩子提供更多的成才机会，四川省体育队到北川中学来选拔残疾运动员。

刘敏打小就喜欢游泳，而且此时她的身高已达 1.68 米，天赋条件比较优秀，因此便被顺利选入省游泳队。

小时候，村里就有人曾说她适合当运动员。没想到，多年以后，预言成真，但却是一名残疾运动员。

干妈得知消息后，专门请来一位搞体育医学的好朋友，帮刘敏分析肌肉特征，以便确定发展方向，更好地发挥特长。

肌肉因人而异，主要分为白肌肉和红肌肉两种类型。

白肌肉属于速肌肉纤维，肌肉收缩速度快，爆发力强，但容易疲倦，适合搞短距离游泳；红肌肉呢，属于迟肌肉纤维，肌肉收缩速度慢，耐久力强，适合搞长距离游泳。

刘敏的肌肉特征属于红肌肉，有望在长距离游泳方面出成绩。

但是，干妈看刘敏的眼神，还是有些忧郁和怜惜。搞体育，可是一件苦差事啊。而且，运动员吃的是青春饭，年龄大了一退役，靠什么生活呢？

当时刘敏并没有往心里去，兴冲冲地走向她的游泳池。

33. 安安的心事

2008 年 10 月 8 日，王志航收到了北川中学学生梁欢的一封信。

正是这封信，在她心中掀起了轩然大波，以致后来，因此而引发的一些事情，几乎使李安强与之反目！

王阿姨，您好：

我想告诉您地震当时的一些事情。

当时教学楼垮了之后，我和十几个同学就被埋下去了。我听见到处都在说话，而且很黑很黑，什么都感觉不到，也看不到，只有在呼吸的空气里有很多很多的灰尘。

我当时空间还是很大的，我还能动。但是我的脚被卡住了，压在了一个东西下，也不知道是桌子还是椅子。李安强一条腿就紧紧地挨着我的脚，好像是压在上面一样。开始没有感觉疼，而且当时有点忙。左边的一个同学说她热，书本把空气挡住了，我就帮她取。取完之后，就拿书给她扇风。

大概过了五六个小时，我的脚由麻木变得没有感觉了。我喜欢跳舞，我想到如果我的脚废了，那我以后就不能实现我的梦想了。我绝望地哭着哭着。李安强说，梁欢别哭，我试试看能不能把你的脚取出来。我想了一下，如果取我的脚，那李安强的腿就会很疼很疼（后来知道他身子下还有同学）。他说："没事的，只疼一下就好了。"

他用一只手帮我挖开身边的砖头瓦砾，一点一点地帮我取脚。感觉他很吃力的样子，我不要他取了。李安强鼓励我，要我和他一起努力。然后便使劲地把我的脚往外推。

取我脚的时候，我听见李安强痛苦地尖叫，我流泪了。我又不想取了。李安强很生气地对我说，不行，我已努力了这么久，就快要成功了，你却不取了，你是不是浪费我的劳动成果？他帮我取了很久，我的脚终于取了出来。

可是，没想到我的脚取出来了，李安强的腿却没有机会取了，他一直是跪在桌子下的钢管上边。再一次的余震使他自己已经被死死地压在地上，他的背上还有一块预制板和桌子（后来我才知道的）。

……

在13日早上8点30分的时候，我们被成功解救。我被送到绵阳市中心医院，很快就康复了。5月22日进了北川中学板房学校，听李老师告诉我，李安强的双腿高位截肢了。我好难过，我们幸存的同学都哭了，我不敢相信。

李安强为了救我而失去了自己的双腿，没想到李安强不愿意把这件事告诉别人……

此致

敬礼

北川中学高二学生 梁欢

2008年10月5日于绵阳

看完这封信，王志航十分惊讶。

自己和李安强相处了几个月，他把废墟下的事情从前到后都讲过了若干遍，怎么又突然冒出一个舍己救人的故事呢？如果是事实，为什么会在地震发生近5个月之后才说出来呢？

她不是怀疑自己的干儿子救人的真实性，只是觉得事情蹊跷，因此不敢掉以轻心。

一向干练泼辣的王志航，此时也乱了方寸，不知如何是好。

于是，她把这件事情，悄悄地告诉了新浪网"绿丝带"专版的一位署名"唐古拉"的志愿者。

唐古拉出主意说，必须找梁欢深谈，问清李安强救她的每一个细节，然后再让李安强讲述事情的经过。如果两者吻合，则说明李安强救人一事属实，否则必是杜撰。

"这样做岂不伤了安安的心？他绝对不是弄虚作假的孩子！"

"你要相信安安是救人英雄，就必须澄清事实，这是对安安本人负责。否则，他的名誉必将受到恶劣影响。"

王志航静下来想想，也是。这件事如果说不清道不白，谁会相信安安是救人英雄呢？

于是，王志航来到了北川中学。

她对梁欢说，这件事影响重大，要负法律责任的，不敢有一丝一毫的欺骗！

梁欢说，王阿姨，我说的都是事实，给您的信上白纸黑字写得清清楚楚。我愿意对我写的每一个字负责！

李安强复学后，王志航曾多次来看他。晚上，就住在李安强家租住的房子里。

这天晚上，还是同以往一样，与李安强挤睡在那张木板铺就的"床"上。

可是，当她谈起废墟下救人的事情时，李安强含含浑浑，一带而过。

一场瞬间爆发的大地震，让青春年少的李安强眼睁睁地看到了什么是天翻地覆、沧桑巨变、物非人非、天地永隔！

短短几个月，住院、截肢、康复、训练、返校，悲伤与欣慰，温暖与遗

憾，交织其中。他不得不快速地认清自己，面对现实，珍惜当下。

因此，他只想安安静静地学习，踏踏实实地做人，凭自己的能力考取一所理想的大学。让父母安心，让关爱自己的人放心，更向世界证明自己身残却志坚，仍然是一个顶天立地的男子汉。

所以，当干妈向他证实这件事情时，他有意避而不谈，顾左右而言他。

后来，王志航反复追问，恩威并施，并答应不告诉别人，李安强才承认确有此事。

王志航因此对李安强有了更深刻的认识，不仅更加心疼他，甚至有些敬佩他。

最终，王志航还是把李安强舍己救人的故事发布到了网上，寻求社会对他的认可和帮助。

但是，李安强对干妈的做法却十分反感。母子俩的想法第一次产生了严重分歧。

一些媒体得知情况后，纷纷来北川中学采访李安强，可他总是避而不见……

2010年，梁欢（废墟下被李安强救援的同学）陪同李安强到新建的北川中学报到

34. 站起来看世界

慢慢地，张凤参与训练的态度有了些许变化。

那天，她摇着轮椅来到训练室，用皮带把自己残缺的大腿固定在康复器械上。她像完成一项盛大的仪式似的，精心地完成每一个步骤。虽然形式看似简朴，但神情却十分庄重。

是啊，她不是在消磨时间，而是在历经心灵的一次蜕变。

然后，她开始做仰卧起坐练习，按照康复训练师的要求，锻炼腹部和双腿残端的肌力。

辛苦异常！

一进入训练室所在的二楼楼道，王志航就能听到她"呼哧、呼哧"的喘息声。一想到张凤只剩下一半的孱弱的小身躯，她总是难免心头发酸。可是，这毕竟是她将来走进社会的必由之路啊！

张凤的妈妈还是常常偷偷地躲进卫生间抹泪。王志航遇见了，问她是不是心疼女儿？不等张凤妈妈回答，王志航的眼泪也猛地涌了出来。

她安慰张凤妈妈，其实也是安慰自己说："吃苦是暂时的。只有这样，将来走向社会，才能够自食其力。"

"唉，也是！"

……

张凤每天要训练6个小时，总是大汗淋漓，必须擦爽身粉。

爽身粉的味道从二楼溢出来，淡淡的，却又很顽韧，就让张凤的两位妈妈既心疼，又心安。

穿戴假肢，程序烦琐，张凤体质柔弱，更是艰难。最初穿戴好一对假肢，需要近两个小时。

张凤穿戴好了假肢，总是头重脚轻，站不起来。她灰心了，懊恼地脱下假肢，趴在床上，抽泣起来。

两条冰冷僵硬的假肢,交叉倒在地上,无辜又无助。

干妈过来劝劝她,只是摇头、摆手。

第二天,张凤情绪仍是不高。干脆休息一天,看北京残奥会吧!

王志航记得很清楚,那天是 2008 年 9 月 11 日。当张凤看到"无臂飞鱼"何军权通过奋力拼搏,终于获得了自己北京残奥会第一枚金牌时,她又摸索着穿戴好假肢,竟然站了起来。

这是张凤经历地震灾难后,第一次站起来。第一次以站立的姿势,重新打量这个世界。无疑,同时站起来的,还有她的信心!

她把这个消息,通过手机短信告诉了已经上课的同学,告诉了为她治过伤的所有的叔叔、阿姨,以及陪伴她走过最艰难时期的志愿者。

虽然站立仅仅是行走的最基础,但对张凤来说也无比艰难。

每次站立几分钟,两条不足半尺长的腿便全都肿胀起来,血管暴出,触目惊心!

还不单如此,她残肢的缝合处因直立受力充血,奇痒难忍。

2008 年 7 月,张凤在成都假肢厂安装假肢并进行康复训练

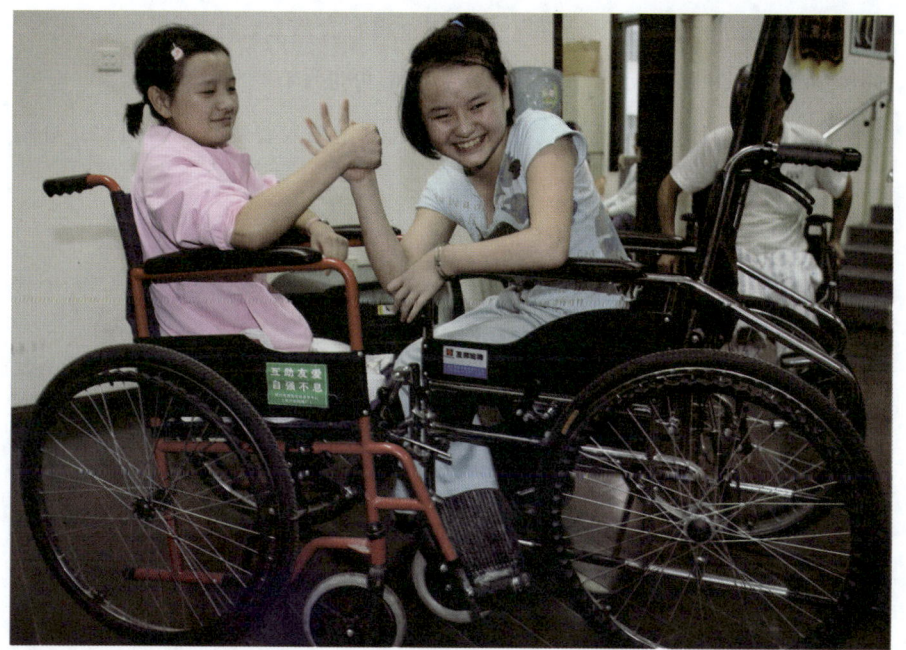

9月下旬,张凤开始迈步训练,更是举步维艰,残端经常破皮出血。康复医师为她喷上碘伏,她咬牙坚持训练。晚上脱下假肢的时候,从接受腔取出的硅胶套,血迹斑斑。

……

10月26日,是张凤的生日。

干妈表面上装着若无其事,其实私下里在默默地为她准备生日party。

幸福时刻终于到来了,干妈像变戏法一样,突然捧出一个造型精美的生日大蛋糕。

假肢厂的康复医师、工作人员、志愿者和病友,呼啦一下推门而入,拍着手为张凤唱生日歌,祝福她早日康复。

这是张凤的第17个生日,然而,却是第一次有人给她买生日蛋糕。而且,不只是干妈,还有别的叔叔阿姨,另外买了两个蛋糕。

这个生日,张凤吃到了3个生日蛋糕。

日子在幸福和关爱中,在训练进步的喜悦中,静静流淌。

天已经凉了,可张凤仍然穿着短裙,她说这样穿脱假肢方便。别人见状难免要问:"冷不冷?"张凤笑答:"腿是假的,还冷啥子?"

……

汗水和泪水,湿透了几多衣衫,可她不再轻言放弃。一步步,试试探探,小小心心。可即便如此,仍然难免摔跤,但她再也没有赌气停训。

当然,她的体质还是太柔弱了,训练进度比别人要慢很多。因此,直到2009年1月,她才初步康复,重新回到了学校。

课程耽误得太多了,只好插班,复读高中一年级。

然而,张凤虽然穿上假肢站了起来,但一经踏入现实生活,便又一次惨重地跌倒了……

附录

汶川大地震灾区采访手记之六：

汉旺镇

2008年5月22日　李春雷

德阳市在四川省可算一个经济强市，其下属的什邡市、绵竹市位列全省十强县（市）前茅。不幸的是，在这次地震中，这两强受损最大。

今天第一站去是绵竹。

绵竹市共53万人，受灾人口达40余万，已统计的死亡人数8000多人，失踪2000多人。受灾最重的是汉旺镇，其次是清平乡。

汉旺镇上有亚洲最大的东方汽轮机厂，这是三线建设工程，所产的巨型汽轮机广泛用于水利电力部门，并直供三峡工程。这家特大型企业损失惨重，达50个亿。镇上到处是废墟，活跃在一堆堆废墟间的是红消防、绿军装和白医生，天上的飞机也在来回地吼叫着。镇上的居民们默默地排着队，提着花花绿绿、大大小小、粗粗细细的水桶，在消防车旁等待饮用水。

那真是生命之水啊。

只有一些小孩子们不知人间愁苦，好奇地围着帐篷乱跑，懵懂地玩闹着……

帐篷外的空地上，不少居民用砖头垒起土灶，用房子倒塌后的梁檩做薪柴烧饭。炊烟袅袅中，隐隐约约可闻到淡淡的米香……

镇外的大山高高的，黑黢黢的，垂肩塌背，沉默无言，似在惭愧，在悔恨自己的鲁莽。唯有路旁的树木格外茂盛，更有遍地青草和野花，葱葱茏茏，爬满了道路，频频献笑，像一个个没心没肺的轻佻女郎。

杜甫所言"国破山河在，城春草木深"的境界，真是太传神了。

陪同我们的是绵竹市文化局局长曾维才。他告诉我们，从12日到17日，市政府工作人员都没有回过家，都在忙着救灾事务。救人、搬运救灾物品、挖厕所、拉围墙……累得走路摇摇晃晃，坐下去就鼾声如雷。一天夜里，他刚刚入睡，外地又来了13万条麻袋，装了几个大集装箱，他们又赶过去，卸下来，分下去，整个身体彻底累垮了，一个个躺在地上，像坍塌的楼房。

曾维才告诉我们，通过这次地震，他感觉到地震波很怪异。比如，汉旺镇上有些危房并没有倒掉，反而是一些刚建起的合乎质量标准的楼房倒塌了。为什么？正好位于地震波方向上。地震波有时像闪电、像霹雳、像暴风眼，即使在震中地带，分布的强弱也是不均匀的；又像下雨或冰雹，有的成片，有的成线，路南路北，村东村西，往往也是不一样的。

由此，他推断说，地震中异型建筑最危险。我们现在往往喜欢异型建筑，把建筑物连接起来，认为这样坚固防震，其实不然，因为异型建筑往往占地面积大，又连在一起，很容易受到地震波冲击。一旦冲击，必有损伤。如果是一个单独的建筑，受冲击的几率要小得多。

不知他说的有无道理，我半信半疑。

出汉旺镇后，我们在一个小村停了下来，这就是棚花村。

棚花村到处是梨树、枣树。梨花落后清明，现在已是五月下旬了，梨胎们在悄悄地长大着，像琉璃球，像鹌鹑蛋。细碎的枣花黄黄的，散放着淡淡的幽香。

小村的房屋全倒塌了，砸死37人，重伤上百人。地震后又下起大雨，绝望的村民们坐在山坡上，哭天喊地，以手掘土，把死者软埋了。

何谓软埋？就是没有棺材，没有寿衣，连简单的装殓也没有，就那样血肉模糊地直接入土。

这样的葬埋法在历史上也极其罕见。因为中国人历来信奉"死者为大"，尊重遗体，即使在战争年代，也会在战后把尸体从容地下葬。灾荒年里也是如此，比如上个世纪六十年代初的三年大饥馑时期，处处饿死人，人们虽然浮肿得有气无力，虽然没有棺材，也无力抬棺材，但也是会用箱子、柜子或水缸把尸体装起来，最次也会用布匹把尸体包裹起来下葬。

但这次灾难过于剧烈了，骤然降临之后，几乎把人们的信心全部击碎了。可以想象，山崩地裂，房倒屋塌，亲人毙命，之后又是电闪雷鸣，余震不歇。人们失去了生存之地，又没有生活用品，叫天天不应，呼地地不灵，周围只是滑坡后新坟一样的大山。满腹饥肠，满心绝望，谁还会想像的到未来阳光下的幸福生活呢？所以，也只有这样草草地葬埋了死者，没有通常的仪式，也没有往常的悲恸，只有生者无助的哀鸣。

在重灾区的不少地方，由于火葬场的倒塌，民政部门也无法组织火化尸体，死者就这样委委屈屈地被软埋了。

一个叫李生珍的中年妇女，婆婆被砸死了，唯一的孙女也没有了。丈夫在40里外的汉旺镇上拉三轮卖力气，外人传说也遇难了，她哭着到镇上去收尸，竟然发现丈夫只是受了轻伤，被解放军包扎了，便背着丈夫，一路又哭又笑地回来了。

还有一个村民叫龚洪，33岁，新房刚刚装修好，电器组合正在试新，一下子全完了，损失了10多万。不过，小伙子倒也乐观，他说衣服、粮食、存折都还在，他是一个企业电工，身体无损，手艺还在，有这一切就有明天。

由于帐篷奇缺，村民们几家人合用一个帐篷，也不分男女老少了，反正晚上也不脱衣服。吃饭呢？大家合用一口锅，从废墟里扒出粮食、碗、筷子。地震两天后，政府的救济开始进来了，昨天每人还发了2斤油，5斤大米，8两挂面……

在废墟的残壁断垣上，随处可见一些鲜艳野趣的年画。这才知道棚花村还是全绵竹最有名的年画村。绵竹年画与天津杨柳青、山东潍坊、江苏桃花坞并称"全国年画四大家"。

我，突然对这个小村有了兴趣。

第七章
天有阴晴

王志航在日记中写道:

"地震救赎了我的灵魂!"

"我爱那些伤残的孩子。"

"我的那些遍体鳞伤的孩子们,终于可以回家了!"

"我膝下无子的凄凉,变成了儿女绕膝的幸福!"

……

35. 爱心的家，碎了

2008年10月28日，王志航离婚了。

其实，她与丈夫的婚姻，早在地震前后就出现了裂隙，只是经过地震，他们爱的心房，变成了无法补救的危房。特别是电视台预报的2008年5月19日至20日的7级左右余震，更是把这座危房震得摇摇欲坠。

地震后，经过近一个月的抢救，现场救灾渐近尾声。

成都各大医院超越诊治负荷的伤员，被依次转移到全国各地的医院。各省市的志愿者，也都陆陆续续地回到了各自的家乡和工作岗位。

丈夫问王志航："你也该回家了吧？"

"回来做什么？"

"回来给我和孩子做饭啊！"

王志航没有应答。

但是，她的心里却有个坚定而洪亮的声音反驳道："我的后半生，恐怕不会只是围着灶台在家做饭了！"

此前，王志航不断带着来自全国各地的志愿者回家吃饭、洗澡换衣服、临时休息，家庭几乎成了一个接待志愿者的旅馆。

丈夫怕她以后会带伤残的孩子来家里，因此严正要求："不准带残疾的孩子回家！"

然而，丈夫不知道，王志航已经从医院转移到了四川省假肢厂，陪护着许多地震致残的孩子，正做着后期康复治疗服务。

看着那些可爱、可怜的伤残孩子，王志航心中蕴藏的母爱如汩汩涌流的清泉，沐浴着折翅的天使们。她精心陪护，用自己真醇的爱心为孩子们疗伤。

可是，没有当过志愿者、没有见识过抢救伤员惨烈场面的丈夫，怎么可能理解王志航的心情呢？

在灾难面前，生命是那样的脆弱，但灾难中的人间真情，又是如此顽韧。

大难临头，生与死面前，太多的大爱，太多的真情，在漫溢，在流淌……

然而，灾难又是一块不容瑕疵的试金石，真情经此历久弥坚，假意现形万劫不复！

经过这次灾难，王志航清楚地看到了什么是真善美，什么是假恶丑。

地震发生的那一刻，映秀镇一对吴姓夫妻，二人相扶相携，从屋里逃了出来。然而，此时恶魔火气正盛，施展威风。四周山崩地裂，巨石滚滚，无处藏身。

夫妻俩朝通往外界的山路奔跑。可是，飞沙走石，如矢如雨，妻子不幸被石块击中，瘫倒在地。

滚石依旧，天地间电光石火，明明灭灭；隆隆巨响，震耳欲聋。

大小石块不时从身边飞过，稍有疏忽，非死即伤。

"别管我，快跑，去找咱们的孩子！"妻子推开丈夫的手，哭喊。

他们18岁的儿子在黄龙溪打工，15岁的女儿在镇上读书，生死不明！奈不住妻子的一再催逼，丈夫只好丢下她，又往前奔跑。

可是，只跑了十几步，丈夫又突然掉头回来。

"回来干什么？快去找孩子啊！"妻子歇斯底里地哭喊着。

"要死，咱俩死在一起！"丈夫紧紧地抱着妻子……

在省医院照顾这位妻子时，听她泣不成声地讲述这段真情故事，王志航感动得眼泪哗哗。

但是，王志航后来认下的干女儿小霞，却不幸相反。

地震发生时，21岁的小霞刚刚结婚两个月，新郎是青梅竹马的同乡。

瞬间的天崩地裂，把小霞和丈夫埋在了废墟里。

小霞虽然上身露在废墟外，但被砸中了双腿，无法动弹。她知道，丈夫就被埋在不远处。她哭喊着让丈夫一定要坚持，救援人员很快就会到来。

为了增强丈夫的信心，小霞不停地给丈夫喊话，声嘶力竭！

第二天，终于盼来了救援人员。她苦苦哀求，让救援人员先救另一个埋在废墟下的人。

"姑娘，别傻了。我们先发现你，就先救你。救你出来再救别人。"

"可那不是别人，是我的丈夫。我愿意用我的生命去换他的生命。"

救援人员只好绕过她，按照她的指点，挖掘施救。

在险象环生，余震连连的废墟里救人，何其艰难啊。一不小心，就可能对被困人员造成二次伤害。真是既心焦，又不敢心急。

整整用了12个小时，才把小霞的丈夫救出来。然而此时，小霞因为双腿失血过多，已经陷入昏迷。

在医院醒来时，小霞已经永远地失去了双腿。但这，还不是迎接她的最大噩耗。医生痛恨又惋惜地告诉她，她那仅仅受了点儿轻伤的丈夫，悄悄地溜走了，甚至没来病房看望妻子一眼……

小霞家境贫寒，14岁那年，为了让姐姐和妹妹继续读书，她刚刚读完初中一年级就辍学了。她从安徽老家，来到了天府之国都江堰，打工挣钱。

几年后，她遇到了自己的同乡。他乡遇故知，感情别样浓，他们相爱了。2008年春天，他们喜结连理，发誓共筑爱巢，相爱一生。

可是，一场地震，却把小霞赌咒发誓的爱情鸟给吓飞了。

王志航听后唏嘘不已，内心凄凉。

她为别人的爱情感动着，也检视着自己的婚姻，思考着自己已经流逝的前半生，思谋着到底该走什么样的人生路。

"我是一个有爱的能力的人！"王志航说。

但是，她第二次长达16年的婚姻，不知不觉间，曾经的浪漫，曾经贴心的爱情，都不见了；她曾经的被需要，曾经的存在感，也随着时光渐长，消失了；冷漠、孤独、空虚、阴森等可怕的家庭冷暴力，像化解不开的浓霾，日日夜夜围困着她，令她窒息，却又无力突围。

她愿意把心中不竭的爱，奉献给每一个需要的人！

王志航毫不掩饰地说："地震之前，我是一个离开爱情就不能活的人。"

但是，她没有想到，自己苦心经营和仰赖的爱情小巢，却是一座豆腐渣工程，一场地震，垮塌得一塌糊涂。

……

仅仅用了5分钟，便顺利办完了离婚手续，只有房子归王志航。她本来向丈夫提出要3万元生活费，被一口回绝。

分别前，前夫对她说："你这是为了大家舍小家。"

"不要这么说。别人要是问你，就说我是中邪了，非得要做志愿者。"

这位爱的使者，自己的爱情和家庭，就这么破碎了。

但是，她却在日记中写道：

地震救赎了我的灵魂！

我爱那些伤残的孩子。

我的那些遍体鳞伤的孩子们，终于可以回家了！

我膝下无子的凄凉，变成了儿女绕膝的幸福！

……

36. "瓜娃子"

李安强与干妈明显有些生分了，这让王志航心里一度十分难过。

难道自己真的错了吗？要是换成别人，肯定也会这么做。

为小英雄争取应得的荣誉，赢得社会的认可和帮助，这原本就是天经地义的事情呀。

王志航也是爱子心切。她看到安安整天拖着残疾的身体，拼命地学习，实在太辛苦了。

她猛然想起来，2008年5月18日，汶川大地震发生后的第6天，中央电视台"'爱的奉献'抗震救灾大型募捐"晚会上，有5位抗震救灾小英雄，被直接保送清华、北大等名校。

李安强曾经骄傲地告诉王志航，那个被保送上清华大学的王佳明，就是他的亲表哥。

2009年9月，中国红十字会副会长郭长江到北川中学看望李安强

地震发生时，王佳明没有受伤，于是便在废墟上没日没夜地积极参加救援，救出了许多同学，因此被评为"抗争救灾英雄少年"，得到了应有的优待。

王志航心想，安安也是救人英雄啊，也应该得到社会的认可和优待。

要说，这或许算是王志航的私心。可这，也是李安强应该得到的权益啊。

但李安强却不这么看，他只想通过努力，拼得自己美好的未来。

母子俩，因此闹掰。

难怪别人都说他，这小子就是一根筋。当了英雄，难道就会影响你努力、阻止你拼搏吗？

2008年10月底，中央电视台新闻频道《铭记》栏目组来北川中学采访李安强。

在各方的悉心劝说下，他才默许接受采访。

然而，当他面对镜头时，仍然闪烁其词，模糊应答。

"过去快半年了，我恐怕记不得了。我不太敢想地震的事情，想到还是有点难受，所以慢慢就忘了。"

"你看看梁欢写的这封信，是不是这样的啊？"

记者无奈地拿出梁欢写给王志航的信，企图唤醒李安强的记忆。

"看了还是觉得，怎么说呢，好像就是这样，我也记不太清楚了。"

李安强依然模棱两可。

直到几个月之后，他才向公众说出了事情的真相。

2009年3月，四川卫视与北京光线传媒联合策划了"5·12爱心行动"大型公益活动，每期采访一个汶川地震中的抗震救灾英雄，并联系社会知名人士，帮助采访对象圆梦。

机缘巧合，恰好著名演员史可此时来看望李安强，就共同录制了《安安的心事》访谈节目。在节目中，李安强终于说出了自己一直隐瞒的真相和原因——

"我用靠近梁欢的左手，一点点扒开废墟。将梁欢的腿拔出来后，杂物堆积过来，我自己身边的空间更加狭小了。但是，求生是本能，我也很想舒展开自己被挤压着的、跪着的双腿。可刚一动，压在我身下的同学就喊叫疼痛，我不能把自己的舒服建立在同学的痛苦之上。所以，我只好遗憾地放弃了自救，一直痛苦地跪着。余震不断，大家在废墟中被挤压得越来越紧，没有一丝活动的空间，我也就永远地失去了自救的机会……"

"你当时为什么不把救人的事情说出来？"

"我不想让爸爸妈妈以为我是为了救别人才失去双腿的。那样，他们心里会不平衡，会遗憾一生的，毕竟他们需要我以后撑起这个家。"

……

这家伙，真是个"瓜娃子！"

后来，李安强的思想终于慢慢转过弯来，与干妈和好如初。

37. 自卑的大脑

2008年11月16日，左腿高位截肢后，段志秀终于伤愈出院。第二天，她便迫不及待地来到北川中学临时板房学校，复学了。

由于她是在华西医院接受的假肢安装和康复训练，所以直到复学之后，才认识了常来学校看望同学们的王志航。

虽然段志秀在新闻媒体的宣传报道中，一直是"坚强女孩"的形象，但她也是一个有血有肉、知冷知热、会苦会痛的活生生的人。

2009年，著名演员史可看望李安强

任何人，内心深处总会有不愿示人的一角。那里寄放着自己的软弱和痛苦，只有在夜深人静时独处的一隅，才暗自咀嚼个中滋味。

更何况段志秀呢，还是一个未成年的女孩子，心中有更多的苦恼。

王志航每次来学校，总会单独与她聊聊天，抚慰她心中的伤痛。

慢慢地，段志秀与王志航的心越走越近。终于，她也认下了这位大大咧咧，却又心细如丝的干妈。

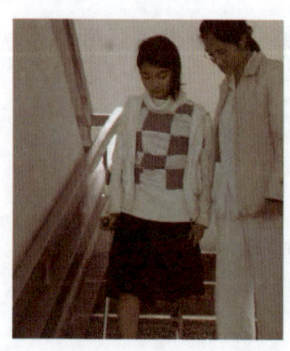

2008年7月，段志秀安装假肢走楼梯做训练

段志秀是一个伶俐秀气的女娃儿，可她又生性顽皮，整天逐鸡撵狗、上房揭瓦，活像喜欢惹是生非的臭小子。

村子藏身在大山深处的褶皱里，一条小溪时隐时现地嬉戏于山谷之间，像无忧无虑的美少女，与娃娃们捉着迷藏。

溪水清清，慵懒地流淌在白色的鹅卵石上。阳光洒下来，一闪一闪亮晶晶。

卵石间，住着许多怯生生的小螃蟹。

小螃蟹背着一个青绿色的壳儿，拇指盖大小。

段志秀与小伙伴就叫它们指甲盖儿螃蟹。

放了学，一群小伙伴来到小溪边。鞋子一甩，挽起裤管便扑通扑通地跳到水里了。小心地翻转卵石，有的小螃蟹来不及逃跑，就被段志秀们捉在了手里。

小螃蟹气急败坏，虚张声势地挥舞着小小的鳌钳，任凭小志秀给它讲学校里多么有趣的故事，都不能使它冷静下来。

挣扎一会，看看指甲盖儿螃蟹威风全无，小志秀才把它放进水里，让它回家。

小螃蟹回家了，可小志秀们却忘记了时间，直等阿爸阿妈扯着喉咙吼骂，才恋恋不舍地拖着一身泥水，走回家去。

段志秀家有一大片竹林，那是她的藏宝库、兵工厂。她的宝剑、水枪、弓箭、陀螺等，全都出自这里。

有一回，小志秀为了玩陀螺，就自作主张，把家里的一棵棕榈树的树芯割下来，做成了工具。被阿爸发现了，好悬挨顿揍。

小志秀儿时的玩伴可真多呀，除了同学，还有山坡上的花花草草，昆虫小鸟。她时常瞪着一双古灵精怪的大眼睛，猜呀猜，想呀想，这世界真是太奇妙了。突然，一只小松鼠从眼前跳过，就把思绪全给冲散了。

整天在山林溪水间玩耍，不耽误学习吗？

玩耍分好多种，小志秀属于会玩的那种。她不仅玩得嗨皮，学习成绩也总是名列前茅。从小学起，就是班干部，每学期都会给阿爸阿妈捧回一张满面生辉的奖状。阿爸总是喜滋滋地把奖状贴在家里最显眼的墙壁上。

老师和村里人都说，只要志秀保持学习成绩，将来必定可以考取大学，成为飞出山沟沟的金凤凰，光耀门楣。

但是，这所有的一切，全在2008年这个惊心动魄的初夏，彻底改变了！

伤愈复学后，面对全新的学习生活，段志秀充满了自信与向往。她在日记中写道："活着真好！尽管我失去了左腿，但我要更努力，去实现自己的梦想，让青春不再迷茫。"

可是，一旦进入到紧张的学习中，段志秀便碰壁了。

地震中的种种经历，时刻困扰着她，以致学习时总是难以集中精力。更令人着急的是，由于多次手术，大剂量使用麻醉药和止痛药，使她的记忆力受到严重影响。

原先，英语单词和化学元素周期表上的字母，在她大脑中都像训练有素的士兵，一声令下，便可各就各位。可是现在，这些字母们全都变成了乱糟糟的蜜蜂，无论她如何努力，都难让它们在大脑中结巢酿蜜。

段志秀很苦恼，王志航很担心！

38. 灰溜溜的书桌

省体育队的训练紧张而刻板，每天除了吃饭睡觉就是游泳。

小时候在门前的小溪里与小鱼小虾为伴，刘敏觉得游泳是天底下最快乐的事情。妈妈急吼吼地喊她回家吃饭，往往叫了几遍都不上来。

可是，在省体育队训练了一段时间后，她最盼望的就是吃饭，因为只有吃饭的时候才可以休息一会。

单调而重复的训练，完全不符合刘敏活泼的性格。

在省体育队待了一个多月后，刘敏厌倦了这种没完没了的训练生活。有时坐在泳池边，她开始思考自己的未来了。这在之前，是从来没有过的。

干妈说得对，不管能不能出成绩，将来退了役，别无所长，拿什么来养活自己呢？到餐馆当服务生恐怕都没人愿意招录。回老家种地呢，别说负重攀山涉涧了，就是空手爬山也难似登天。

搞体育，刘敏实在看不到未来。以她目前的身体状况，最适合从事坐办公室的脑力劳动。可是，要想将来拥有自己的一张办公桌，就只能珍惜现在的课桌。只有通过学习，才可能实现自己坐公室的理想。

那天，刘敏来找干妈，想请干妈帮忙规划一下自己的人生。

父母在农村，没有读过多少书，见的世面也少。虽然他们深深地爱着女儿，但在关键时刻却不能给女儿的人生提出指导性的意见。他们总是说，不要有任何压力，只要你喜欢，我们就全力支持。

干妈呢，却不同。她的社会阅历丰富，为人处事，有自己的独到见解。因此，刘敏有什么事情犹豫不决的时候，总会请干妈帮忙出主意。

在干妈家，与干妈相处，刘敏没有丝毫拘谨，就像在自己家里一样，就像与自己的妈妈一样。因为干妈也从来不把她、不把所有的孩子当客人看待。

干妈为孩子们做饭，孩子们都要各施所长，剥葱捣蒜，谁也不能坐等吃饭。干妈与孩子们在一起，也从来不掩饰自己，口快心直。只有家人，才会如此坦诚相见。

果然，干妈对刘敏回校读书的想法大加赞赏。

"敏敏，当初你选择到省队当运动员，我就有些担心，将来退役后怎么生活呢？也的确，只有读书，才能真正改变命运。干妈正是吃了读书少的亏。"

理想总是多姿多彩，可现实却是枯燥乏味。

刘敏重新回到教室，不仅每天要程序烦琐地穿戴假肢，残端还一阵阵地瘙痒。但是，隔着假肢的接受腔，又无法抓挠，真是让人几乎崩溃。而且，此时大脑还没有从下意识里接受截肢这一事实，因此常常发出一些错误信号。虽然她已经没有了右腿，但右脚麻、脚趾疼等幻肢神经疼阵阵袭来，让她无法安心学习。

那时候，全国各地、社会各界对灾区的热心关注，使这些因灾致残的孩子们，经常有机会出现在媒体的闪光灯下。同时，为了活跃伤残学生们的生活，首都师范大学音乐系帮北川中学组建了轮椅吉他队。刘敏是轮椅吉他队的主唱，经常排练，时常外出表演。

日子在这浮华与闲散中得过且过。很多时候，刘敏虽然坐在教室里，强迫自己认真学习。其实，那只不过是骗骗自己的理想，装装样子而已，并非真正用心学习。

……

很快就到了高中二年级，文理科分班的时候，刘敏因为自己的物理学科是一块难以补齐的短板，因此在与干妈商量后，选择了文科班。

真是阴差阳错，虽然她成绩一般，却被分到了文科班的火箭班。第一次考试，刘敏毫无悬念地当了底座，排在年级文科班的倒数第五名。

灰溜溜的成绩，让刘敏灰溜溜地有些心酸。从小到大，自己的学习成绩何曾如此不堪过?

此时,她内心深处的那颗种子,悄然萌动,只是还没有发芽。还需惊雷将它唤醒,需要春雨慢慢滋润。

39. 泪洒羌历年

"5·12"汶川大地震后的第一个羌历年,王志航是在北川中学的临时板房学校度过的。

她与北川中学的师生们,共唱《感恩的心》和《爱的宣言》。80多名伤残学生带动着全校3000多名师生,用手机的荧光,晃成了一片爱的海洋。

人群高喊:"干妈,我们爱您……"

声震群山!

王志航瞬间泪奔。

试问人世间,身为普通百姓,谁能享受如此尊荣?谁能受到这么多人的爱戴?

王志航毫不讳言。她说:"那是我52岁的人生岁月中,最光耀的时刻。你想象不到,那种爱的真情,从心底漫溢而出,让人感动得愿意为他们去赴汤蹈火,去付出一切!"

的确,王志航几乎贡献出了自己的所有。

她的孩子们,虽非亲生,但每一个都是她的心肝。逢年过节,她总要背着礼品,不辞劳苦,翻山越岭地到他们家中看望。

虽然孩子们都已经成功结对,但爱心家庭分布在全国各地。他们除了寒暑假期间接孩子们去家里做客,或者外出旅游度假,平时无法经常与孩子们见面。因此,王志航的家,就成了孩子们的爱心驿站。

每逢假期,孩子们总是三五成群地来干妈家里团聚。王志航也总是想方设法地为他们做出美味又营养的饭食。

可是,仅仅依靠她微薄的退休金,根本无法支撑她和孩子们的生活。虽然

截肢后，刘敏和李安强等孩子参加了北川中学组织轮椅吉他队

上海的阿文夫妇时常接济，但仍是捉襟见肘。

不得已，2010年8月，王志航把位于成都市中心的170平方米的大房子卖掉，然后在温江郊区买了一套70多平方米的小房子。

"这样，我就有钱给孩子们花了。"她说。

这所小房子，就成了孩子们的"爱的小屋"。

小屋装修时，王志航让孩子们拿主意。

孩子们思想比较前卫，提议做手抓墙面。

好吧，大家一起动手。

小屋里顿时飘满了欢声笑语，那笑声就把墙面荡出了一层层的波浪纹。波浪里印满了孩子们大大小小、胖胖瘦瘦的手印。

那是他们青春的印迹，是他们叩问幸福的回响……

40. 打扮过的坚强

张凤性格倔强，最不喜欢人家来怜悯她。见她行动不方便，有人上前帮忙，她总是说："我自己来，不然将来怎么办？"

然而，这倔强，恰恰只是脆弱的表象。

地震灾区的伤残孩子，在很长时间内一直是媒体关注的焦点。孩子们在镜头前是坚强的、乐观的。可是，谁能读懂他们独处一隅时，眼神中那深深的忧郁呢？特别是张凤。

北川中学有一名很有音乐天赋的女生，会弹古筝和吉他，在学校小有声名。可是在地震中，她的父母双双遇难，而她自己也失去了一条腿。

在大家眼里，她是那么乐观。她曾与来灾区慰问的"羽泉"组合同台演唱。舞台上她神采飞扬，似乎把任何困难和痛苦全都踩在了脚下。因此，她一度被当作开导其他伤残学生的楷模。

出乎所有人意料的是，不久后她竟然辍学了，回到老家所在的镇上，在一家"老虎机"游戏厅打工。

由于她长期不回家，负责监护她的舅舅来游戏厅找她，不想在她的箱包中，竟然发现了装白粉的袋子。

原本体重 120 多斤的温润漂亮的女孩儿，已经消瘦得不足 80 斤，面枯容槁⋯⋯

作为一名柔弱的女生，而且又是双腿截肢，张凤所谓的坚强，又如何承担得起灾难强加给她的残缺呢？

张凤走在颠颠簸簸的街道上，人们常常用异样的目光打量她，有的干脆停下匆忙的脚步，掉转头，疑惑地盯着她看。那目光虽然没有恶意，只是好奇，但对身有残疾的人来说，仍不啻于一把寒光凛凛的尖刀，让人心头刺痛。

更有甚者，当着张凤的面，摆出一副悲天悯人的菩萨心肠，摇头晃脑地说："看这姑娘双腿都没有了，以后还能干啥？连自己都照顾不好了，真是造孽啊！"

这菩萨的善言，此时恰似唐僧的凶咒，真是让悟空头疼欲裂呀……

张凤心乱如麻，就常常伏在书桌上忧伤地发呆，悲凄地哭泣。

班主任老师带她去见一位定期来北川中学做辅导的心理咨询师张阿姨。

这位来自湖南的张阿姨，原先是一位省级运动员，退役后按照自己的喜好，发展绿色农业，后来又改做医生。

然而，她慢慢地感觉到，人身体的病患容易医疗，但心灵痼疾却难以治愈，而且直接影响人们的身体健康和家庭幸福。所以，她又放弃生理医学，专攻心理学。

心理学，是一项拯救、抚慰和重塑人类灵魂的伟业！

……

第一次与张阿姨谈话，张凤讲了她和唐安阳的故事。

她向张阿姨说，现在我再也想不起她的样子了。

张阿姨让张凤抱着一个海豚公仔，说："闭上眼睛，去想象她的模样。"

张凤似乎看见自己与唐安阳一起走在两栋学生公寓之间。唐安阳扎着马尾辫，一蹦一跳地走在前面。张凤大声喊她，可她头也不回。

张凤着急地哭了，委屈地告诉张阿姨："我看不见她的脸，只能看见她的背影。"

"把你想说的话告诉她。"

张凤对着唐安阳的背影说："对不起！"

可唐安阳仍然头也不回地往前走……

41. 科比男孩儿

"干妈，我没坐过飞机，您信不信？"李安强一脸呆萌地说。

王志航十分配合他，故作惊讶地问："真的？"

"在北川看见过天上的飞机，只有拳头那么一点大，一会就飞走了。"

"火车呢？你坐过没有？"

"坐过，从绵阳转院去重庆的时候，坐的是火车。我第一次坐汽车，也是在这次地震受伤后，坐的是120救护车，而且还坐军用卡车了呢。"

16岁，已经16岁的李安强，第一次坐汽车，坐的竟然是120救护车！

……

四川省要挑选6名汶川地震灾区的伤残学生代表，到北京观看残奥会开幕式。为了让李安强坐坐飞机或者火车，看看山外的世界，王志航帮他报了名。

报名后的第二天早晨，李安强早早就起床了。他说要加强锻炼，万一被选中去北京，不能给灾区丢人。

然而，李安强落选了，坐飞机或火车去北京观看残奥会的理想落空！

不过，有一个更大的惊喜，在等着他。

2009年3月12日，李安强终于坐上了飞机，与干妈王志航一起，飞往北京。

这一天，李安强经历了自己人生中的很多第一次——第一次近距离地看到真飞机、第一次真真正正地坐飞机、第一次在飞机上享用午餐、第一次在飞机上拍照……

第一次来到北京，李安强大发感慨——北京真大！

第一次来到新浪网办公楼，李安强说——新浪真牛！

第一次得到"NBA"男篮巨星科比的签名篮球，李安强说——科比，我永远爱你！

到达北京的当天下午，李安强与王志航便来到新浪网办公楼，拿到了科比请新浪网转赠的亲笔签名的"NBA"篮球。

李安强一会把篮球抱在怀里，一会亲吻一下，一会又把篮球顶在头上转圈……快乐得不能自已！

李安强为什么会得到科比亲笔签名的篮球呢？

原来，他地震受伤之前，十分喜欢打篮球，最崇拜的球星正是"NBA"巨星科比。就在2月的27号，他给科比写了一封信，贴在了干妈王志航的博客上。

科比叔叔：

您好

我是四川地震灾区北川中学高一（7）班的学生，今年17岁，名字叫李安强。地震后大家更喜欢叫我安安，因为他们希望我一生平平安安。

科比叔叔，您知道四川汶川大地震吗？我是这场灾难中的幸存者。虽然我活下来了，但是我永远地失去了双腿，这是我截肢后的照片。

科比叔叔，您知道吗？地震以前我非常喜欢篮球，非常崇拜您。因为对您的崇拜，现在我还是非常喜欢篮球。虽然我不能站起来打篮球，虽然我已经不能跑步了，只能坐在轮椅上投篮……但是我没有放弃，我还是喜欢篮球。我太崇拜您了，科比叔叔。

这是我受伤后在室内打篮球的照片，送给您看看。我的心愿是想见到您，想有一只您签名的篮球。我会把您送给我的珍贵的篮球放在房间里，天天看着。有您的篮球和我在一起，我就有力量，就什么都不怕了。

我现在已经回到学校学习了，期望通过2年时间的拼搏，考上好大学，成为一名真正的男子汉，成为对社会有用的人。

科比叔叔，我爱你。

安安

2009年2月27号于北川中学

李安强写给科比的信，很快引起了新浪网的关注，一场帮助汶川地震救人小英雄李安强寻找"NBA"巨星科比的爱心接力，迅速展开！

热心的网友帮忙把李安强写给科比的信翻译成了英文；新浪网"新新生态"把李安强的信转到了科比在新浪网的官方论坛"科比门徒"，并引起网友的火爆回帖支持；新浪网体育站务做了连续报道——《大灾面前不言愁，幸运男孩怀揣"科比梦"》《英雄少年安安，双腿为救同学而残》……

一系列的连续报道，更是掀起了网友关注和支持的热潮！

此时，太平洋的上空，一缕缕满载爱心的电波，纷纷叩响了科比的大门：

科比官网论坛的版主在联系科比……

2009年3月李安强收到科比送他的亲笔签名的篮球,激动地亲吻篮球

体育网站站务在联系科比……

新浪负责科比官网的编辑们通过在美人士,在联系科比……

新浪网其他工作人员,也在积极联系科比……

2009年3月12日下午,李安强应邀来京,开启了他的圆梦之旅。他不仅收到了科比的亲笔签名篮球,还收到了科比写满真情与爱心的亲笔信!

安安:

你的故事让我感动。得知你通过我的新浪官网想和我取得联系,我感到非常荣幸。你是个非常坚强的小伙子。你对待命运的顽强态度让我们难以置信。在那一切发生后,你依然执着于自己的篮球梦想,这让我非常开心。我看到了你坐在轮椅上投篮的照片。你投篮的姿势看上去非常帅。我从来没有坐在轮椅上投篮,不过我愿意试一试!

我非常明白地震的破坏力。我的心和所有受灾的人们在一起。我得知你们伟大祖国的同胞——他们和你一样!——已经靠顽强的意志战胜了灾害。我希

李安强坐轮椅投篮

第七章 ♥ 天有阴晴

望所有其他受灾的人们都能像你一样顽强,不放弃希望——这是最最重要的。

你说你正在努力学习英语,为了未来和我见面,这让我很感动。也许我能给你一些学习英语的建议。我会说几门外语。我想掌握外语的关键——和打篮球的道理一样——需要不断练习。我觉得学习外语的感觉就相当于拥抱另一种文化。这让我非常享受。

今年夏天我准备去中国,不过目前还没有最后确定。我希望能见到每一个球迷。我很高兴"新浪"将我的签名篮球转交给你,希望你喜欢它。

另外,我看到了你的信和视频,我喜欢它们!!

祝你平安!

科比·布莱恩特

王志航请人帮李安强做了一个玻璃盒,把科比签名的篮球放在里边,摆在李安强的书桌上。

无疑,李安强收到的不仅是一颗"NBA"巨星签名的篮球,更是一种永不服输的精神。

2009年7月,科比果真来到中国,并且专程赶到成都,看望李安强。

从此,李安强就多了一个昵称:科比男孩儿!

附录

汶川大地震灾区采访手记之七:

去北川的路上

2008年5月23日　李春雷

绵阳是四川第二大城市,也是著名的科技城,拥有的院士人数在全国地级市中位居第一。

在地震中，其下属北川、平武、安县、江油等县市均受重伤，尤以北川为最。

北川和汶川直线距离仅30公里，位于一个山间峡谷中，是羌族文化集中地，更是一个美丽、富饶、生态的旅游小城。但此次地震中，由于地面塌陷和山体滑坡，致使这座小城全部夷为平地，人员死亡达70%左右。惨绝人寰，惨绝人寰。

在摇摇晃晃的车上，陪同我们的绵阳市文联工作人员冯小娟女士讲了一些关于北川的情况：

有一座山塌陷了，把北川幼儿园整体推出100多米远，而后又埋住了，深达10多米。有一个幸存者，亲眼看见似有一只巨手把楼房猛地托起来，又狠狠地摔下去，一下子全碎了。美丽的生命如同精美的瓷器，也全部摔碎了……

北川乡下有一户人家，当天办丧事，刚刚埋完了死者，正在吃饭，地震来了，埋人的人又全部被埋了。

救援队在某村头见到一老翁，在地上爬着以头磕地，满头流血，号啕大哭，不肯走，说我们村180人几乎全死了，我活着有什么意思，干脆一起死掉算了，执意要回去寻死……

路上极不好走，两侧多是壁立千仞的断崖，或深不见底的河谷。此处的河谷是涪江，一些叫不出名字的大山垮塌下来，把河道卡断，形成堰塞湖。那些大山，表皮的绿色植被全部滑塌了，只剩下四壁黄土，像一座座新起的坟头，垂挂天地，触目惊心。

在一些山间平地上，陈列着一片片未收割的小麦和油菜。枯黄的庄稼被风吹得倒伏在地，痛苦万状的样子，仿佛在呼唤着主人的到来。

可收割的人，哪里去了？

我们的目的地是北川。

可前面传来消息：北川全城戒严，进行大消毒。不得不改道前往平武县。

路上遇到一个瘦瘦的中尉，名叫朱进东，石家庄人。他们是原济南军区54军坦克侦察连，驻河南信阳。5月14日接到命令出发，16日赶到这里。出发时带了半个月的米面油肉菜和牛奶。这一带的灾情十分严重，尸臭浓烈，虽然戴口罩也忍受不了。刚开始的几天，死里逃生的老百姓没有吃的，就来吃部队饭。几百人，身上流着血，脸上流着泪，手里捧着碗。面对这种情境，怎能拒绝?那几天,炊事班每天都要做20多锅饭。

　　这时,一个骑摩托车的小伙子开过来。他说,南坝镇上死亡很多,仅学生就超过600人,当时镇上挖了一个大坑,把发臭的尸体都埋了进去。更离奇的是水观乡有一个马安山和平漆山,相撞在一起,中间竟出现了一个湖泊。一个上百人的自然村消失得无影无踪,只跑出来3个人。

　　疲惫的汽车,又走进另一个小镇——平通镇。

　　平通镇死亡了四五百人,其中包括小学生46人。

　　在一片大大的废墟旁边,我们遇到镇信用社主任杜小斌。当时信用社的楼内有现金110万元。办公楼倒塌后,他和另外6名工作人员在这里守候两天两夜,直到部队的挖掘机把现金全部挖出来。

　　杜小斌告诉我,小镇本来坐落在一个平坝上,可地震后,小镇的南半部变成了高地,整体比北半部高出近2米。

　　我们在废墟上选择"纪念品",有的捡了一本书,有的拿了一块石头,有的拾了一枚铅笔。

　　我收藏的是一个土地证。红红的封面上写着"土地承包经营权证书"和"平武县人民政府　一九九九年"的字样。执证人的名字是"朱晓容"。

第八章
北京来的神秘访客

他们强强联手,各施所长,"绿丝带"的爱心之网才得以越编越大,越编越密。把北京与灾区,全国与灾区,紧密地连在一起,织成了一个大大的红心。

这颗红心,无疑又是一台强劲的激发器,激发了孩子们潜能的核裂变,引爆了他们体内的小宇宙……

42. 北京与北川

2009年8月16日，晏鹏第一次见到戴克维。从交谈中，他感觉这位叔叔很了解自己。因而对这位叔叔为何如此关注自己，有些疑惑。

当天，戴克维也见到了李安强。学校团委书记康强介绍了李安强在废墟下拯救同学的事迹。

戴克维听后怦然心动。而李安强不知这位叔叔是什么身份，感觉有些神秘。

正是通过李安强，戴克维结识了王志航。

这似乎是一次水到渠成的融合。

很多孩子的命运，正是从这一刻起，注定将发生彻底逆转！

事实果真如此，现在回头看看来路，"绿丝带"爱心团队之所以能够成就如此众多的灾区伤残学生，成为民间助残团队的优秀代表，的确与戴克维同王志航携手合作密切相关。

戴克维在北京，接触面广，可以联系到更多的爱心企事业单位和爱心人士，为孩子们提供更多的帮助。更重要的是，他阅历丰富，眼界开阔，思想高韬，总能在孩子们人生最紧要的关头，给予精准指导和鼎力帮助，因此才使得孩子们的命运发生了彻底改变。

他直接帮助的66个孩子，如今绝大多数学业有成。这些原本普普通通的孩子，竟然已有20名考取研究生，而且这个数字每年都在增加。

这，不得不说是一个让人叹为观止的奇迹！

而王志航呢，把自己的全部身心，全都献给了孩子们。她深深地爱着孩子们，对每一个孩子都深有了解。她能随口说出每个孩子的学习状况和性格特点，可谓入木三分。因此，她是戴克维了解、帮助孩子们的最理想的桥梁和纽带。

他们强强联手，各施所长，"绿丝带"的爱心之网才得以越编越大，越编越密。把北京与灾区，全国与灾区，紧密地连在一起，织成了一个大大的红心。

这颗红心，无疑又是一台强劲的激发器，激发了孩子们潜能的核裂变，引

2009年8月，晏鹏第一次见到戴克维

第八章 北京来的神秘访客

戴克维与孩子们谈心、交流、沟通

2010年9月,前往北川中学看望众残疾高考生

2009年,晏鹏参加由首都师范大学协助成立的北川中学吉他队,北川中学吉他队赴北京参加感恩演出

爆了他们体内的小宇宙……

戴克维见到晏鹏那天,正好是周末。

本来,晏鹏放学后已经回到了租住的房屋里。学校打来电话,说一位一直关心他的叔叔希望见他一面。

于是,晏鹏走了20多分钟,又返回学校。

戴克维印象中的那个躺在病床上的狼狈且虚弱的晏鹏不见了,站在他面前的,是一个俊朗的小伙子。

戴克维十分欣喜,详细询问了晏鹏的生活情况,特别是学习和报考大学的想法。

晏鹏当时虽然渴望考大学,但并不抱多大希望。日常生活中的种种不便,时时牵绊着他的精力。而学习的艰难,更是让他感觉力不从心。

戴克维看出了他的担忧与犹豫,于是鼓励说,现在你高三第一学期才刚刚开始,距高考还有差不多一年的时间,努力还来得及。不然,将来拿什么养活自己,又怎样孝敬父母呢?只有考取大学,才是改变命运的最理想的方式。

其实,这一次与戴克维见面,晏鹏并没有太在意。因为地震发生后,来看他们的爱心人士太多了,大多都是匆匆而来,匆匆而去。只是从陪同人员阵势去猜测,晏鹏感觉这位来自北京的叔叔似乎有些来头。

尽管如此,晏鹏这次与戴克维交谈,也是客套大于实质,对自己并没有什么触动。

可是,晏鹏万万没有想到,这位比他父亲年龄大很多,但他仍称为"叔叔"的戴克维,竟然是他生命中最重要的贵人!

……

第一次见面之后,戴克维便与晏鹏保持着直接联系。一封封邮件,一条条短信,一通通电话,随时关心和鼓励着晏鹏的学习和成长。

北京与北川,情感的电波,往来穿梭。

晏鹏向叔叔倾诉自己的苦恼。叔叔便鼓励他正确面对困难。沧海横流,方显英雄本色。要想提高自己,怎么可能不经历一番磨难呢?

有时晏鹏对学习实在厌倦了,甚至想着高中毕业之后,索性回乡,与世世代代的乡亲们一样,过一种简简单单、粗粗糙糙的生活。

叔叔开导说,这种想法可要不得。你以前想着读完高中,回乡承包工程搞建筑,或者开卡车赚钱,现在看来,这些想法都难以实现了;种田为生吗? 也不符合实际;外出打工呢,其实可供你选择的余地特别窄,只能让别人来选择你。

2009年8月16日,戴克维到北川中学绵阳长虹板房临时校区看望晏鹏

可是，考大学真得那么有意义吗？

当然了，读大学不仅能增强你的生存能力，更重要的是，你会看到更广阔的世界。通过学习，你的人生将会越来越宽广，越来越深刻。这样，你就不再是被迫求生存，而是在更广阔的精神层面，享受生活，感悟生命。

晏鹏似懂非懂。

叔叔进一步引导说，晏鹏，将来你结婚生了孩子，希望你的孩子怎么样呢？

当然希望给他营造更好的成长环境，培养他成才嘛。

是啊，可如果你自顾不暇，又怎么可能给孩子营造好的成长环境呢？再说，以你现在的阅历和见识，又怎样教育你的孩子呢？你所能告诉他的，不可能超过你的认知水平。也就是说，他将来仍然会像你现在一样，想着读完高中就走向社会。

那天，叔叔还给晏鹏讲了那个著名的放羊娃的故事，晏鹏听了之后沉默了。

没想到，几年之后，他竟然真的见识到了活生生的"放羊娃"。

……

北川中学校长刘亚春迎接戴克维

然而，过了几天，晏鹏又给叔叔打电话说，我可能真不是学习的材料，成绩提高很慢。

叔叔听完之后笑了。"傻孩子，哪能一口吃个胖子呢？学习是一个循序渐进的过程。你现在对学习还有畏难情绪，潜意识中甚至对学习是抗拒的。怎么可能会有突飞猛进的提高呢？就像一个空瓶子，如果拧紧瓶盖，即便摁进水盆里，也不可能灌进水去。你事先给自己设定了一个不是学习材料的观念，这就是你的盖子。你把这个盖子扔了，上课时紧跟老师的思路，课余复习时认真回忆老师讲课的重点。试试这个方法，看有没有效果。"

晏鹏学习的态度果然改变了，连老师都感觉惊奇，而且学习成绩的确有了较大提高。

晏鹏向叔叔汇报自己的成绩。叔叔鼓励说，只要真努力，肯定有收获。

可是，过了一段时间，晏鹏又有了困扰与担忧。他的成绩虽然已经提高到了班里的上游水平，但根据往届的经验，考大学仍然没有多大希望。

叔叔帮他分析说："现在距高考还有几个月的时间，你再冲刺一把，成绩必然还会有所提升。到时候考不上一本二本，考个三本或者专科也可以呀。既便考专科，将来也可以专升本，也可以考研。总之，通过努力，你肯定会离自己的目标越来越近……"

叔叔鼓励的话语，像润物无声的细雨，悄然滋润着晏鹏焦躁的心田。他细弱的信心小苗，慢慢葱绿起来。

戴克维早年当过中学教员，他的经验是，对于晏鹏这样信心不足的孩子，要先给他设定一个低一点的目标。就像摘果子，如果努力跳一跳，或许就能摘到。因此，信心便会慢慢地建立起来。然后再进一步激发潜能，必定会有所成就。

早在90年代，戴克维就资助了十几名云南丽江傈僳族山区的孩子。他正是这样循循善诱地点燃了孩子们的信心，使他们看到了自己身上的闪光点，一步步成长起来，先后考取了大学。有的大学毕业后参军，成长为一名军官；有的大学毕业后就业，成为单位的骨干力量；有的继续攻读研究生……

晏鹏学习更加努力了。远在北京的叔叔，也正想方设法，准备再助他一臂之力。

2008年6月，戴克维为晏鹏争取"抗震救灾英雄少年"荣誉未获成功的时候，有一位首长曾提示：晏鹏的事迹真实感人，这次没机会参评"抗震救灾英雄少年"，以后或许可以通过别的方式加以弥补。戴克维显然听懂了这个提示。

2010年春节过后，距晏鹏高考还有一个学期的时间，戴克维和教育部有关负责同志汇报沟通。

戴克维介绍完晏鹏、李安强救人事迹时很动情，说这些孩子单纯而勇敢，面临灭顶之灾，没有成年人的"深谋远虑"、瞻前顾后，为救他人不考虑别的，一种至高的纯粹，致使自己终身残疾。命运已经把他们推出正常的生活轨道，社会应该给他们足够的庇护。我们应该为他们将来能够自立于社会做点铺垫……

教育部有关司局的同志被两个孩子的事迹感动了，也被戴克维的真诚和无私感动了。

学生司工作人员对戴克维说："您与这俩孩子无亲无故，能为他们的事迹、遭遇所触动，为他们的将来如何自立于社会做考虑。您的道德感召力让我们不能无动于衷。"

他们提出可考虑比照"抗震救灾英雄少年"来对待，执行大学保送。

就此，戴克维便开始为两个孩子的"保送"前景做准备。

43. 心理沙盘

地震后的第一个清明节，张阿姨带着张凤回到了北川中学原址。

迷乱的细雨中，张凤坐在轮椅上，看着到处散落着书本、衣物和书包的教学楼废墟，一股悲伤，涌向心头——那么多同学就长眠在这里了。他们永远16岁，而我还会一点点长大。他们都死了，我为什么还活着？

第二次回北川中学的那个清明节，张凤在废墟边，看到一条写着"沉痛悼念爱女——母灵芝"的横幅。这位女生，是张凤的同班同学，两人邻桌。

后来，张凤再回去，北川中学的废墟不见了，只剩下一个大土堆。她，再也找不到过去，找不到来时的路了。

……

来自广州的心理咨询志愿者曾浩，在北川中学建立了心灵花园。

那天，张凤在心灵花园的"沙盘游戏治疗室"，第三次摆下了沙盘——这是一种映射心灵状态的游戏。

湖泊、草原、森林和各种动物，这正是张凤前一天晚上内心涌现的愿景。

她，一直是老师眼中和媒体笔下的坚强典型。她坚持不坐轮椅。校园里，师生们经常看到她穿着假肢颤颤巍巍一步步艰难穿行的身影。

但是，她在日记中写道："我觉得现在的每一天都好疲惫，有种稍不留神就会坍塌的感觉……"

那天她摆完沙盘，指着一时兴起摆下的鲜花说，比起前两次，这一次多了生机和希望。

但曾浩对此并不乐观。他敏锐地发现，每一次张凤都会在她的草原上放一匹狼。问及原因，她回答说："再美好的草原都会有狼……"

……

夜里遇上停电，陷于一片黑暗的伤残学生们，仍然会因为想起地震时的情景而极度恐惧。

他们不愿再把伤痛撕开给别人看，但很少有人理解，即便是身边的朋友，也无法真正了解他们的内心世界。

曾有一个孩子摆出了令人恐怖的沙盘。沙盘上全是黑色的墓碑和坟墓，断头的人和残肢散布四处。

摆完沙盘，这个孩子痛哭失声地说："我不就失去了一条腿吗？我得到的已经够多了！"

张凤不愿接受媒体采访，恳请媒体不要拍照，但每次都没人理会，依然啪啪地拍个不停。

没有人像干妈和张阿姨那样真正理解她。

面对闪光灯，她强迫自己露出笑脸。

可是，有谁知道，她的心里一直在滴血啊！

有了困惑，她总愿意向干妈诉说。干妈也总是默默地支持她。

虽然学业紧张，但张凤悄悄地恋爱了。老师视早恋为洪水猛兽，严厉喝止。

老师和同学给予张凤很多关爱和帮助，可是，他们并不理解张凤心里的苦。

那次干妈来学校看望孩子们，张凤把自己恋爱的事情说给了干妈。没想到干妈却称赞说，爱是一种能力，更是一种权利，为什么不呢？

后来，张凤失恋了，一度陷入痛苦中难以自拔。干妈说，傻女子。这有什么了不起呢？说明他不适合你，分手了也不是坏事。

……

张阿姨也是默默陪伴，给予张凤很多心灵的抚慰。

有时张凤夜里心情烦躁，难以入眠，就给阿姨打电话，发信息。无论多晚，张阿姨总是及时回复，耐心安抚。

正是干妈与张阿姨，陪伴张凤走过了那段最困惑、最艰难的青春雾霾期，度过了人生最重要的成长阶段。

她的心慢慢安静下来，悄悄地规划着自己的人生。她打定主意，大学要读心理学专业。

然而，对于张凤来说，虽然黎明已经悄然来临，但面前仍是黑暗，而且命运也还没有放弃对她的捉弄！

44. 让我随他们去吧

地震之前，段志秀是北川中学高一（5）班的英语科代表，成绩稳居全班前三名。然而，2009年期末考试成绩却一落千丈，段志秀几近崩溃。

王志航得知情况后，也是心事重重。志秀历尽磨难才得以生还，又生性好强，如果学业无成，必然给她带来致命的打击！

"我不去医院！我不住高楼！"

段志秀被埋在地震废墟下15个小时，被救出来的一刻，惊恐地喊叫。

"医院救助点里没有楼，在坝子里，你放心。"救援人员安慰她。

2008年5月13日清晨6点左右，段志秀被送往安县临时救助点，安置在一顶帐篷里。

一切因陋就简，有些伤员需要手术，也在帐篷里实施。外面下着雨，地面上的积水就被鲜血染红了。

段志秀的左大腿被严重压伤，肌肉组织开始坏死。

情势危急，为了保住性命，必须立即对段志秀的左腿实施截肢手术。

身边一个亲人也没有，这个年仅15岁的小姑娘，颤颤抖抖地在手术同意单上，写下了自己的名字。

由于条件所限，只能采取局部麻醉。因而，整个手术过程，段志秀都神清志明。

"嗤啦嗤啦"，医生用锯子，在锯她的左腿。她清清楚楚地听到了自己腿骨断裂的声音。

眼睁睁地看着医生把自己的腿锯掉，该是怎样地让人胆战心惊、痛不欲生啊！可是，段志秀却似乎一点也不难过。她甚至还央求医生说："可不可以把我的腿还给我呀？风干了装在盒子里，还给我。"

闻者无不心酸落泪。

傻孩子，这怎么可以呢？

唉！是她经历了生死磨难，对灾难麻木了？还是她年纪太小，根本不懂得，身体残缺，将会强加给自己多少人生苦痛啊？！

医生把她那一天前还弹跳自如的左腿，装在一个黄色的袋子里，带走了。作为医疗废物，处理掉。

此时，段志秀浑身瑟瑟发抖，是冷？是惊恐？是失望？兼而有之！

或许因为当时手术条件太简陋了，或许因为段志秀在地震废墟下掩埋的时间太长，她左腿截肢后，肾、肺功能出现障碍，只得依靠血透和呼吸机维持生命。

不想，两天后，段志秀竟然出现了急性肾衰、心衰及左上肢活动障碍等严重手术并发症，而且已经不能自主呼吸。

必须立即转院！

从绵阳到设在成都市的四川大学华西医院，近120公里。而且，道路大多被地震损毁了，谁也估算不透，这一路要走多长时间。更何况，段志秀不能自主呼吸，必须装有自动呼吸机的救护车，才敢冒险送她转院。

但是，当时整个绵阳地区，竟然找不到一辆这样的救护车。

再有耽搁，段志秀生死难料！可是，救护车上没有呼吸机，同样前途未卜！

段志秀身边一个亲人也没有，谁来确定她是否转院，谁来承担这人命关天的责任呢？

医者，父母心！

生死抉择面前，医生挺身而出，毅然决定使用普通救护车，将段志秀送往成都。

……

段志秀偶尔清醒，陪护她的医生便安慰说，这是最高级的带自动呼吸机的救护车。你放心吧，绝对安全。

直到5年之后，段志秀才得知真相——从绵阳去往成都的路上，一直有两名医护人员，一边与她说话，一边轮流用手帮她捏呼吸气囊。

后来，段志秀曾亲手试着捏过呼吸气囊。捏得重了，病人承受不了；捏得轻了，又起不到辅助呼吸的效果，力度实在难以把握。山路颠簸，几个小时的路程，两名医护人员是如何小心谨慎地呵护着这颗已经气若游丝的小生命啊？哪怕稍有差池，都可能性命不保！

万幸，医护人员总算将这颗生命，捧进了华西医院。

在重症监护室，经过主治医生连续十几个小时的紧急抢救，段志秀的生命体征才终于趋向稳定……

在采访中，王志航讲起这段故事，几度泣不成声。她说，志秀承受了太多的苦难，而且一直是她独自一个人扛着。

她的父母呢？

听我问起此事，王志航索性哭出声来。

原来，因为当初长时间没有父母的消息，段志秀曾一度要求医生放弃对自己的救治。

45. 女儿的婚事

2010年春天，王志航收到了一封火红的请柬。

请柬用蝇头小楷写就，字体端庄，颇具功力。显然，这是主家特意请了先生，精心而为的作品，足见主人公的细心与敬意。

猜猜，婚礼的女主角是谁呢？

正是王志航的第一个干女儿——小芳。

……

小芳的婚礼简朴却隆重。王志航作为娘家人，坐上主座，而且接受了一对新人的叩拜。

参加婚礼的亲朋好友们指指点点，交头接耳地传递着这对特殊母女的特殊故事。而后，大家纷纷走过来，给干妈敬酒。

喜酒入肠，浮上来的是满满幸福。

做母亲的，这难道不是一生中最梦寐以求的幸福时刻吗？

这是王志航的第一次，在不久的将来，她还会拥有上百次。

朋友们开玩笑说，你当丈母娘和婆婆的次数，准能挑战吉尼斯世界纪录。

这还不是最幸福的呢。两年后，她又当上了姥姥——小芳为她生下了一个大胖外孙。

得知喜讯的当天，她就跑到孕婴店里，为外孙买来几套漂亮舒适的小衣服，还有奶瓶和玩具。陪她同去的朋友就嫌她操心太多："难道人家当爹妈的不比你心细？"

王志航只是摇头晃脑地笑。

"将来你会有几百个孙子外孙呢，能把你美得冒鼻涕泡！"朋友就满脸的妒忌。

46. NO.10B0001

大学"保送",关联众多,也诱惑着灾区的每一个孩子。

所以,相关部门调查核实俩孩子的事迹,慎之又慎。

戴克维在为晏鹏和李安强"保送"前景做努力的过程中,一直未向两个孩子透露任何信息。

他要防止节外生枝对他们造成负面影响,也担心他们会放松学业。如果那样,弄巧成拙,反而耽误了孩子的前途。

……

经过戴克维与有关部门及有关领导同志的多次沟通,并经中央领导批示支持,晏鹏与李安强比照"抗震救灾英雄少年"实行大学"保送",终于落实了。

2010年5月24日,距离晏鹏高考仅剩13天的时间了,北川中学突然通知晏鹏和李安强填报大学保送申请,并填报大学志愿书。

晏鹏好大一会儿没有回过神来;李安强更是如坠五里雾中。

他们猛然醒悟过来,于是立即给叔叔戴克维发信息。

此刻叔叔正在韩国访问。收到晏鹏的短信,他长长地舒了一口气,随后打电话给晏鹏简要说明缘由,反复嘱咐要一如既往地潜心学习,不要声张。

因为李安强复读了一年高中一年级,所以高考比晏鹏晚一年。此时他已获得大学"保送"资格,所以戴克维让晏鹏叮嘱李安强,一定要一如既往保持好的学习状态,不能得意张扬,尤其不能影响其他同学学习。

可是,如何填报志愿呢?晏鹏向叔叔请教。

按照有关规定,由教育部批准的高考保送生,可以就读教育部直属的任何高校。当然,也需要和有关高校协商一致。

由于晏鹏的理想是读法学专业,位于重庆的西南政法大学是政法类最重要的高校之一。可西南政法大学并非教育部直属院校,归重庆地方管辖。因此,在为晏鹏争取大学"保送"资格的同时,戴克维也取得了重庆和西南政法大学的支持，后者真诚希望小英雄晏鹏来校就读。

后来，戴克维考虑到，西南政法大学位于歌乐山下，地势坡度大，不方便晏鹏行走。因此，他与晏鹏商议，填报了地势平坦、离家较近的四川大学。李安强的愿望也是四川大学，但要等他高考前才能填报。

2010年7月22日，晏鹏收到了四川大学的录取通知书，编号为NO.10B0001。

不知道吧？这录取通知书的编号有讲究："10"代表着2010级，"B"代表本科，"0001"代表2010级本科中录取的第一个。

要知道，川大是中国学术科研和教学实力最强的39所"985高校"之一。

一纸薄薄的录取通知书，晏鹏捧在手里却是沉甸甸的爱。编号"NO.10B0001"，更让他感动、感恩……

无疑，这更是一把灵敏的钥匙，为他开启了一扇改变命运之门。

接到通知书的第一时间，晏鹏在心里默念：弟弟，哥哥今天收到了四川大学的录取通知书。你读大学的愿望实现了。这是哥哥的大学，更是你的大学！

随后，晏鹏又给叔叔戴克维打了电话。

叔叔对他说："党和政府不惜一切代价挽救汶川地震中的每一个受伤者，这么多人关心着地震灾民，这也是不幸中的幸运。我尽力创造条件让你得到应有的关怀，也不要有心理负担，你是很有潜力的。"

晏鹏想通过百度贴吧上的"晏鹏吧"，向大家报告这个好消息。叔叔很支持他的想法，而且还帮他修改"喜帖"的草稿。

"晏鹏吧"是百度上一个追寻、发布晏鹏动态的专题网页。

地震发生后，一位网友感动于晏鹏的救人事迹，自主发起设置了这个专人贴吧。里面记录着晏鹏被成功救出、住院治疗、康复出院、高中学习等一些动态情况，引来众多网友和爱心人士的持续跟帖与支持。

戴克维最初了解晏鹏，就是通过"晏鹏吧"。

……

晏鹏登上了久违的贴吧，发表了题为"向大家报告，我今天收到了录取通知书"的喜帖。

报告各位叔叔阿姨哥哥姐姐，今天我收到了川大录取通知书，读法学院法学专业！

两年来，大家一直关心我，关心我的治疗、心情和行踪，特别关心我的学习与高考。虽然因为我学习紧张很少上网，但我每次登录都感受到大家对我的关爱。这是对我的鞭策，是我一直刻苦学习的精神动力。

在党和政府、教育部、四川省、重庆市各方领导的关心下，我被保送大学读书。能够成为百年名校川大的学子，我真的感到幸运和光荣！

有位叔叔对我说，地震中我失去了一条腿，失去了我10岁的弟弟，这是我人生的重大转折。进川大这样的名校深造，是我人生的又一重大转折！我一定珍惜第二次重大转折的机会，背负大家对我的关爱和希望，也背负弟弟的愿望（他学习很优秀，成绩比我好），认认真真读书，走好每一步，开启我生命中的新航程！

进了川大，上网机会可能会多一点点，但我的基础比较薄弱，我要花比别人更多的时间在学习上，所以不会频繁上网。但我希望和叔叔阿姨哥哥姐姐们保持联系，得到大家的指点和鼓励！

前些天，我已经和川大学长学姐们一起参加了一次暑假社会实践活动。大学的学习生活很新鲜，我会认真学习，让自己的知识和能力增长起来。学会做人，学会做事，给将来为社会做些有益的事情打好基础，报答大家！

晏鹏

2010年7月22日

47. 幸运的惊雷

高中二年级的时候，刘敏的班主任是一位经验丰富、以严厉著称的男老师。

那天早晨，刘敏早读课迟到了两分钟。

她根本就没当回事。自己刚刚试着借助假肢行走，磕磕绊绊，迟到也很正常。

可这次，却与以往不同。

刘敏喊报告后刚要走进教室，班主任老师低沉但严厉的声音传来："刘敏，我让你进来了吗？迟到要罚站你不知道吗？站到教室外面去！"

对于习惯了被优待的刘敏来说，老师的话不啻于一声响雷炸在头顶。

这一次，因为迟到两分钟，她被罚站了整整一节早读课的时间。右腿残端疼痛难忍，额头汗如雨下，但老师视而不见。

在这近一个小时的时间里，刘敏冷静地思考着自己的人生。

以前自己所享受的上课可以迟到的优待，其实是不对的，是自己的认识误入歧途。人生路上，上天是公平的，没有任何优待可言！

……

在校园的路上，刘敏遇到以前的一位老师，亲切地询问她现在成绩怎么样。旁边一位口快心直的老师接过话茬说："就刘敏这样整天闲闲散散，成绩怎么会好？"

正可谓说者无心，听者有意，刘敏再一次被炸雷击中了。

其实，刘敏对自己的学习状态也很不满意，但这话从别人口中说出来，还是让她十分震惊。

正巧，班主任老师那天又把她叫到办公室，与她谈心。

老师说，刘敏你想过没有，将来当媒体的闪光灯散去，你怎么生活？拿什么养活自己？

是啊，这不正是自己内心一直在追问的问题吗？只是，自己心中那个声音还是太弱了，还不足以将自己彻底唤醒。

那天夜里，刘敏辗转反侧，难以入眠，认认真真地思考自己的人生，对自己当前的状态进行了深刻反思。

她满足现状、得过且过的心思，像退潮后暴露在海滩上的小鱼小虾，慢慢干瘪了。自己所谓的坚强，只不过是一种假象，其实内心仍是脆弱。热衷眼前的浮华，恰恰是对现实的逃避！

刘敏下定决心，要戒掉浮躁和虚荣。

连续几记炸雷，彻底把刘敏惊醒了。一年前，干妈带她到四川大学游泳。

川大的端庄典雅、游泳馆管理员阿姨的热情、游泳馆的时尚新潮，在她内心深处埋下了一颗种子。

今天，这颗种子终于萌芽了——奋勇拼搏，一定要考入四川大学！

……

每次考试过后，老师都会安排单科成绩第一名的同学，到讲台上分享自己的学习经验。每每此时，刘敏总是仔细静听，把同学的学习方法进行认真梳理，用到自己的学习当中。有时候，同学的学习方法并不适合自己，她再进行调整。

她不仅在课堂上专心致志地听讲，课余时间她身上总是随身带着小卡片。走路、吃饭、上厕所都在思考，每有心得，立即记录在小卡片上。思维的根根须须，已经深深地扎进了知识肥沃的土壤里。

无疑，这株小苗也越来越茁壮，越来越葱绿

2010年9月4日，晏鹏入学川大报到注册

2010年9月，戴克维陪同晏鹏办理入学手续

晏鹏与同宿舍的谢作斌投缘,很快就成了知心朋友。戴克维与晏鹏、谢作斌谈心交流了……

48. 走进象牙塔

　　2010年9月4日,是四川大学新生报到的日子。晏鹏与专程前来送他入学的叔叔戴克维,一起来到心仪已久的四川大学。

　　晏鹏崭新的粉色T恤衫上,一个持着剑和盾的像素小人,正响亮地对自己说着"COME"!用坚强的盾牌,抵挡风雨;用锐利的宝剑,刺穿乌云!

　　晏鹏已经做好了准备,要迎接自己全新的明天。

　　学校专门委派校党委副书记李向成,到校门口迎接这位抗震救灾的小英雄。陪同办理完各项手续后,又把他送进寝室。

　　早在开学之前,四川大学已经开始了迎接晏鹏的精心准备工作。

　　川大学生宿舍床铺设置为上床下桌,每间安排住宿4名学生。而晏鹏的宿舍,只安排住3人。而且还特意安排自主招生录入川大的党员新生谢作斌同住一室，以便关照他的日常生活。

晏鹏一个人拥有两张床位，一边放着一张高低适中的单人床，另一边撤掉床架，将书桌上的书柜加高，方便他放置和拿取物品。

卫生间和洗澡间的设置也很周全。川大宿舍的洗手间全是蹲便池，学校特意为晏鹏安装了一具坐便器，而且还专门为他改造出了一个专用洗澡间——学生住宿区学工部老师的办公点，洗手间随时有热水供应。于是，学校将三格蹲位中的一格加以改造，填平地面蹲坑，上方安装了一个莲蓬喷头，并摆放了一个残疾人专用凳……

学习、生活这些最基本的问题，都一一妥善地解决了。

晏鹏报到的当天，学校组织了专门的座谈会。学校党委书记杨泉明对小英雄晏鹏入读川大，表示热烈欢迎，并说了诸多勉励的话。

美好、浪漫的大学生活，向充满爱心的英雄少年，敞开了最温暖、最温馨的怀抱。晏鹏的大学生涯，在这饱饱的关爱中，开始了。

当然，大学生活与在北川中学有很多不同，甜蜜与关爱中，也难免有些许失意和苦恼。

国产的假肢仿生效果不是很好，而且残端会经常长出骨刺，走路时摩擦肌肉，疼痛钻心。因此，晏鹏走路的步态姿势有些吃力和趔趄。

四川大学的学生来自全国各地，残疾人寥寥无几，绝大多数学生对晏鹏的经历知之甚少。所以，当他走在校园里，总会不期然地引来异样的目光，甚至有人对他走路的姿势指指点点。

人心天生敏感，身体残缺的人尤甚，而处在青春期的小伙子，就越发在意别人的目光。

晏鹏的心头，难免会隐隐地有些刺痛！

而且，认识他的同学虽然都在小心翼翼地帮助着他，但眼神中不经意地流露出来的怜悯之情，也会让他心情沮丧。他不喜欢同学用怪异的目光看他，用可怜之举帮助他。

那天，他毫不隐讳地对小谢说："你们不应该用异样的眼光看我，不能什么事都抢着替我做。我是一个有正常行为能力的人。"

小谢知道了晏鹏的心思，就与同学沟通，让大家和晏鹏自然相处，并肩成长。

其实，虽然叔叔戴克维远在北京，但他已经了解到了晏鹏在校的情况。因此，他打算为晏鹏更换一款仿生效果好的进口假肢。

一直以来，晏鹏都认为自己只是一个普普通通的学生，是和大家一样的平凡人，而不是什么"抗震救灾小英雄"。

一次，戴克维曾经认真地问晏鹏："你第一次从废墟里被救出来之后，万幸没有受伤，为什么迟迟不肯离开，还要再次钻进废墟呢？"

晏鹏也很认真地回答说："不仗义！我的同学就埋在下面，受了重伤。我明明知道他们境况急迫，却不管不顾地离开，那样太不仗义了！"

晏鹏看着叔叔，还坚定地补充道："哭喊声就在耳边和眼前，换了任何人，也不会离开的。"

戴克维又一次被眼前这位少年的单纯和为人之纯粹所触动，感动于他不仅有一颗勇敢无畏的心，更有一颗善良而平常的心。

附录

汶川大地震灾区采访手记之八：

成都儿童医院见闻

2008年5月24日　李春雷

这几天，两位作家已在《人民日报》和《文艺报》上开始发表作品了。

他们在来之前已联系好，进入灾区后就马上创作，有备而来，有的放矢，为采访团建了头功。

我认为真正的文学是需要沉滤的。一些表面的感人故事和感慨思索容易捕捉，记者们写了很多。因为我们是作家，所以我们要有自己的视角，自己的文笔，记录这一场民族的灾难记忆，写成文学，写成精品，写给历史，写给永远。

躺在床上，我的思维像转动的雷达一样，在四外扫描着，搜索着……

晚饭后，高主席召集全体采访团团员在酒店的11楼会议室开会，汇报各自的创作打算。

集中活动已经结束，从明天开始，大家要各自深入采访了。

我想重回棚花村采访，我要通过一个小村折射全川，反映灾民由慌乱到镇静，由无序到有序，走出灾难，走向阳光的微妙过程。

没想到，高主席听到我创作打算后，格外高兴，他说，我看这篇作品可以叫"夜宿棚花村"，过去杜鹏程写过一个名篇《夜走灵官峡》，如果写得好，这也可以成为名篇。

我的心里忽地有了压力，大家期待这么高，我能完成吗？

开完会后，已经11点多了。我与四川作家谭楷在一起聊天。他说附近有一家成都市儿童医院，住着很多地震后被截肢的孩子。

我心头一震，便建议去看一看。一旁的刘斑听说了，也表示要随行。

步行不远，我们就走进了这家医院。这里面住着几百个截肢的孩子。

在二楼的一个大病室外，我见到了一位来自温州乐清市的志愿者，叫林海平。

她是一位心理医生，19日到成都，已经接触了数十个重残的孩子。她还让我看了她的本子，上面写着一个长长的名单：谢小明，什邡人，左腿截肢；王明，13岁，女，绵竹人，骨盆碎裂；赵昌利，11岁，右手截去，红白镇中心小学学生……

她重点给我介绍了一位叫夏成的10岁男孩。夏成是红白镇中心小学学生，右腿被截去了。刚开始几天，极度恐怖，根本不与人言，也不让人抚摸，一直在痛哭。后来，通过多方心理疏导，现在基本上平静了。

她还给我讲了一个与夏成有关系的故事。几天前，她正在为夏成进行心理疏导，但效果不明显。一次，在什邡的回澜营地，又见到了一个叫李钰的坐着轮椅的小女孩，很高兴的样子。便上前攀谈，竟然是夏成的同班同学。李钰更高兴了，大声说："啊，夏成还活着？我们班的又一个寿星！"原来，他们班里60多个孩子，只有2个人还在世。李钰虽然骨折了，但不需要截肢，她的父母谢天谢地，自觉地做义工，当志愿者，每天每夜地为别人扎帐篷，搬运物品。看到这种情况，林海平便请李钰给夏成画了一幅画……

收到这幅画后，夏成的心态明显好转。

接着，我们一起去看望夏成。

他住在最里面的一个病床上，一个10岁的孩子。他刚刚懂事啊，却已失去右腿。我们问候的时候，刘斑又拿出了一个从北京带来的精美礼品——娃娃台灯。但小夏成的脸上仍然是淡漠的，没有任何表情。这时候，我发现了一个让我一生都会记住的细节，小夏成下意识地用手抚摩了一下他那截肢的断腿，而那里只是一团纱布。他的手在那里慢慢地抚摩着，我不知道他的心里在想什么，但可怜的孩子啊，我的眼中已经流泪了。他的生活刚刚开始，但很多很多原本属于他的东西已经永远离他远去了，他知道吗？

在这里，还遇到一位名叫曾萍的来自本市的女心理讲师。

这真是一个极善良的成都大姐。去年洪水灾害后，她一下捐了3.8万元——那几乎是她的全部积蓄。没想到这次又闹地震，她没有多少存款了，就捐了2000元。地震以后，她的家里也成了救难所，接纳了12个人，包括她在都江堰的家人和5个邻居。

更重要的是，她还自动承包了重症室里已经截肢的十多个孩子的营养供应，每天晚上都要熬两大锅鱼汤、骨头汤送来，边喂孩子们吃下去，边做心理工作，然后打出租车回去。

的确，这次大地震，把很多人的灵魂一下子震醒了。

这么多年初级阶段的商品社会，大家都在各种欲望中生活，好多人的心麻木了，缺少人情味儿了。

人们啊，为什么要在经历大灾大难大痛苦之后，才能发现自己呢？为什么不能在平常平凡平静平淡的生活中，去展示去交流各自人性的美好呢？那样，我们的世界不是更温馨更和谐吗？

但愿这不是一次短暂的偶然的顿悟，而是一次彻底的长久的觉醒。

第九章
苦相追，爱相随

　　读书，是实现命运逆袭的最理想的方式，但陈浩命运的扁舟，就这么飘飘摇摇，目标忽明忽暗地摸索前行。
　　……
　　然而，这一切在 2011 年 10 月完全改变了！

49. 英雄出少年

陈浩性情活泼好动，酷爱篮球，当初对考大学改变命运并没有太多的理解。

再加之他来自农村的很多同学，都抱有初中毕业后即外出打工，然后娶妻生子的想法。实话实说，陈浩当初的理想，也比同学高明不到哪里去。

即便是进入高中以后，陈浩的想法也十分随意。能考上大学就读大学，考不上就像同学一样早早外出打工，自由自在，或者参军保卫祖国。

高中一年级的时候，陈浩的成绩始终处在中等偏下水平。有时虽有进步，但忽高忽低，就像他的心思，并不稳定。

有时候在电视上看到有文化、有成就的人，他就立志读书考大学，因此学习就用心一些，成绩便会有所提升。可是，他的梦想往往有效期太短，宏图大志一旦失了效，成绩也就退潮了。

读书，是实现命运逆袭的最理想的方式，但陈浩命运的扁舟，就这么飘飘摇摇，目标忽明忽暗地摸索前行。

……

然而，这一切在2011年10月完全改变了，因为他的生命中亮起了一座灯塔——伯伯戴克维。

说起陈浩与伯伯的缘分，十分巧合。媒人呢，竟然是一张报纸。

故事，还要从"5·12"汶川大地震讲起。

"5·12"汶川大地震之前，陈浩是成都市温江区玉石乡实验小学六年级（1）班的学生，担任班长。

成都市距震中汶川，直线距离不过100公里，因此受灾严重。

2008年5月12日下午，班主任黄老师给同学们上思想品德教育课。

天意冥冥，黄老师讲课的内容，正是唐山大地震。

对于这场被写进历史和教科书的大灾难，孩子们惊惊恐恐，瞪着一双双明亮的眼睛，听得异常认真。

14点28分，距下课还有2分钟，教学楼突然猛烈地摇晃起来。

"呀，地震真的来了？！"

霎时间，孩子们尖叫着，惊疑的目光相互碰撞。

教学楼只有两层，六年级（1）班的教室在二楼。

"大家不要慌张，排成一队，快速冲下楼，跑到操场上去！"

黄老师反应敏捷，快速冲到门口，响亮地拍着双手，大声招呼同学们快速有序地撤离教室。

陈浩坐在最后一排，紧邻后门，出门就是楼梯口。

他像灵敏的弹簧一样，噌地窜出后门，本能地带领着同学们跑在了最前面。

台阶在剧烈抖动，同学们的脚下像踩着棉花一样，忽深忽浅，趔趔趄趄。楼梯两侧的墙壁瞬间爆裂，嘎嘎作响。孩子们被吓傻了，哇哇大叫，缩着身子不敢迈步。

别看陈浩只有12岁，身材却比同龄的孩子高出不少。危难之中，他像个沉着的小战士。

"快步往下冲，别停留！"

说着，他伸展开两手撑着晃动的墙面，鼓励同学们不要害怕，快步穿过自己，快速冲下楼去。

到达安全地带后，作为班长的陈浩，习惯性地回头，想看看班上的同学是否都已经安全撤离。

突然，他看见隔壁班女生陈悦正站在升旗台的影壁墙下，因惊恐而目光呆滞地看着正在坍塌的教学楼。而她身后4米高、8米长的国旗影壁墙，也在震颤，也在崩裂，摇摇欲坠。

"陈悦，危险，快走开！"

陈浩一边高喊着，一边奋力地冲过去，猛然将陈悦推离危墙。

几乎与此同时，"轰隆"一声，长长的砖墙轰然倒地。

陈悦安然无事！

陈浩却没来得及跑开，被砸在了倒塌的砖墙下！

50. 命悬一线

老师徒手把陈浩刨出来，紧急拨打120。

陈浩浑身鲜血直流，浸红了地面。他右小腿的腿骨骨折，刺破了牛仔裤，血淋淋，白森森。把一群小学生吓得惊慌失措。

他的脸色越来越苍白，体温也开始下降。可是，救护车却迟迟不来。

再等，就有生命危险！

老师急忙找来一辆私家车，将陈浩就近送往位于温江区的成都五院。

医院已经成了地震伤员的救助站、灾民的避难所。病房，人满为患，大厅，也被挤得水泄不通。

陈浩被临时安置在医院广场的一棵大树下。

医生急匆匆地跑来给他检查，初步诊断其伤势严重，右臂肱骨骨折、双下肢骨折。

输液的瓶子，就挂在陈浩头顶的树枝上。

树枝低垂，挂满了大大小小的输液瓶，像一个个冰冷的小灯笼。一根根细细的输液管，颤颤巍巍地吊着树下老老幼幼十几名伤员的生命。

"医生，我背上很疼。"

医生慢慢把他翻转过来，剪开上衣，这才发现他的背部腰椎两侧各有一个拳头大的伤口，肠子和肾脏血肉模糊地暴露出来。医生又诊断出，陈浩腰椎突出且多处骨折、肺挫伤、肺出血……

陈浩伤势严重，伤口必须马上处理！

医护人员穿过拥挤的人群，将他抬进了医院放射科大厅。

麻药用完了，医生只好让陈浩忍着疼痛，直接给伤口消毒，并将里面的污血、泥沙清理出来，然后用针缝合。

钢针刺进去，缝合线拉出来。没有麻醉，鲜血淋淋，陈浩汗如豆出，脸色煞白。

两处伤口一共缝合了 50 多针。每缝一针，都疼得陈浩痉挛似的颤抖一下。缝合完毕后，他浑身抽筋，冷汗把担架都浸湿了。

陈浩家在农村，父母都在温江市区打工。得知儿子受伤的消息，急忙来到医院。

看到父母，这个 12 岁的孩子终于忍不住疼痛，簌簌地流着眼泪，呜呜咽咽地哭了起来。

仪器深度检查，万幸，没有严重内伤。

当天夜里，陈浩突然发起烧来，高达 40 度。

在重症监护室连续观察治疗了 4 天，仍然高烧不退，时而清醒，时而昏迷。而且他背部、腿部伤口的肌肉组织，开始出现坏死症状。

高烧不退，他身上的伤口就无法进一步深入治疗。

情况危急！

昏迷中，陈浩突然高喊："我抓住她了！""我抓住她了……"

陈浩不知道，他推开陈悦的那一刻，升旗台的墙壁后面还站着 3 个同班男生。也许，这 3 个孩子以为来到地面就安全了。或是在好奇地观望，或是惊呆了，然而刹那之间，灾难降临！这 3 个可怜的孩子，本已逃离了危险的教室，却又被猛然倒塌的墙壁掩埋。

老师在操场上清点人数时，才发现班上少了 3 名学生。惊慌地寻遍整个校园，也没找到。最后，在墙壁的废墟中，扒出了 3 具血肉模糊的小尸体……

如果陈浩不推开陈锐呢，必然又多出一个伤心欲绝的家庭。

在生死煎熬中挨过了 5 天，陈浩仍然高烧不退，而他的伤口，已经开始腐烂化脓。

不敢再等了，紧急救治，刻不容缓！

5 月 17 日，成都五院建议陈浩立即转至更好的医院。可是，他的父母却担心儿子的伤情在转院途中进一步恶化，因此要求先在本院治疗，退烧、消炎后再转院。

又熬过了黑暗漫长、心急火燎的两天，仍然不见丝毫好转。

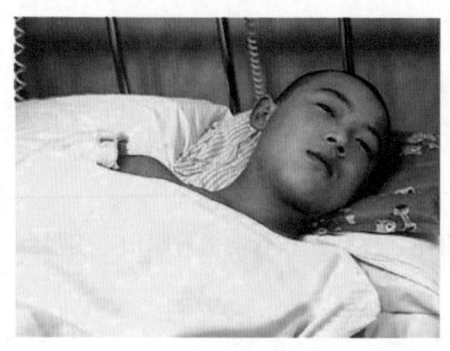
2008年5月,少年英雄陈浩被空运广州接受紧急救治

再不转院,性命难保!

5月19日,陈浩被紧急安排乘专机,转院至广州市儿童医院。

陈浩在成都五院住院抢救期间,全国各地的新闻媒体就已经对他奋不顾身、舍己救人的英雄壮举进行了大量的宣传报道。一时间,12岁的陈浩成为焦点人物,闻名全国,感动大江南北。

为了接待小英雄陈浩,广州市儿童医院召开了专门会议,决定给他最隆重的接待和最好的医疗服务。

陈浩背部有伤,不便翻身,医院专门为他定制了一张小病床,可以遥控自动翻身。然而,等陈浩入院后,医院才知道他是身高170公分的高个子。按照普通同龄孩子定制的爱心病床显然派不上用场。但是,医院的贴心呵护,还是让陈浩一家人感受到了异地的温暖。

入住医院后,医生当即给陈浩进行了全面检查,立即召集专家会诊。最终,由于陈浩伤情严重、复杂,院方慎重考虑后,安排他再次转院至医疗水平更高的医院救治。

5月21日,广州市儿童医院将陈浩护送至广州市第一人民医院。

51. 遇见往日的自己

放寒假在家，段志秀向父亲哭诉："阿爸，我实在坚持不下去了……"

是啊，身体的残疾，学习的艰难，未来的迷茫，噩梦一样的现实，让这个女娃儿怎样去乐观面对呢？自信该在哪里落脚呢？

在医院接受救治的时候，她就曾一度绝望。如今，猛然遭遇学习和生活上的挫折，使她刚刚升温的信心，又顿时冰冷如水！

因为抢救需要，段志秀的气管被切开了。没法说话，医护人员便专门准备了一个小本子，用以与她进行文字交流。

段志秀的病情稳定了，但另一种痛苦又如影随形——每天望眼欲穿，但她始终没有盼来阿爸阿妈那慈爱的声音和熟悉的身影。

时间一天天过去，她心壁间不祥的预感，越积越厚。地震过去已近半月，仍然没有父母的任何消息。

段志秀，绝望了！

"阿姨，我的爸爸没有了！我的妈妈没有了！我的左腿没有了！我的那么多同学没有了！我想追随他们去那个地方。阿姨，谢谢你们。别救我了，去救其他人吧！"

那天，段志秀在小本子上，给护士阿姨写下了这段让人心碎的话。

求生是所有生命的本能，更何况人呢？这位年仅15岁，正值花季的小姑娘，该是如何的心灰意冷啊？

……

"我很期待下一秒出现一个人，喊着我的名字，说你在哪儿？你在哪儿？但是没有啊，一直都没有，一直是我自己一个人。"

即便多年以后，每每说起此事，段志秀的眼神中仍然会情不自禁地流露出当时的绝望。是的，那时她还只是一个孩子，一个会在父母身边撒娇的孩子。

当时所有熟悉段志秀的医护人员，都为她提心吊胆。是啊，地震过去这么长时间了，她的父母到底怎么样了呢？

其实，段志秀的父母在地震中也幸运地躲过一劫。只是，只是偏僻的深山里，道路阻隔，阿爸找到北川中学时，已是地震几天之后，女儿踪影杳然。

阿爸四处打听，可遍寻女儿不着，便慢慢绝望了。这位朴素又普通的父亲，在女儿对他日思夜盼的时候，正默默地，冒着生命危险做着一件堪称伟大的事情。

2008年5月24日，这是段志秀终生难忘的日子。她的信心，从这一天起，重又萌芽了。

因为这一天，时任国务院总理温家宝来到华西医院，看望在此接受治疗的地震受灾群众。

温家宝紧紧地攥住段志秀的手。她感觉"好温暖好温暖"。

虽然她身体孱弱，虽然还无法说话，但这一刻，她竟然奇迹般地说出了"我要读书"四个字。只是她声音实在太微弱了，甚至需要对照口形才能猜得出来。

温家宝感动了，在场的所有人都感动了。

在段志秀与医护人员日常"对话"的小本子上，温家宝写道："昂起倔强的头，挺起不屈的脊梁，向前，向着未来坚强地活下去！"

温爷爷的鼓励，无疑给了段志秀无尽的力量——活下去，读书！

段志秀开始主动配合治疗，然而，此时命运却板起了面孔，不依不饶地折磨起了这位可怜的小姑娘。

她先是肚胀，随之血小板又急剧下降，而且高烧不退，很快陷入昏迷。

重症医学专家、上海瑞金医院重症监护室主任陈尔真心情沉重。他知道，脏器功能障碍，会给截肢病人带来最致命的打击，如果不能及时有效地救治，生命难保！

刚刚缝合不久的伤口，再一次被血淋淋地打开了……

但是，段志秀的病情并没有随之好转，反而急剧恶化。

从5月27日开始，她一直处于持续昏迷状态。

5月30日，她的肾、肺、肠道等脏器功能衰竭的同时，又出现了严重的肝功能衰竭。

国际医学界无数病例已经明证，一个病人如果 3 个脏器出现衰竭，死亡率为 80% 左右；4 个以上脏器出现衰竭，死亡率几乎是百分之百。但段志秀，此时 6 个脏器系统同时出现了严重衰竭！

来自全国各地的 10 多位重症医学权威专家，与华西医院的 ICU 专家接连会诊，最终采用血浆置换、内毒素吸附等国际尖端技术，对段志秀实施抢救。

这位不幸的，却又无比幸运的小姑娘，被再一次从死神的魔爪里，夺了回来。

生命的奇迹！

照顾她的医护人员，时时刻刻，像走钢丝一样，精心呵护。

这颗倔强的生命，终于回黄转绿，渐渐茁壮起来。

夜里梦魇缠身，英语单词、数学公式，像一道道挣不断的绳索，把段志秀勒得喘不过气来。

清晨，她在疲倦中睁开泪眼。枕巾又被泪水浸湿了，四周的空气依然那么心灰意冷。这学，是没法再上了！

段志秀来到堂屋，要同阿爸谈谈。她觉得一刻也不能再等了，再等下去自己会疯掉。

可是，当她来到堂屋的时候，被眼前的景象惊呆了。

"三好学生""优秀班干部""全班第一名"……

一张张大大小小的奖状，贴满了墙壁。有的被撕裂成了几块，有的缺损了一角，有的发黄了……

但是，每一张奖状，都用透明胶带精心地修补过，全都平平展展地贴在墙壁上。

那是段志秀的一个个小脚印，从幼儿园，一直到高中一年级。一路欢欢喜喜、蹦蹦跳跳地走过来，洒下喜滋滋的笑脸一片。

……

地震的时候，家里的房子全都倒塌了，所有的家用什物全被砸了个稀碎。

原先的家没有了，学校也没有了，段志秀曾一度绝望地以为，自己的梦没有了来时的路，再也回不去了。

她怎么都不会想到，阿爸竟然在一波波余震中，冒着生命危险，撬开一块块残墙断壁，把自己所有的奖状，全都一张张、一块块地抢了回来……

阿爸将这些奖状小心地擦拭干净，一块块地拼接起来，然后压平，摞在一起，细心地锁在柜子里。

当初寻不到女儿，这些奖状就是阿爸的心灵寄托啊，因为上面粘满了女儿以往的故事。他相信，女儿就藏在这些奖状里。

女儿活生生地回来了，阿爸便把这些带着他温热心跳的宝贝，精心地珍藏起来。若不是女儿对学习丧失信心，他才舍不得拿出来呢。

看到这些奖状，段志秀似乎突然觉得，冥冥之中那个曾经回不去的从前，被连通了。满墙的奖状，恰似一艘诺亚方舟，载着她，找回了往日的自己……

52. 细雨润无声

奋发学习的日子过得好充实啊，学习步入正轨，就显得波澜不惊。刘敏平日里最盼望的，就是干妈来看望他们。

干妈熟悉每个孩子的高矮胖瘦、性格喜好。有的孩子喜欢漂亮的信笺纸，她来的时候就给带上一大沓；有的孩子喜欢写日记，她就给准备一本精美的日记本；有的孩子想拥有一块时尚的电子手表，她准会达到孩子的满意；有的孩子夜里学习，需要一盏卡通造型的充电台灯，她就会像变戏法样地从她大大的包包里，摸出一盏卡通台灯来，就惊得孩子们哇哇乱叫……

干妈周围的爱心人士，常常捐赠一些衣物。旧衣物她会仔细地清洗干净，精心地进行消毒，然后根据衣物的尺码和花色，按照孩子们的高矮胖瘦和喜好，提前分配好，在每一件衣物上都别上一张写着名字的小卡片。

来到北川中学，孩子们像一群叽叽喳喳的小鸟，围拢过来。干妈便像圣诞老人一样，为孩子们分发礼物。

礼物分发完，干妈便到学校旁边李安强的家里，与安强的妈妈一起，准备一顿美食。或是让孩子们吃得满嘴流油的卤腊，或是让孩子们吃得满头冒汗的

2011年5月李安强高考前夕,王志航拉着双臂截肢的王虎的"手",鼓励他好好学习

火锅……

孩子们放了学,全都挤在李安强家的小屋里,大快朵颐,畅诉胸臆。

干妈,无疑就成了孩子们的盼望和节日!

……

刘敏总是要与干妈单独聊一会,诉说着自己的学习近况及心思。干妈便为她出谋划策,抚慰鼓励。

干妈要回成都时,刘敏总是难免心酸。因为干妈每次来,她都能从干妈的身上,看到日渐深刻的、无法抗拒的岁月雕痕。

那天,干妈转身离去时,夕阳中干妈的发间多了很多银丝。每一次,干妈总是背着鼓鼓囊囊的背包来,走时,拎着空空的包包,踽踽地独行在落日的余晖里,渐行渐远。

每每此时,刘敏总会满心酸楚,两眼潮热。

刘敏暗暗发誓，一定加倍努力拼搏，将来自己有能力了，好好孝敬干妈。

因此，干妈每次到来，都会给刘敏一次触动。这无异于一场春雨，滋润着她的心田，浇灌着她心中的小苗。

刘敏果然不负重望，学习成绩从高中二年级第一次月考时的文科班倒数五名，一路高歌猛进，在高中二年级上学期绵阳市期末统一考试中，一举考取了文科班第五名的好成绩。特别是地理单科成绩，更是获得全年级第一名。

53. 信心的支点

李安强已获大学"保送"的资格，但仍有一件事情，让戴克维放心不下。李安强是双腿截肢，装配的假肢因为仿生效果不好，很难发挥助力行走的实际作用，所以多数时候还要借助轮椅。

在大学校园里，可不比偏远的北川中学。满眼俊男靓女，坐在轮椅上难免会让李安强产生自卑心理。如果真是那样，必定影响学业。

那天，戴克维看到了李安强地震前后的两张照片。一张是地震前，李安强和两名同学的合影。他穿着白衬衫，双手自然地插在裤袋里，昂首挺胸，俊朗的脸上写满了自信。另一张是地震后康复治疗期间，李安强双手支撑着床面，扬起还未痊愈的双腿残端，像一只折翅的雏鹰，残缺但坚定、沉着。

这使戴克维受到震撼，也对李安强充满了怜惜，因此决定为他安装一副仿真度高的智能假肢，让他真正重新站起来。

而且，教育部在批准晏鹏、李安强保送大学的有关文件中，曾提出希望"能独立、安全、自如地行走于楼梯、草坪、斜坡"。

戴克维对假肢一无所知，为了选一款理想的假肢，他在繁忙的工作之余，查阅资料、咨询专家、实地走访。最终经过对材质、仿生效果、智能化程度、实用性、舒适性等方面的反复研究比较，认为刚刚引进中国不久的、德国研制的奥托博克 C-Leg 智能仿生腿，仿真性好，最为合适。

假肢最关键的部位，是膝关节。所以，智能化技术的高低，主要反映在膝盖关节上。这款仿生腿的膝盖,能够在脚板着地的 1/200 秒瞬间释放出匹配的阻尼(反作用力),脚板离地 1/200 秒瞬间膝盖阻尼又恢复至 0,可以支撑行走步态中膝盖的弯曲。

这款仿生腿十分理想,但价格也相当昂贵——双腿需要 64 万元!

此时,恰好团中央和中国残疾人康复基金会正在各大高校举办"关爱青年学生嘉年华"活动。戴克维抓住机会,经过沟通、协商,最终团中央和中国残疾人康复基金会决定共同出资,帮助李安强实现真正重新站起来的梦想。

等到这所有的一切都协商好,戴克维才告诉了李安强。

李安强听到这个消息的瞬间异常惊喜,他对轮椅上的生活,对时时需要人推扶感觉痛苦、早已厌倦。但他又感觉成本巨大,不值得为他如此付出,试图谢绝。

大伯对他说,虽然假肢价格确实不低,但也是物有所值。它可以大大提升你的生活质量,增强你的信心。信心,对于你的成长至关重要,甚至在某种程度上来说,可以改变你的命运。比如你可以参加很多坐轮椅不能参加的活动,去到更远的地方,站立起来,这样会开阔你的眼界,进一步拓宽你的心胸。一个人的眼界和见识,决定思维方式。而思维方式,便直接影响一个人的命运。

2011 年 6 月,戴克维和李安强参观汶川的大地震遗址纪念钟

2011年4月至8月李安强在成都假肢厂安装奥托博克智能假肢做适应性训练达5个月。这是他在进行走楼梯训练

再说，到了大学里，在不影响学业的情况下，也可以考虑个人感情问题了，总不能让女孩子一直照顾你吧？

听了大伯的话，李安强羞涩地笑了："大伯，我年龄还小呢。"

话虽然这么说，但李安强在入读川大之后，还是悄悄地恋爱了。那一次因为疏忽，还闹出了一个笑话。大伯是开心又幸福，李安强却害臊而羞愧。

此是后话，暂且不提。

54. 徘徊左右的死神

　　5月28日上午，陈浩终于退烧了。广州市第一人民医院的医生在彻底处理过他背部的伤口后，开始为他实施手臂和腿部接骨修复手术。

　　医生像修复一件精美的瓷器一样，将他右臂和腿部碎裂的骨头精准对接，然后又巧妙地打入钢钉固定，双下肢还安装了钢板外固定支架。

　　他的腰椎也遭重创，第2、4、5节腰椎爆裂性骨折。

　　父母担心陈浩因此再也站不起来了。这对一个12岁的孩子来说，如果一生都卧在病床上，将是多么残酷啊。

　　医院特地召回了在国外进修的5名专治骨骼创伤的专家医生，集中会诊。

　　结果，陈浩有一处腰椎骨折，离骨髓仅有两毫米之差。如果手术，风险太大，万一伤及骨髓，后果不堪设想，因此建议保守治疗。

　　此时的陈浩，真像一件珍稀娇贵的瓷器，生怕一不小心就给碰碎了。他每天只能平躺着，不敢翻身。时间一长，腰酸背痛。实在承受不了，稍微动一动，痛彻骨髓。

　　不仅如此，医生还不准他随意进食，不能移动四肢，更不敢开空调。炎夏的广州，濡热熏蒸，头晕脑涨，身下的被褥一会就汗湿了，浸泡得皮肉煞白。

　　陈浩像一根高大僵硬的木桩，被各种管子束缚在病床上，种种无法排解的忧烦和疼痛，让他常常绝望地想：不如昏迷过去，昏迷过去就不痛苦了，最好再也不醒过来。

　　特别是他那原本明朗俊俏的脸蛋，已经被伤痛撕扯得扭曲变形。

　　他，还只是一个12岁的孩子啊，老天为什么这般不悲不怜，苦苦折磨呢？

　　陈浩被中央文明办、教育部、团中央、全国妇联授予"抗震救灾英雄少年"荣誉称号。

　　2008年"六一"儿童节这天，陈浩的妈妈在北京人民大会堂，替病床上的儿子受领沉甸甸的奖杯和证书。

央视主持人宣读了给陈浩的颁奖词：

他，12岁。灾难中他淡定、懂事、勇敢、机智、不屈不挠。为救同学不惜生命。事后他说：要是再遇到这样的事，我还会的；不救人，我会惭愧。小小的身躯凝聚沸腾的力量。他的事迹，他的话语，激励我们前进。让我们记住英雄少年：陈浩！

几天后，陈浩又收到了一份向往已久的礼物——温江实验中学的录取通知书。

温江实验中学的校领导得知陈浩想来校就读，立即安排其入读本校初中部。随后，校长专程来到广州市第一人民医院，亲手把入学通知书颁发给了陈浩。

在广州市第一人民医院精心治疗一个半月后，陈浩背部和腰椎的伤口基本愈合。

7月中旬，他又转至广州市天河区康复中心，进行恢复性训练。

腿上的钢板、钢钉都被卸了下来。像被打开了长期以来牢牢铐在身上的枷锁，陈浩顿时感到轻松了许多。可是，失去了支撑，自己的双腿软绵绵的，总想瘫软倒地。而整个身子呢，就像无根的浮萍，头重脚轻。

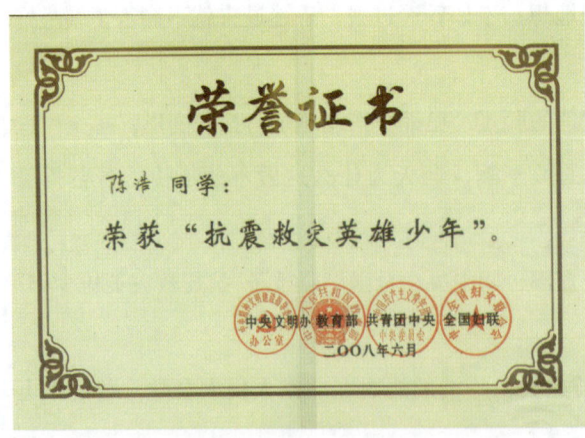

2008年6月，陈浩被中央文明办、教育部、团中央、全国妇联授予"抗震救灾英雄少年"称号

2010年陈浩参观上海世博会

陈浩

陈浩扶着栏杆，像蹒跚学步的婴儿，一小步一小步地挪动。持续锻炼了40多天，才勉强能够走路，但仍是虚汗涟涟，不能持久。

要想恢复到正常水平，需要一个漫长的过程。于是，陈浩准备出院返乡。

出院之前，他自己查清线路，坐公交车分别到广州市第一人民医院和广州市儿童医院，看望曾经照顾过自己的医生和护士，并一一表达真诚的感激之情。

2011年6月4日，戴克维陪同晏鹏、李安强重返北川中学

开学了，陈浩如愿成为温江实验中学的一名初中生。

不想，死神对他的折磨，远未结束……

55. "痛快"的初夏

李安强在大伯的劝说下，幸福地答应更换假肢。

为了尽可能地为李安强提供方便，大伯把假肢更换的适应训练，选择在了四川省假肢厂。

2011年春节刚过，大伯便专程来到成都，带李安强到四川省假肢厂进行接洽。

大伯就一些专业性问题，与假肢厂的专家和技师交流。一席谈话过后，对方惊奇且略带防范地问大伯："原来您也是业内人士啊，在哪高就？"

大伯笑了，我哪是什么业内人士呀，只是对假肢略知一二而已。

对方疑惑地看看大伯，没再追问，却趁人不注意，悄悄拉过李安强问这人到底是干什么的，为何对假肢有如此详细的了解。

李安强笑而未语。

为了给李安强和晏鹏更换性能更好的假肢，大伯从对假肢一无所知，几乎变成了假肢专家。

……

假肢厂的医师要查看李安强双腿残端的康复状况。大伯让李安强坐在椅子上，他亲自帮忙脱下假肢。

就在假肢的接受腔从李安强残端脱离的一瞬，大伯明显地顿住了，然后才装着若无其事地把假肢放在一旁。他轻抚着李安强双腿的残端，眼圈红红。

这是一位历经风雨的长者，从容面对各种压力，但猛然看到李安强双腿残端，却差点流出泪来……

安装双腿智能假肢，适应训练的规程要求远比单腿严苛，不仅步态动作复杂多样，而且还要进行摔倒时采取防止人体和假肢受损保护动作的训练，及摔倒后重新站起来的训练。因此周期长、强度大。

2011年4月，李安强按照训练安排，离开了北川中学，住进了四川省假肢厂。

为了减少训练对李安强学习的影响，大伯与北川中学商议，由学校每周周末派老师来成都，为他辅导课业。

最先进的仿生假肢，当然得需要最理想的接受腔。大伯又在北京请了技术高超的接受腔制作技师，专程来成都为安强制作、调试接受腔。

训练不能用辛苦来形容，是痛苦！

但李安强清楚，这是将来自己以真正站立的姿态，走出精彩人生路的必然环节。而且，为了自己有一个更美好的未来，大伯付出了太多的心血。自己如果不努力训练，实在愧对大伯的一片苦心。

李安强称戴克维为大伯。因为李安强的爸爸有一个哥哥，也就是李安强的伯伯。戴克维比伯伯年长，称他为大伯，显然是把他当作自己的亲伯伯了。

……

每天早晨，李安强要做300多个仰卧起坐，锻炼腰部力量；接着要做300多个卧推——躺着向上推杠铃，锻炼上肢的力量……

2011年7月重庆解放军304医院医护人员观察双腿穿假肢的李安强大步流星走路

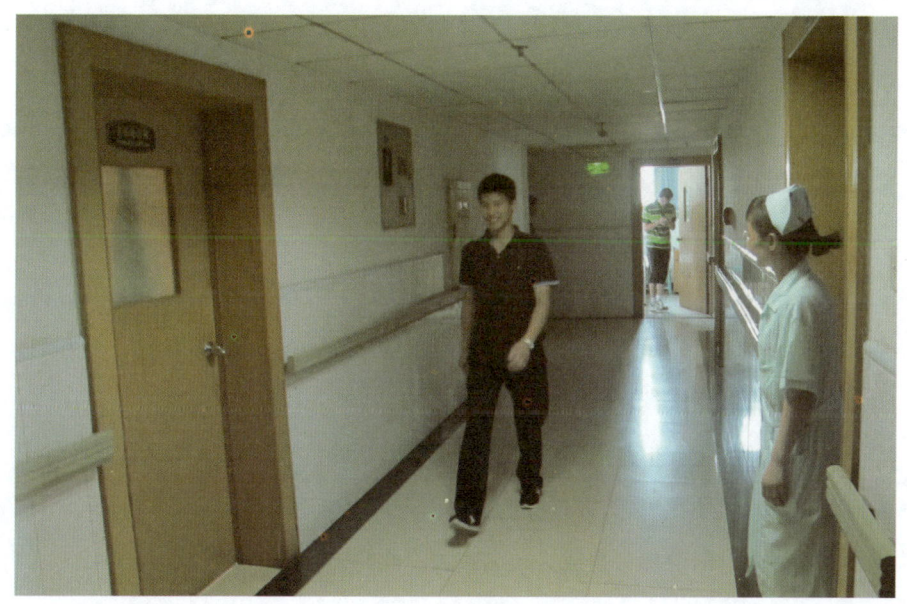

2011年6月4日，晏鹏、李安强等人重返北川中学

力量锻炼的同时，还要进行平衡力训练。穿上假肢，站在墙壁前一米的地方，尽力做到纹丝不动。

对于双腿健全的人来说，长时间站立而一动不动，也是件苦差事。这对于李安强，更是难上加难。

健全的人可以用双腿的力量保持身体平衡，李安强却不行，只能靠腹肌调节实现，因此对腹肌的力量要求很高。

刚开始，他总是站不稳，只能站一两分钟。慢慢地能站几分钟、十几分钟，直至站一个小时。先是双腿站立，而后是单腿站立。每站立一个小时，中间只休息几分钟，然后继续。

身体保持静止，但是大脑的细胞，却异常活跃。有时候他在思考课业学习的问题，有时候他在思考着自己的人生……

李安强儿时的梦想，是成为一名军人。此时，他的确站立成了一名军人的姿态——挺胸、抬头、纹丝不动！无疑，他是一名向生命发起挑战的战士，更是一名命运的斗士！

那一段时间，晚上睡觉时，李安强都不知道该用什么姿势与床铺接触。因为全身的每一个地方，只要碰到，就会酸痛难忍。

……

平衡训练结束后，便是步态训练。先是平地双手攀扶走，单手攀扶走，双手拄杖走，单手拄杖走，然后是不借助任何支撑走。

平地走没有问题了，再进行上下斜坡及楼梯训练。

六层楼楼梯，每天上下近20次，连续训练长达两个月之久。

上下两趟楼梯，汗水就把衣服浸湿了，能拧出水来。因此，李安强每天都要换六七身衣服。

其间，大伯专程从北京来成都看他，与他谈心，给予很多鼓励。而且，还与他商谈了填报大学志愿书的事情，最后确定了四川大学。

选专业的时候，一开始大伯和李安强商议考虑读ACCA（"特许公认会计师公会"证书，又叫"国际注册会计师"证书）专业，并请了在川大读ACCA专业的两个学姐到成都假肢厂和安强接触，就这个专业的特点做沟通交流。

ACCA专业全程英语教学的特点让安强感觉很烦恼、郁闷，读全英文教材让他发蒙头疼，许多单词他不认识。因为北川中学的英语教学水平不高，老师发音都带着浓重方言口音，这让他的英语基础很薄弱。

大伯不想勉强安强，也顾虑川大可能将实行末位淘汰制，他怕安强跟不上进度，自信心会严重受挫，同意他不读这个专业。

大伯从来不将自己的人生经验或主观想法强加于人，而是尽可能多地收集各类信息，让孩子能够更全面地了解情况，综合权衡后，做出正确的选择。

显然，这种办法更科学，对孩子的成长更有利。但是，这也让大伯得花费更多心血，比单单提出自己的意见和建议，要麻烦得多。

因为对四川大学设置的各种专业有了深入了解，李安强经过反复权衡比较之后，根据自己的兴趣爱好，选择了工商管理学院会计学专业。

四年后，李安强为赴美读研复习英语备考托福时，曾一度后悔当初没下决心读ACCA。而大伯对他说：一旦做了选择就不要后悔。成长是分阶段的，不

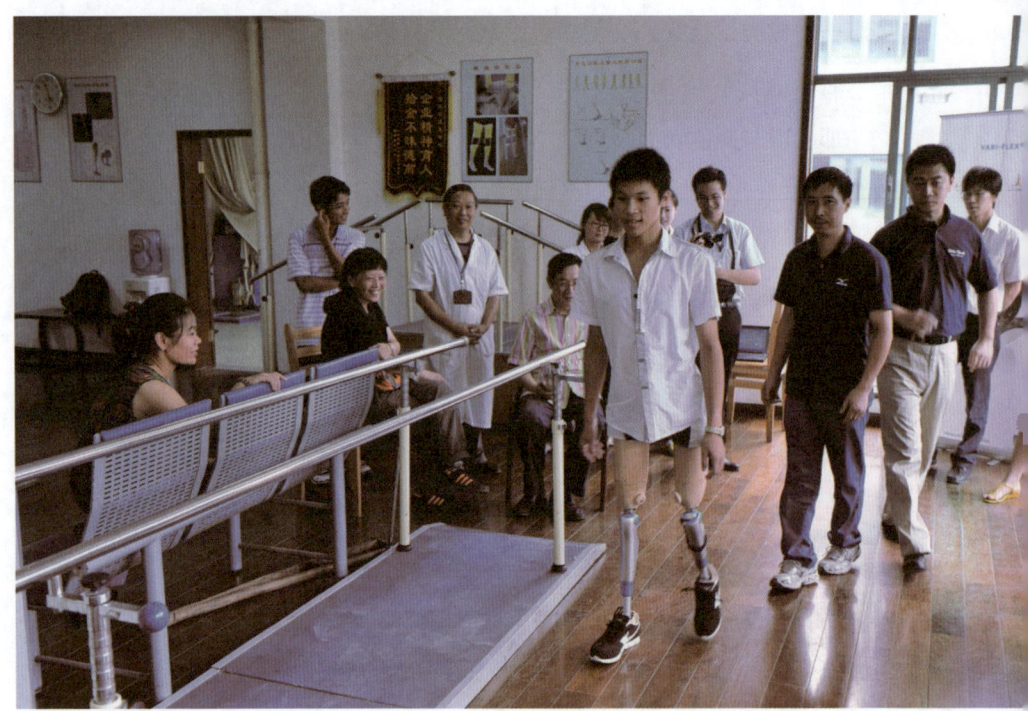

李安强进行康复训练

可能一口吃个胖子，一蹴而就。现在要出国读研，把英语搞上去是你现阶段新的进阶目标，也是你进取的新动力。

此是后话。

……

李安强训练虽然十分艰苦，双腿残端一次次磨破，又一次次愈合，但他无所畏惧。

陪同戴克维来看望李安强的四川剑南春集团的副总裁乔愚，被这个乐观、阳光的男孩儿感动了，当场决定资助他大学四年的学费和生活费。

爱心，给李安强装上了双腿，更插上了翅膀。使他的信心真正站了起来，梦想飞了起来！

经过4个多月的刻苦训练，李安强终于可以平稳、自如地行走了。如果不仔细看，几乎与正常人走路的姿势别无二致。

……

2011年7月，李安强收到川大录取通知书后，专程到重庆解放军304医院报喜，向当年参与救治他的医护人员报喜并表示感谢。医院领导和医护人员赠送李安强鲜花

在训练接近尾声的时候，李安强收到了梦寐以求的四川大学的录取通知书，编号为：NO. 11B0001！

命运，在这个夏天，为他开启了另一扇大门……

56. 命运十字路

刘敏简直是拼了，学习起来没日没夜，全身的每一颗细胞，全都瞄准了心中的目标——四川大学。

虽然刘敏颇感自信，但干妈却不放心。高考不同于平日里的普通考试，这是与全国近千万考生的统一竞争。而且，刘敏经历的高中阶段，正是北川中学地震后重建的混乱时期。因此，即便刘敏在北川中学成绩排名靠前，但放在全国的大背景下考量，也根本没有任何优势可言。

干妈心里清楚，四川大学对刘敏来说意味着什么。从高中二年级开始，刘敏放弃了所有的节假日，全身心地投入到学习中，夜以继日、焚膏继晷，就是为了考入四川大学。如果不能如愿，她将面临不堪承受的打击，而她的人生，也必将由此转向！

在事关刘敏前途命运的重大抉择面前，干妈也感到无能为力了。因此，她嘱咐刘敏给戴克维写一封信，请戴伯伯帮忙权衡利弊，指点江山。

这封信，恰似一座桥梁，使戴克维从此走进了刘敏的生命里，改变了她的人生走向。

后来刘敏曾经在微信朋友圈里发过这样一句话："一个男人，经历过世间百态之后，还能保持一颗纯真的心，难能可贵！"

这句话，正是戴克维伯伯在刘敏心目中的形象。刘敏曾不止一次地说，伯伯是她生命中，除了父亲之外最重要的男人。是她最敬佩的人，没有之一！

何出此言？

言之有据！

刘敏的高考成绩出来了——北川中学文科班第四名。

或许是刘敏被自己在北川中学的名次迷惑了，或许四川大学就是她心中唯一的圣地。填报高考志愿前，她同干妈说，只填报四川大学一个志愿。

准确填报高考志愿，事关考生能否被成功录取，直接关系到考生的前途命运。

干妈清楚只填报四川大学一个志愿风险太大，可她也知道女儿的心思，此时的任何劝说，都无济于事。

她对自己的这个女儿太了解了。刘敏用情专一，这恰似她的红肌肉特征，对人对事，虽然热得较慢，可一旦认准，心无旁骛，矢志不渝，耐力持久。但是，如果事与愿违，她往往也受伤最重，难以自愈。

正是在刘敏人生最关键的十字路口，在一步踏错将永难弥补的重要时刻，伯伯戴克维来了。

伯伯根据往届四川大学录取分数线分析，以刘敏的成绩，被四川大学直接录取，几乎没有可能。如果按照刘敏的意愿只填报四川大学，她此次高考必定落榜！

伯伯提出让刘敏考虑填报西南民族大学，或者还有希望。

刘敏听后，感觉自己的梦想瞬间崩塌了，两年来的所有努力全都白费了。顿时眼眶红红，汗如雨下，摇头不迭。

在此之前，伯伯已经了解到了刘敏的一些情况，因此只好作罢，另想他法。

北川中学曾表示如果刘敏今年不能如愿，还可以复读一年，明年或许更有希望。

但是，伯伯全面分析后认为，刘敏此次高考成绩位居北川中学文科班第四名，说明她已经把学校的教育资源用尽了，复读意义不大。

刘敏属于羌族，因此多了一项选择，可以填报少数民族预科班。伯伯建议她填报四川大学少数民族预科班。

这，是她目前可能被四川大学录取的唯一途径和希望。

少数民族预科教育，是国家对少数民族教育的一项重大支持政策，允许在同一学校本科提档分数线下浮80分以内，在计划名额内按考分录取。被高校预科录取的少数民族学生，在预科班学习一至两年（区别不同民族实行一或两年预科学制）后，经校内考试成绩合格，直接转入该高校接受本科教育。

刘敏一听，心内又燃起了希望。

可是，事情哪有这么简单呢？准确填报高考志愿，仅仅是成功的第一步，过程中仍是充满了种种变数。

果然，伯伯了解到，刘敏的高考成绩，排在四川大学文科少数民族预科班、本省报考志愿考生的第11名，而该校计划招录8名。

显然，刘敏被四川大学少数民族预科班录取的希望也破灭了。如果这个倔强的女孩儿得知消息，能否承受得住打击呢？谁也不敢想象！

她经历了大地震的灾难，死里逃生后又为理想拼命学习，而且此时她的理想之火燃烧正烈，要猛然一盆冷水，将其希望熄灭，后果真是不堪设想。

戴克维顿时陷入两难之中！

一方面刘敏在四川大学少数民族预科班的录取名额之外，已是既定事实；另一方面，如果此次高考失败，很可能冲毁刘敏的人生信心。

何去何从呢?

戴克维又想,刘敏经历大灾大难,死里逃生,有顽强韧性又浑身充满活力。一瞬间他强烈感觉到这是个可塑性很强的孩子,她应该有更美好的未来!

他决定尽最大可能帮助刘敏梦想成真!

附录

汶川大地震灾区采访手记之九

夜宿棚花村

2008年5月25日　李春雷

今天是采访团分散行动的第一天,我的目的地是棚花村。

早饭后,我便打出租车赶到成都市长途汽车站,登上了去往绵竹的汽车。

汽车上,都是去成都探望亲人归来的家属。凡住在成都市各医院的都是重伤员。与我邻座的是一位名叫袁旭的小伙子,他是汉旺镇香山村人。他们村只有500来人,死亡了十多个,伤100多人,他的母亲受了重伤。

讲起当时的情况,小伙子的泪下来了。当时母亲正在屋内,往外跑,门打不开,这时屋顶就塌了。扒出来,腰被砸断了,家人骑着三轮车把她送到了绵竹医院里。可医院楼房也倒塌了,电停了,设备都不能用,医生们只能够输液。

重伤员都躺在一个开阔的广场上,由于无法有效治疗,哭叫连天。随着时间和机会的丧失,重伤员不断地死去。每死去一个,哭喊声就骤然抬高。无奈的家属们跪在尸体旁,撕裂着嗓子哭号着,但谁也没有办法,急得直打自己的脸,打得满脸流血。有一双父母,眼看着自己的孩子就那样死去了,发疯似的往墙上撞自己的头。

直到第二天,重伤员才送往成都,但好多已经晚了。

袁旭告诉我,他的母亲现住在成都416医院骨科病区。这么多天过去了,晚上仍是不敢睡,瞪着大眼看着房顶,看着这个曾给自己带来灾难痛苦却又给予她无限幸福的世界。

另一伙乘客来自土门镇林岩村。他们是一家人，去看望住在华西医院的老父亲。他们村人口1000多，砸死了100多人。

汽车沿着龟裂的公路，摇摇晃晃，摇晃着满车汪汪的酸泪。

棚花村分布在一片片高高低低的岗坡地带，自然形成50多个散碎的部落。零零星星的耕地就更多了，有上千块，大的似球场，小的如炕面。地震过后，房屋全部荡平了，田地却毫发无伤。"天府之国"的地理和气候特点类似江南，水网密布，极适合油菜、小麦和水稻轮茬种植。现在正是油菜、小麦收获季节，腾田之后马上要翻茬、筑坝、蓄水、插秧。耕牛们并不理喻人间的灾难，依旧在水田里一边尽力地劳动，一边尽情地歌唱。

绕过一堆堆新鲜的废墟和一道道泥泞的田埂，我终于找到了村主任。村主任名叫付少平，是我昨天打了数十个电话才联系上的。

这是一个40多岁的汉子，中等个头，皮肤黧黑，胳膊粗壮。他和几个村干部正踩在水田里，弯着腰，帮一个受重灾的女人插秧。这个女人的婆婆和孙女都被砸死了，丈夫也受了重伤，住在成都的医院里。

看得出，村主任不善言谈，对我的到来，似乎有些为难，尤其听说我还打算住一夜时，更是搓着手，皱起了眉头。

但他还是把我领进了他的家——一顶蓝色的帐篷。

说是家，其实是村委会，因为门口挂着牌子。说是村委会，更是村里的仓库，仅8平方米的地方，堆满了杂七杂八的货物，全是外面救济的日用品和药品。靠南侧的角落里，放着一张单人床，这就是他一家三口人的卧具了。紧挨着卧具，是一张破旧的书桌，书桌上有一个账本，这就是小村的行政事务中心了。

他给我倒了一碗水，不好意思地说："杯子都砸碎了，别见怪。"又指指挂在床头的一包白白胖胖的泡腾片说："水消过毒，放心喝。"

"你们村多少人？"我随口问道。

"1700人，哦，不，不。"他猛地停住，一会儿后，嗫嚅着说，"1663人。"说完，背过身去，又陷入了沉默。

地震时多亏是白天，村里的青壮劳力都在户外，可仍有37个孩子和老年人遇难，80多人重伤。震后又下起大雨，全村人跪在山坡上，以手掘土，就地葬埋了死者。大人们像孩子一样号哭着，孩子们则像大人一样冷峻。恐惧像四周的大山一样黑魆魆的，那是鬼魅的影子？直到两天后，外面的援救才进来。但是，身受重伤的小村像一条剐去鳞片的鱼，时时疼痛，撕心裂肺的疼痛。

我们谈话时，不时有村干部和村民来找他办事。一个个来去匆匆，气喘吁吁。是的，现在正是最忙乱的时候，大量的救济物品林林总总，都要登记造册，一户户地均分下去。那么多的重灾户，都要帮他们料理家事。还要防疫、捕狗、搭帐篷……

由于村主任实在太忙，我便由一位德阳工商局下村帮扶的小伙子胡林陪同。

小胡虽然下乡刚几天，但对当前的工作已经有了较为全面的把握和认识。他告诉我，目前村里的主要工作有四个方面。第一是防疫，这其中包括家禽的圈养、水源的消毒、死家禽的深埋处理和厕所问题；第二是"两抢"工作，即抢收与抢种，小麦和油菜都熟了，要马上收割和收购，可人员损伤惨重，怎么办？要由村干部联系组织。同时就是种水稻，可现在水源紧缺，水库里的水由于地震提前放完了，很多水渠堵塞了，需要疏通，谁家先用谁家后用都要协调；第三就是分送物品，现在各地捐来的物资林林总总，有数百项，数目不一，如何平均分下去，也是一个大问题，稍有不均，也会引起矛盾；第四就是重建问题，天气越来越热了，住帐篷不是长远之计，但往哪里建过渡房呢？要征用土地，这又涉及许多人家，如何补偿，麻烦得很呢。

……

在棚花村，我意外地遇到了一个医疗所。

说起来真是巧，这个医疗所竟来自张家口涿鹿县，领头人刘金栋是一个私营医院院长，更是一个热血青年。地震后没几天，就开着自己的救护车，带着5万元的药品和2万元现金，来到这里。附近村里的重伤员都去了成都，轻伤员就由他们负责了。

老乡见老乡，两眼泪汪汪。他们热情地邀我去共餐，我也就不好推辞了。

饭后，我又到帐篷里找村民聊天，了解到小村里许多有趣的情况。

晚上住哪儿呢？村主任和刘金栋商量，临时为我搭建了一顶小帐篷。

当晚，我就合衣躺在这顶小帐篷里，睡得格外踏实……

第十章
天,亮了

灾难,不仅撕裂了很多人的肢体,更撕裂了他们的心灵。受伤的心灵会像一只遇险的蜗牛,深深地蜷缩在硬壳里,甚至慢慢变得扭曲、畸形。

但是,长期的爱心陪伴,可以把心灵的伤痛抚平!

虽然灾难撕裂了他们的肢体,却不能折断他们飞翔的翅膀,更不能夺去他们的乐观和坚强!没有什么能够阻挡,他们对自由的向往。穿过幽暗的岁月,才发觉脚下的路,心中那自由的世界,如此的清澈高远……

57. 再见死神

2011年7月，陈浩温江实验中学初中毕业后，顺利考入温江一中，成为一名高中生。

梦想的画卷，在这个丰腴的秋天徐徐展开。

谁料，灾难却如影随形，再次降临！

10月8日晚上，陈浩放学后骑自行车回家途中，突然被一辆手忙脚乱的酒驾悍马汽车撞飞了20多米远。

紧急送到温江区医院。

医生检查发现，陈浩的肝脏破裂，左手和右锁骨骨折。

由于伤势严重，立即转往四川省人民医院抢救。

2011年9月，陈浩入读四川省温江中学高一。小学三年级以来，他一直担任班级体育委员

医生在陈浩的腹部划开了一条20厘米长的刀口，小心翼翼地用纱布把破裂的肝脏包裹起来，防止破碎的肝脏组织游离。缝合后，在刀口处插入导管，导引腹腔积血。同时，医生还不停地给他输血，并将阻止肝脏出血的药物一并输入体内。

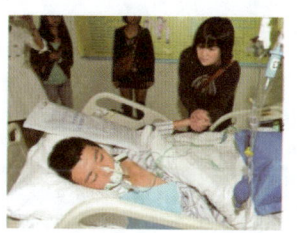

2011年10月8日，陈浩遭遇车祸再度命悬一线

可是，肝脏破裂，外科普通的包扎术都不合用，而一般的止血方法，也派不上用场。虽然用上了本医院最名贵的止血药剂，但仍然无法取得理想的止血效果。

从陈浩腹腔导引出来的血，比输进去的速度更快，流量更大。

伤情异常严重，医院接连下达病危通知书！

陈浩的父母手足无措，只好认命，商量请至亲好友们来医院，见孩子最后一面。一直被隐瞒消息的爷爷奶奶，也在亲友的搀扶下，颤颤巍巍地来到医院重症监护室外，隔着玻璃，远远地看孙子一眼。

……

生命是多么神奇呀，有时极其脆弱，有时又十分顽韧。

陈浩肝脏严重受损，甚至连医生都不敢抱有治愈的幻想。但是，让人喜出望外的是，他竟然又缓缓地苏醒过来了。

"很少见到生命力这么顽强的患者，不愧是经历过汶川大地震的坚强孩子啊。"医生们感慨地说。

然而，陈浩仍然大量出血不止，随时面临着死亡威胁。

无奈之下，医生开出了一种天价药——诺奇止血剂。一支7200元，一次两支，两个小时内必须输入陈浩体内。

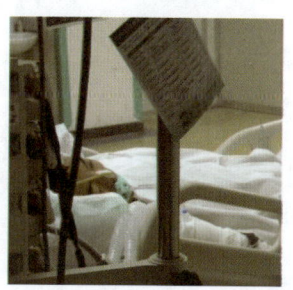

2011年10月8日，陈浩遭遇车祸后正在接受治疗

地震后，看到独生子陈浩满身创伤，很多朋友都劝告他的父母，趁着年轻再生一个孩子。父母曾为此纠结了很长一段时间，可思来想去，为了更好地照顾陈浩，最终他们还是放弃了生育二胎的想法。

陈浩是他们的唯一，因此只要有一线希望，哪怕倾家荡产，也要尽全力挽救！

可是，四川省人民医院没有诺奇止血剂这种昂贵的药物。

陈浩的父亲，当即联系四川省唯一经销此种药物的一家医药公司购买。

细细的两管药，用冰块冷冻着，火速送达。

父亲像抱着儿子的宝贵生命一样，冲进重症监护室。

医生将药剂输进陈浩的体内。果然，时间不长，导管流出的血减少了。

医生又接连开了4支，分两天，依次输入陈浩体内。

导管流出的血一天天减少，而且颜色也清亮起来。

58. 蓝莲花

2011年9月7日，四川大学新生开学了。

李安强在父母陪同下前来报到。大伯戴克维专程来成都送他入学。

那一天并非阳光灿烂，但李安强的脸上，却洋溢着灿烂的阳光。

他穿着红格子衬衫，黑色长裤，运动鞋，兴奋地穿行在美丽的校园里。青春广场、图书馆、宿舍，在校园志愿者陪同下一边逐项办理入学注册手续，一边观赏美丽的江安校区。一切都是那样新奇，一切都是那样诱人。

四川大学，李安强梦想中的知名大学，如今已经踏踏实实地依偎在了她的怀抱里。何等温暖，何等欣慰！

虽然李安强高中三年学习努力，但毕竟正处在北川中学震后重建的混乱时期，教学质量深受影响。李安强如果发挥正常，虽能考上大学，但像川大这样的名校，他不敢想象。

四川大学不但给李安强读书生活提供了最大的方便，而且为了便于照顾他的生活，学校后勤部还为他的妈妈安排了一份负责宿舍管理的工作，每月有近2000元的收入。

学校对他们母子的关爱，让李安强的心里更是充满了感激。

虽然李安强穿戴假肢行走自如，但他手里还是常常捏着一根蓝色的拐杖。

这是德国专家的建议。一来是为了省力，站立时可以借助拐杖平衡身体，腹肌可以抽空休息一会。再者，也是为了提醒别人，自己腿脚不便，防止挤撞。

一开始，同学们探询的目光，丝丝缕缕地追随着他。可他视而不见，依然故我，昂首前行。

李安强大胆地接受着迎面而来的异样目光，也因此赢得了更多的赞许和钦佩。

2011年9月7日，李安强到川大报到，办理入学注册手续

2011年9月7日，晏鹏、谢作斌迎接李安强入学川大

四川大学开展"2010—2011年度感动川大新闻人物"评选活动前，老师和同学，以及大伯与干妈都鼓励李安强参加。

没想到，他竟然获得了最高选票。

同时入选的另一位同学说："李安强高票当选，不仅仅是因为他舍己救人的事迹感人，更重要的是他经历灾难之后的乐观心态。"

2011年9月，当时的大二学生晏鹏和大一新生李安强

领奖台上,李安强背着心爱的吉他,弹唱了一首许巍的《蓝莲花》——

没有什么能够阻挡
你对自由的向往
天马行空的生涯
你的心了无牵挂
穿过幽暗的岁月
也曾感到彷徨
当你低头的瞬间
才发觉脚下的路
心中那自由的世界
如此的清澈高远
盛开着永不凋零
蓝莲花
……

2011年9月7日,李安强入学川大,报到时川大党委书记杨明泉、常务副校长李宏与他亲切交谈

李安强裸露假肢街拍,他要尝试公开正视自己的不完美

悠扬的歌声，娴熟的弹奏，洒脱的表演，在一群群青春勃发的心弦上，荡起了一波波敬羡的涟漪。特别是那位女生，更是为之倾倒。

是啊，灾难夺去了你的双腿，却不能折断你飞翔的翅膀，更不能夺去你的乐观和坚强！

是啊，没有什么能够阻挡，你对自由的向往，穿过幽暗的岁月，才发觉脚下的路，心中那自由的世界，如此的清澈高远……

59. 倔强的生命

17 万元！

仅仅 5 天时间，为抢救陈浩就花费 17 万元。而酒后驾驶的肇事者，只送来了 5 万元钱，就再也没有露面。电话反复拨打过去，对方置之不理。

陈浩病情仍然危重，还需要第二次肝部手术，甚至需要肝脏移植，费用甚巨！

可是，陈浩的父亲在一家建筑公司当司机，工资不高；母亲只在农闲时打些零工，收入更是清汤寡水。

面对高昂的医药费，这个并不富裕的普通家庭，愁眉不展。

只能四处拨打电话，求人借贷……

媒体得知情况后，纷纷报道，呼吁社会各界奉献爱心，抢救小英雄——

"'抗震救灾小英雄'陈浩，不幸遭遇车祸！"

"小英雄命悬一线，高昂医药费急哭家人！"

……

戴克维正好在成都出差，早餐时随意浏览本地当天的报纸，无意中看到了关于陈浩遭遇车祸的报道。

由于公务在身，他不能前往医院看望，于是委托王志航到医院，给陈浩送去了一万元慰问金。

从此，陈浩便成了绿丝带团队的一员，与伯伯和干妈结缘了。

这时，绿丝带团队一些受助的伤残孩子提出要为陈浩捐款。有人提议说，孩子们尚在求学阶段，自顾不暇，不应捐款。

而戴克维却态度鲜明地支持：这些孩子也是在社会的关注下重获生命、踏上健康成长道路的。因势引导他们懂得回馈社会，将爱心传递下去。这才是救助和教育的真正意义。更重要的是，通过捐款，能够让孩子们体验帮助别人的幸福感，产生被别人需要的价值感。所以，应当支持孩子们适当捐款。告诉他们量力而行。

孩子们捐出的可能是自己的生活费呀！他们怎么生活呢？

戴克维另有打算！

善良的人们一直没有忘记陈浩这位果敢的抗震救灾小英雄。当他遭遇车祸受重伤住院的消息经媒体报道后，政府部门、各界爱心人士立即行动，纷纷为小英雄捐款捐物。

共青团四川省委火速送来10万元；温江区政府当即拨付2万元；温江一中师生捐款1万元；温江当地的几个QQ群网友募捐1万元；一位北京来成都出差的女士，送来5000元。

……

更多的人纷纷来到医院探望陈浩，在重症监护室外看一眼病床上昏睡的小英雄，留下爱心捐款，名字也不说，就匆匆走了。

短短三天时间，社会各界就为陈浩捐款达20余万元。

一位家住宜宾市的老军人，得知陈浩的肝脏粉碎性破裂、医生考虑肝脏移植时立即打来电话，说自己身体很好，随时准备着，只要配型成功，愿意为年轻的生命捐献出自己的肝脏。

生死关头，爱心助力。

陈浩年轻的生命里，流淌着千万人的深情与厚爱，度过了最困难、最危急的时刻……

可是，刚刚止血，陈浩又出现了感染和发烧症状，第二次手术被迫推迟。

10月18日，医生再次打开陈浩的腹腔，取出了之前填进去的止血纱布，并将坏死的肝脏组织彻底剥离清理干净。

这种手术危险性极高，一旦惊动神奇的血管，就会导致术中大出血，后果不堪设想。为此，医生提前准备了1000毫升血液。

万幸，陈浩没有出现大出血。医生切除了他五分之四的肝脏，剩下五分之一，自行生长修复。

陈浩强大的生命力，抗争过了"5·12"那场躲闪不及的天灾之后，又一次战胜了这场因游戏人生的酒驾而导致的"人祸"。

然而，以生命为赌注的伤痛，无论出现怎样的医学奇迹，都是人们不愿经历的，也是大家不想争取的"胜利"。

2011年12月12日，陈浩康复出院。

60. 青春的姿态

入读川大初期，晏鹏对大学生活充满了好奇，先后参加了校园学生学术协会、法学院学生学术科技协会、学生读书会等学校社团，而且还担任两个社团的重要职务。

人的精力毕竟有限，社团活动占据了晏鹏大量的学习时间，影响了学习。大学一年级第一学期的期末考试，晏鹏有两门功课亮起了红灯。

叔叔戴克维得知情况后，帮他分析原因，要他适当减少社团活动，学会"弹钢琴"。

叔叔有位朋友叫徐海鑫，当时担任四川大学的团委副书记。

徐海鑫1982年出生，与晏鹏年龄差距小，比较容易沟通。因此，戴克维便委托徐海鑫多多关注晏鹏，鼓励他卸下思想包袱，安心学习。

晏鹏的学习成绩明显提升，但有时，仍然对学习的意义产生怀疑。

2011年12月份，晏鹏大学二学级寒假期间，戴克维为他更换进口仿生假肢的计划，开始实施了。

当时冰岛研制的仿生效果更好的奥索假肢刚刚引进中国，它的膝盖释放和终止阻尼时间缩短至1/2000秒，仿生程度接近人的自然状态。当然，这款假肢的价格也更加昂贵，单肢就需要35万元人民币。

戴克维联系社会资源寻求资金援助，最后在民生银行的主要资助下，为晏鹏定制了奥索假肢。

可是，当这一切办妥后，通知晏鹏到北京接受适应训练时，这个性格越来越坚强的小伙子，却迟迟不肯去。

晏鹏想，自己能到四川大学这样一流的学府就读，就已经超出本来愿望，就已经是叔叔和来自社会的最大关爱了，就已经让自己和父母感激不尽了。而更多的关爱，则使他受宠若惊，甚至会成为一种心理负担。

所以，晏鹏婉言谢绝。

他告诉叔叔说，我目前的假肢功能尚好，还能使用，不想再给叔叔添麻烦了，更不需要浪费那么多钱。他还请叔叔放心，以后会更加严格要求和善待自己，踏踏实实地走好每一步。

戴克维听后也不急于催促，而是动之以情，晓之以理地与他谈心，说服。

他对晏鹏说，正是因为你以前安装假肢后，急于回学校学习，康复训练不系统、不全面，所以走起路来才会摇晃，不是很好看。换上智能假肢，再经过一番系统、严格的训练，走路会更稳当、更好看。你已经长大了，可以找女朋友了。稳当踏实的走路姿势，才能使你更潇洒，在女生面前的形象更好嘛。

听着叔叔既认真又风趣的贴心话，晏鹏慢慢想通了，寒假期间高兴地去北京安装新假肢。

川港康复中心为晏鹏制订了严格的治疗和训练计划：疤痕松动、右髋屈肌牵拉、外展肌牵拉、右侧躯干软组织牵拉、右髋肌力训练、下腰部软组织松动、骨盆控制训练、中心稳定性训练、右单腿负重及平衡训练、步态训练、上下斜坡及楼梯训练、心肺耐力训练……

训练期间，叔叔来看晏鹏，不单鼓励他好好训练，更与他深入探讨学习的意义。

之前，晏鹏曾与同学说，不一定只有读好大学才有出息。

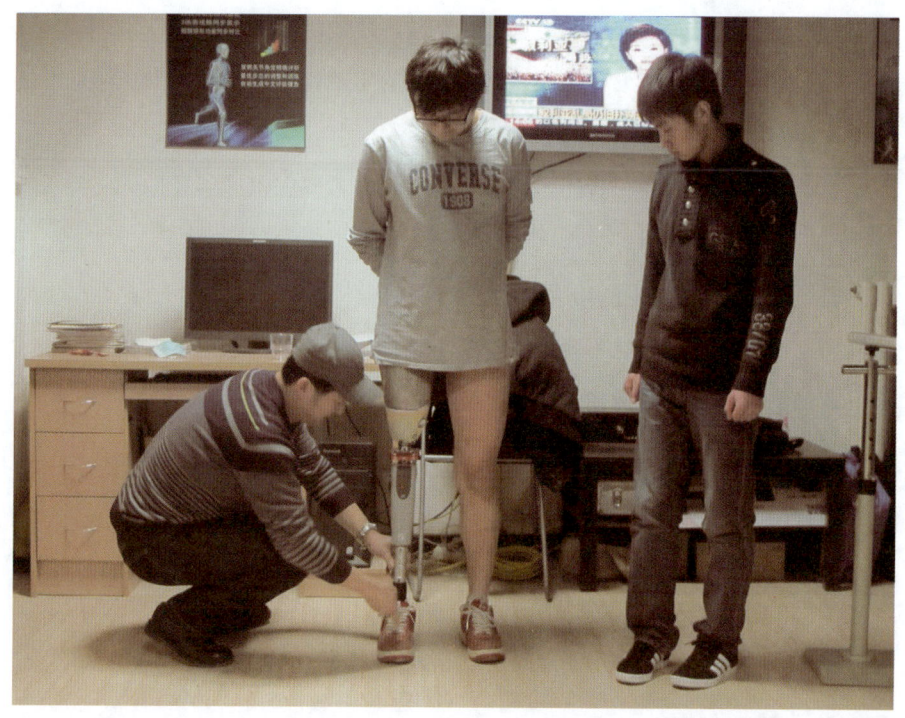

2012年1月，晏鹏在京更新安装奥索全智能假肢

戴克维希望晏鹏大学毕业后，能够继续深造读研。他觉得肢体残疾了要自立于社会，有更高学历，将来选择面就更宽，立足的根基也更稳。而晏鹏是有条件读研，只要他有心、下点功夫稍稍努力一下。因此，晏鹏心底那些"读书无用论"的想法，必须帮他消除。

戴克维对他说，学历与能力，当然不绝对是正比。但你可以这样思考一下，同等智力水平的人，读书与不读书，能力有没有差别呢？相信你会很清楚。就拿你自己来说，虽然上大学才一年多，但想想看，现在与你读高中的时候相比，有多大变化？

入读川大以后，晏鹏参加了学校社团，参加各种各样的活动，结识来自全国各地的同学。不说课堂上学到的专业知识，单是这些，也的确是中学时期闻所未闻的。

这样一比较，晏鹏确实看到自己在成长的道路上，已经迈出了一大步。

晏鹏承认，读书的确能增强一个人的能力。然而，这虽然使他思想松动，但仍没有彻底改变，倒是由于边远山区支教，使他幡然醒悟。

两人聊天时，戴克维曾提醒晏鹏说，我的年龄比你父亲大不少，你是不是应该改称伯伯呢？

晏鹏却显得很执拗，我还是愿意叫您叔叔，希望您永远年轻！

……

整个训练过程持续了40多天，严格、枯燥、辛苦，而且伴随着难以忍耐的疼痛，但晏鹏还是一丝不苟地坚持了下来。

训练结束，晏鹏穿着新的假肢，站在了叔叔面前。

走两步看看！

晏鹏起脚迈步，自然而稳当，自信且轻松。

叔叔高兴地拍拍他的肩膀："这小伙子，行！"

61. 启动梦想

2011年12月25日，圣诞节这天，戴克维与王志航、李安强、刘敏等来到陈浩家中，看望刚刚出院不久的陈浩。

由于陈浩遭遇车祸耽误了两个多月的课程，而且临近寒假，老师建议他休学半年，然后插班复读高中一年级。

戴克维问陈浩的意见。陈浩说自己学习难有成就，不如直接跟班学习，到时候考不上大学，干脆外出打工挣钱，也好减轻家庭负担。

在此之前，戴克维已经详细了解过，遭受两次重伤的陈浩，将来不宜做过重的体力劳动。可是，如果仅仅以高中学历出外打工，要想赚钱，也只能干体力活。

因此，戴克维在与陈浩的交谈中，谈了自己的看法。

几年来，陈浩两次长时间住院治疗，耽误的学业太多，基础薄弱。考大学，他似乎没有足够把握。

戴克维对他说，要想改变命运，唯有读书是最理想的途径。不然，将来你

2012年4月,戴克维看望温江中学高一学生陈浩

回家种田,外出打工,身体条件都不允许。可要找相对轻松的工作,学历又太低,所以养活自己都难。因此,如果高中毕业后辍学,你不仅不能减轻家庭负担,反而会成为父母的负累。

一席话,说得陈浩如梦方醒。

可是,他还是担心自己考不上大学。

戴克维鼓励说,现在高一上学期刚刚结束,距高考还有两年半的时间,努力完全来得及。你两次受伤,生死考验都经历过了,难道还怕学习吗?

陈浩点点头,说我不怕吃苦。

戴克维建议他利用寒假时间,参加补习班,系统学习高一上学期的课程。

随后,戴克维便通过自己在成都的朋友,帮陈浩联系了一家教育质量好的补习学校,进行一对一辅导。

补习班的教师用了近一个月的时间,帮陈浩将高一上学期耽误的课程,全部高质量补齐。

寒假过后,陈浩回到学校,直接跟班上课。

陈浩遭遇车祸后,总共收到社会各界直接送进医院的捐款50余万元,支付完所有的医药费用,还剩余18万元;成都市温江区民政局收到的社会各界捐款409247.4元,也还在陈浩的专项基金账户上。

陈浩的身体逐渐康复，这笔富余的爱心捐款应该如何使用呢？

"一分都不留，全部捐出去！"

这是陈浩和父母的共同心愿。

"我家孩子受伤的时候，那么多好心人都来帮助我们，才使我们渡过了难关。现在康复了，我们要把剩下的这笔钱转赠给同样处在危难中的人，去帮助更困难的人，把大家的爱心传递下去……"

陈浩在妈妈的陪同下，把18万元现金，转捐给了4位经济条件困难的青少年重症病人。

温江区慈善会账户上，"定向陈浩"的捐款409247.4元。陈浩与父母商量后，决定全部捐献给温江区慈善会。

温江区一位区领导得知此事后，建议陈浩父母留出20万元，由区政府出面协调购买一套临近温江一中的安居房，这样陈浩上下学就可以免去奔波了。但被陈浩婉言谢绝。

到温江区民政局签订捐献声明那天，是2012年8月9日。区民政局局长亲自接待，并建议陈浩父母留出10万元，作为陈浩的后续治疗费用。也被陈浩谢绝了。

随后，陈浩向温江区民政局书面签订声明，表示自愿将温江区慈善会账户上"定向陈浩"的捐款409247.4元，全部捐献给温江区慈善会，建立"助学、助医、助困爱心基金"，并委托温江区慈善会保管、使用。

62. 与智慧同行

戴克维立即联系北川中学，了解刘敏在校期间的表现。

刘敏学习刻苦，而且积极参加各种活动，先后获得过不少学习奖项。最让人感动的，是她身残志坚、顽强拼搏的精神。

戴克维将刘敏的出色表现，整理成一份汇报材料，报给了国家教育部门。

最终，教育部门被刘敏的精神感动了，而此时教育部又收到四川省教育厅

2012年5月12日前,戴克维与赴京参加汶川大地震纪念活动的刘敏交谈

要求增加招生计划的报告。教育部随即在当年全国招生计划范围内,为四川大学增加了3个少数民族预科文科班录取计划名额。

刘敏终于如愿以偿。名次较她靠前的两名考生,也幸运地搭上顺风车,实现了入读川大名校的理想。

2011年9月,刘敏到西南民族大学报到。

西南民族大学专门设立民族预科学院,受四川大学等十几所高校委托,代为培训少数民族预科生。

出乎刘敏预料的是,开学报到那天,伯伯戴克维竟然也来了,正等在学校的大门口。他说是来成都出差,顺道赶来送她入学。

刘敏从北川到成都读书,跨地市,因此需要更换新的手机号码。

新生报到,校园里就有很多推销手机卡的摊贩。伯伯帮刘敏选了一个尾号为"3721"的手机号码。

伯伯说,刘敏,在将来的人生道路上,不要过分在意别人的目光,要像这组号码一样,不管三七二十一,用实力证明自己!

伯伯的目光那么慈祥、睿智,给了她无限的动力。是啊,人生就要用实力证明自己。

……

学校考虑得很周全,把刘敏的寝室安排在了一楼;学生的床铺统一是上床

2012年9月7日，刘敏入学川大法学院

2012年9月刘敏入学川大报到次日，川大党委书记杨泉明到宿舍看望刘敏，与她亲切交谈

辅导员彭嘉淇在报到处迎候接待刘敏

下桌，为了方便使用，专门为她定制配备了单床单桌。

刘敏看了心里就暖暖的。她知道，这肯定是伯伯提前与学校沟通协调的结果。

伯伯里里外外地看看，问校方人员，刘敏洗澡方不方便呢？

学生宿舍里没有洗浴间，学校考虑到刘敏去学校公共澡堂洗澡多有不便，因此专门安排她到附近的外国专家楼洗浴。二十四小时供应热水，可以随到随洗。

一切安顿好，伯伯才离开学校。

刘敏感念伯伯想得如此细致，洗澡的事情她自己当时都没有想到。

然而，就是因为洗澡这看似琐碎的生活小事，刘敏却从中学到了人生的大道理。

专家楼洗浴间的钥匙，由服务人员统一管理。最初，刘敏去洗澡时，服务人员总要围着她，看她的假肢。这难免会让正值青春年华的刘敏难为情，因此心中有些不快。

此后，她再去洗澡时，往往要等一二十分钟才能拿到钥匙。

刘敏十分珍惜学习时间，每天争分夺秒，日程安排得满满当当。她怎么舍得因为洗澡，浪费那么多大好时光呢？几次之后，她开始不耐烦起

2012年9月7日，刘敏入学川大法学院，辅导员彭嘉淇和晏鹏、谢作斌、李安强、潘云龙陪送她入住新宿舍

来，给伯伯打电话时委屈地哭了。

伯伯在电话里劝解说，刘敏，你的目的是洗澡。服务员看你的假肢，是因为初次见到好奇。我当初帮你选的电话号码，寓意是希望你在人生道路上，不管三七二十一，坚定自己的目标，勇往直前。只是因为别人想看你的假肢，就影响到了你洗澡的目的，这不是因小失大吗？高校相对比较单纯，对肢体有残疾的学生更是关爱有加。如果将来你走进纷繁复杂的社会，遇到各种各样的目光看你——好奇、轻蔑、歧视；遇到种种不公对待，那岂不是更扰乱了你的心志，让你迷失目标吗？所以，要学会从心底里不在意别人的眼光，真正坚强起来，盯紧自己的目标，用成功来证明自己，这才是正确的态度和处世方式。洗澡这件事，你要主动去与服务人员好好沟通，相信你肯定会找到更好的解决办法。

听了伯伯的话，刘敏若醍醐灌顶，顿时豁然开朗。

她想，这件事也的确怨不得别人。自己的目的是洗澡，别人又不是不让洗，只是好奇看看假肢而已。看过几次没了好奇心，也就罢了。

终于，刘敏通过自己的努力，与服务人员搞好了关系，基本能随到随洗，不再耽误时间。洗澡问题迎刃而解。

事后，刘敏颇感自豪地给伯伯发信息："这件事情的顺利解决，让我学会了冷静和换位思考。感谢伯伯的启发和引导。"

2012年9月7日,刘敏入学川大法学院,辅导员彭嘉淇和晏鹏、谢作斌、李安强、潘云龙陪送她入住新宿舍

后来刘敏说,与伯伯在一起,不仅感觉亲切温暖,让人幸福愉快,更重要的是,伯伯总会在不经意间,用他的人生智慧,拓宽我们的视野与心智。

的确,这种影响是无形的,却足以改变一个人的处世态度和立场。因此,也就间接地改变了一个人的命运。

刘敏入读少数民族预科班一个月后的2011年10月8日晚上,"5·12"汶川地震救人小英雄陈浩遭遇车祸,生命垂危,社会各界纷纷捐款捐物。

刘敏响应绿丝带团队号召,捐赠200元。

200元,对于刚刚入读预科班的刘敏来说,意味着什么呢?要知道,她每个月的生活费仅仅500元。也就是说,她每天的开销必须控制在17元以内。捐出200元呢,每天的开销只有10元。而10元钱,只能买一碗担担面!

事后,伯伯打电话来,问刘敏把生活费捐出去,这一个月怎么生活。刘敏让伯伯放心。她说想想办法,平时节俭一点,也就过去了。

戴克维让孩子们捐款,是为了给孩子们上一堂爱心教育课。他绝对不会让孩子们因为捐了款,生活费不足而影响学习。因此,他给刘敏汇了一笔款,1000元。

刘敏想把钱给伯伯退回去。伯伯说,你当前的任务是搞好学习,其他的事情不必多想。

戴克维从来不把钱看得很重,但他也不强人所难。他认为,钱只是一种媒介，而通过大事小情，促进孩子们的身心健康成长，才是目的。

2013年暑假期间，他曾与王志航组织孩子们到丽江打工锻炼，体验社会。

那次活动对孩子们成长的意义不言而喻。但对刘敏个人来说，影响最大的，却是打工结束返程时发生的一件事。

63. 我的大学

2012年7月21日上午，张凤给王志航打来电话。

王志航原本高兴地以为，凤儿打电话来准是好消息，没想到竟然兜头一盆凉水。

张凤的理想是读大学心理学专业，但她2011年的高考成绩不理想，距设有心理学专业的二本院校还差几分。于是，她毫不犹豫地选择了复读。经过一年的刻苦努力，她的高考成绩提高了80多分。上网查询，如愿被成都师范学院心理学系录取。

王志航想，凤儿肯定是收到了大学录取通知书。然而，电话接通，张凤的第一句话竟是："干妈，我上不了大学了！"

原来，张凤刚刚接到成都师范学院招生办的电话，说她的身体状况不适合被录取，因此劝她退录，并让她发短信说明是自己当初没有看清楚招生简章要求，错报了志愿。

王志航顿时心里一惊，为了读大学，为了读心理学专业，凤儿又复读一年，吃尽了苦头。可是，虽然通过努力考取了理想成绩，不想竟是这样的结果！

张凤哭得很伤心，即便是地震后惨遭双腿截肢、几经死亡威胁，也没有哭得如此让人无从劝解。

遭遇大地震这种灭顶之灾，侥幸生还的伤残孩子们最迫切、最需要解决的问题，就是人生意义的重构，而高考，正是其重要支撑之一。

2012年8月，戴克维在成都见成都师院校长，就张凤入学做协调沟通。成都师院收回退录决定正式录取张凤

可是，他们背负着常人难以想象和理解的身体与心灵的双重苦难，赢得了高考的好成绩时，理想的曙光已经将他们霉锈丛生的心壁照亮时，希望之光却猛然熄灭，他们的内心会是多么冰冷孤寂，可想而知。

虽然王志航极其善于抚慰受伤的心灵，而此时，她所有的话语都变得苍白无力。张凤哭声不高，但却撕心裂肺，让王志航也肝肠寸断。

凤儿是她的乖乖女，性格温柔身体孱弱。平日里，王志航就偏爱她多一点，此时更是心疼得不要不要的。

"凤儿乖，先别哭了，听话。咱们一定要讨回公道！"

张凤的同学与老师们得知情况后，也义愤填膺，于是在网络上发布信息，声讨成都师范学院。

王志航打电话把情况告诉了戴克维。

戴克维知道，国家政策不允许歧视残疾人，尤其是师范院校招生，更不该出现这种情况。他觉得事出有因，为防止事态扩大，对成都师范学院造成不良影响，因此要王志航尽快阻止张凤的同学和老师发帖。

戴克维随即给四川省分管教育的领导打电话，通报此事。对方当即表示立刻纠正，妥善处理。并建议戴克维来成都见一下学校领导，给他们台阶下。

原来，成都师范学院的招生工作有关人员，自己并没有吃透国家招生政策。录取张凤后，发现其双腿高位截肢，担心她无法适应高校生活，更害怕领导怪罪，这才自作主张地要张凤主动申请退录，还随口说成是根据教育部的规定。

随后，戴克维飞抵成都，与成都师范学院领导见面沟通。

成都师范学院党委书记与校长诚恳地做了自我批评，表示一定为张凤入学做好接收服务；校长还承诺张凤毕业后，学校将帮助就业。

成都师范学院专门把张凤的寝室安排在了一楼，并在寝室里安装了抽水马桶和热水器，而且还在楼门口专门改造了轮椅通道。为了更好地照顾张凤的日常生活，学校招聘张凤的妈妈做宿舍管理员。

……

2012年9月3日，张凤到成都师范学院报到，正式开始了大学生涯，入读自己心仪已久的心理学专业。

不久后，由四川农民企业家、全国人大代表李晓华出资，为张凤安装了奥索全智能假肢。经过严格训练，她已经行走如常了。

历经磨难之后，张凤的人生，终于踏上了新的征程！

附录

汶川大地震灾区采访手记之十

沉重的乡村

2008年5月26日　李春雷

这天上午，我仍旧在小村里里外外转悠，寻找感觉。

"天府之国"的农村景象与我老家冀南大不一样，好多东西是我没有见过的，很是新鲜。

男人们光着脚，在稻田里插秧，宽大的脚掌极似鸭蹼鹅蹼，坚硬的脚底又似马蹄牛蹄。女人们呢，背着竹篓，装满了青秧，在田埂上来回地走着。田埂上是三五成群的桑葚树，野风吹拂着甜甜的桑叶，一穗穗紫色的鱼卵状的桑葚在隐隐约约向外窥视，诱惑着我的童年记忆。

哦，我已经三十多年没有品尝过那种美妙的滋味了。

在村头一片刚刚收割的油菜田里，铺着一张帆布，上面堆满了蓬蓬松松的油菜棵子。一个年轻的村妇赤着双脚，两臂猛力地挥舞着连枷，上下翻飞，噼噼啪啪。虽是在捶打脱粒，却更像在冲着地球撒气。一串串油菜荚带着金属般的响声爆裂开来，黑黝黝的籽粒纷纷滚落——这就是几千年来为川人提供了生命能量的油料。

这位妇女告诉我，今年雨水足，小麦、油菜收成都很好。油菜亩产可达300多斤，每斤可卖2元钱。如果榨油，每3斤出1斤油，自己的油菜自己的油，吃着格外香。

以前看李锐的小说，专门讲到连枷。也看过宋朝诗人范成大的诗句"一夜连枷响到明"，今天才第一次看到这种特殊的农具。

棚花村是德阳市最有名的年画村，家家的墙壁上都画着新鲜的年画。一位妇女告诉我，村里曾专门请专家来上课，把年画和蜀绣结合起来，绣成各种工艺品。现在村里有50多位姑娘媳妇都出师了，外地来订货的很多呢。今年遭了灾，订单就更多了。

灾区人是如何用水的呢？

大灾之后必有大疫，这是规律。原来这里人的饮用水源是土井，在院内挖地十多米，自然出水。但大震后的几天内，政府主张弃用井水，而是发放矿泉水。几天之后，余震渐歇，市疾控中心经过全面化验，才提倡饮用土井水，但仍需消毒。

如何消毒？就是用泡腾片和漂白粉。

村主任专门给我讲述了具体的做法：取泡腾片15粒，装在用过的矿泉水瓶内，用针在四周扎孔，然后用细绳系紧，卸进井水的中部，待泡腾片消化完后再轮换，这个周期为3~5天。漂白粉的消毒法也大致如此。

当然也发现了一些矛盾，比如户口问题。村里有一名妇女，1999年从西昌嫁来，已经成家置业，但没有把户口迁来。地震后房子和生活用品全没有了，而政府的救济却是按户口分发的，她什么也得不到，就到处找干部讨要。可按国家政策又不符合，这就产生了矛盾。

我在别的地方采访时，也遇到很多类似情况。这的确是一个大问题，现在在四川创业和置业的外地人很多，他们临时的生活供养如何解决呢？

看来，我们的社会体制在很多方面需要改进啊。

还有，就是新农村的建设标准问题。这几年来，国家一直在提倡新农村建设，但大都注重外在的形象和数量，必须要有图书室，体育设施，房屋要统一样式等，却没有对内在质量进行硬性规定。而这，恰恰是文明的根本！

现在我们农村的富裕仍然是低标准。农民手里并没有多少钱，他们的文明意识并没有多少改变，所以注重的只是形式。比如棚花村的房子，通过震前的照片可见，非常整齐和漂亮，但当地震来临的时候，简直不堪一击。为什么？从废墟中一眼可辨，绝大多数房子里没有一根钢筋。我问他们为什么不用？他们说如果用钢筋要多出1万多元钱。

呜呼，不少家庭就是为此失去了亲人。

政治家和社会学家都把我们国家现阶段定位为社会主义初级阶段，这的确是有科学道理的。

看来，我们在很多很多方面都还是初级阶段啊。

第十一章
你若安好,便是晴天

孩子们稍显颠簸的脚步,几年来走进了北京,走进了上海,走进了杭州,走进了丽江,走进了北戴河……

他们,已经由社会的旁观者,变成了主人公。理想的小苗,接受了更多的阳光雨露,已然变得更加茁壮、更加浓绿!

64. 伯伯的"幺子"

陈浩曾两次身负重伤，长期服药。药物的副作用，一度对他的学习产生不良影响。再加之成长中的他易受外界诱惑。因此一边想着好好学习，可又时常听到自己那些已经辍学的同学，大谈打工见闻与外面的花花世界。他不胜其扰，考入重点大学的信心就有些摇摆。

打电话给伯伯戴克维诉说自己的苦恼，伯伯引导说，要认准自己的目标，理想不能忽东忽西，左摇右摆，这样往往顾此失彼。外面的世界到底怎么样，你可以问问爸爸妈妈，看看打工的生活是不是像你同学说得那样精彩诱人。

2012年夏天，为了开阔陈浩的眼界，伯伯利用假期，邀请陈浩到北京来做客。

伯伯业余时间带陈浩游玩。每到一处，他都会应景给陈浩讲述历史故事，阐明道理。

晚上，伯伯的大床边，支起一张小床。两人像一对亲父子，小到出门注意事项，大到为人处世原则，一聊就是大半夜。

一连几天，伯伯没有一句空白的说教。他只是通过一些历史典故和有趣的故事，让陈浩自己感悟其中的道理。

回到成都后，陈浩对干妈王志航说："伯伯很会讲道理，不是生硬的教训，而是娓娓道来。不知不觉，你就会听他的，受到他的影响。"

其实，陈浩一开始也害怕伯伯，和伯伯保持着陌生人之间的距离。慢慢地，他就喜欢上了亲切随和的伯伯了，竟然成了无话不谈的忘年交。

用王志航标准的四川话讲："陈浩和戴伯伯在一起哈，亲近得像伯伯的幺子。"

这次北京之行虽然短暂，但陈浩后来说，对自己的影响十分巨大。

陈浩变得更加沉稳、更加坚定了。课前预习、上课听讲、课后作业、业余复习，孜孜以求，一丝不苟。陈浩的学习成绩水涨船高，连老师都对他刮目相看呢。

高中一年级下学期，陈浩的学习成绩，由原先的中等偏下提高到了中上等水平。高二时的一次全市统一高考模拟考试，他的成绩居然超过了前一年川大本科提档线！

为了奖励陈浩，伯伯戴克维带他到重庆游玩。

在重庆的几天里，陈浩更是开阔了视野，对学习、对自己，也有了更深层次的认识。临别前，他对伯伯说，伯伯请放心。我一定会利用好这一年多的时间，努力学习，争取像哥哥姐姐们一样，考取一所好大学。

然而，出乎所有人的意料，陈浩再遭祸端！

65. 人生实习课

2012 年暑假，戴克维与王志航组织孩子们开展了一次别开生面的志愿服务周活动——到成都市武侯区善工家园助残中心做义工，照顾智力障碍的孩子。

"5·12"汶川地震致残的孩子，曾一度是社会的弱势群体，时时处处接受别人的帮助与照顾，以志愿者的身份去照顾别人，还是头一回。

李安强与段志秀等十几个孩子，晚上住在干妈王志航家的爱心小屋里，早晨他们一起乘坐公交车，到善工家园助残中心，做义工。

每天往来奔波，李安强们肢体的残端，被假肢磨破了，疼痛瘙痒，贴上创可贴，依然坚持。

成都市武侯区善工家园助残中心是一家专门为智障、孤独症、脑瘫、唐氏综合征等综合性智力障碍群体，提供专业化服务的公益性社工组织。

中心有 75 位专职员工，2000 多名注册志愿者和 600 多位捐款人——"一群人，为实现共同理想和目标而协同工作，从而让另一群人，能有尊严且有品质地生活"。

2013年10月，戴克维、王志航看望在成都地区读书的孩子们

王志航带领她的孩子们，伺服善工家园残障的孩子起居、吃饭、上厕所等整个日常生活流程。

善工家园轻度苹果班的孩子，可以自主就餐。但蓝莓班的孩子，由于咀嚼困难或就餐自理能力差等原因，必须有人喂食。

李安强们悉心照料，就像汶川地震发生后，住院接受救治期间志愿者照顾他们一样，而且他们心里更怀着一份对生命的敬畏和感恩。

7月13日下午，成都市热情似火，善工家园的活动室里，更是激情澎湃。这里，正在进行一场夏日盛宴——激情音乐互动会。

李安强拿出了看家绝活——吉他弹唱。段志秀也引吭高歌。王志航与善工老师和孩子们，载歌载舞。

那舞步虽然生硬笨拙，那歌声虽然嘶哑跑调，有的智力障碍的孩子唱歌甚至干脆就是放开嗓子在吼，但那却是心灵之花开放的声音，只不过有的曼妙、有的粗犷而已。

他们的脸上挂着笑，可是眼角却噙着泪。

李安强们，更是被感动着。他们感恩别人对自己无私的帮助，也感动着自

2013年12月，戴克维和孩子们在四川阆中古城

第十一章 ♥ 你若安好，便是晴天

己被人需要……

7月14日，戴克维专程赶到成都，看望在善工家园做义工的孩子们，并且应邀到王志航的爱心小屋做客。

李安强带大伯参观爱心小屋。他向大伯介绍说，暑假里来的孩子多，干妈家只有一张大床，住不开。于是我们又在客厅、储藏间打了两个地铺。

他指着卧室的大飘窗窗台说，大伯，这就是我的"包房"呢。晚上休息时，脱下双"腿"，睡在"包房"里绰绰有余。

"家，是世界上最重要的地方"，这是爱心小屋墙壁上写的一句话。无疑，这里便是世界上最温馨、"爱"含量最高的家！

那天的午餐，就安排在这间爱心小屋里。虽然没有豪华的餐桌，没有精美的餐具，没有美味的大餐，但简单朴素的家常菜，是王志航和孩子们共同的杰作，捧在戴伯伯面前的，是一份份沉甸甸的爱心。

饭间，伯伯与孩子们聊家常，谈到他们将来大学毕业步入社会后，可能会遇到别人的歧视、机会不公等问题。"但是，"伯伯说，"你们都有致胜的武器和法宝，那就是乐观坚强与勤奋努力。"

为了开阔孩子们的眼界，让他们更多地接触社会，干妈经多方协调，已在杭州萧山安排好了夏令营活动，只是一直保守着这个秘密。

饭间干妈突然将消息公布出来，孩子们又惊又喜，不停地摇着她的手问是不是真的。

……

杭州萧山的夏令营活动，为期一周，日程安排满满。

孩子们参观了当地的企业，接受了职业规划师的指导，还参加了心理辅导，等等。最让他们难以忘怀的，是到德清敬老院做义工，为那里的老人们服务。

汶川地震灾区的这些因灾致残的孩子们，都怀着一颗感恩的心，把回馈社会，视为最大的幸福！

参加活动的当地的学生们，被这群身残志坚的哥哥姐姐们深深地感动了。一双双明亮的眼睛，像杭州的西湖，纯净且安静，注视着明天，注视着未来……

66. 冲动的惩罚

陈浩车祸伤愈出院前，医生曾一再叮嘱，两年内不准做剧烈运动，以便身体机能得到全面恢复。但他酷爱篮球，又正值体力充沛的青春期，因此一时"冲动"，忘了医嘱。

2013 年 4 月，在一节体育课上，坐在一旁观战的陈浩见同学们篮球打得热火朝天，因此技痒难耐，屡次请求上场。

虽然他一再向老师保证多加注意，不会出任何问题。但他一上场，很快便进入忘我状态，与球友们你争我夺，奋力拼杀。

也是青春年少，过于生猛，陈浩不慎摔倒，头部重重着地，当即昏迷。

陈浩的妈妈得知消息后，急速赶到学校。

老师和妈妈都坚持送陈浩去医院检查，但他醒来后，却说没感觉到哪里不舒服，就直接跟着妈妈回家了。

谁料，晚上他竟然头疼起来，而且越来越难以忍受。

妈妈急忙带他就近到成都五院做脑部 CT 检查，结果为轻微脑震荡。医生建议休息静养，减少活动。

陈浩无聊地躺在床上，想起了远在北京的伯伯。

伯伯曾多次十分认真、严肃地对他说："你的身体两次重伤，不敢再经受任何伤害了。有什么自己拿不准的事情，一定要跟伯伯讲。"

于是，陈浩就给伯伯发信息，诉说了自己摔伤的情况。

戴克维得知信息后，便给四川大学的徐海鑫打电话，请他联系川大附属华西医院的专家医生，对陈浩的伤情进行会诊。同时，他又联系成都市温江区团委，到温江中学和成都五院，分别提取陈浩遭遇车祸时的脑部 CT 片子与新近摔伤后的脑部 CT 影像资料，一并送到华西医院。

诊断结果是陈浩疑似蛛网膜下腔出血，但必须依据事故 24 小时后拍摄的 CT 片，才能最后确诊。

2013年3月，戴克维到陈浩家做家访

戴克维与孩子们谈心、交流、沟通

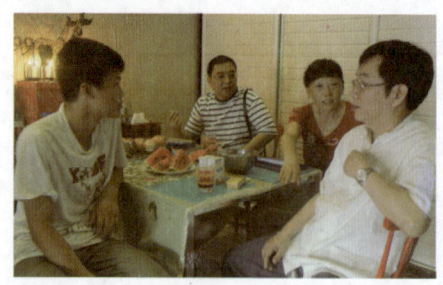

第二天下午，陈浩在温江区团委工作人员的陪同下，再次到成都五院拍片，结果真的出现了异常。

华西医院专家确诊陈浩为蛛网膜下腔出血，建议住院观察一个月。

五年来频频住院，陈浩早已从心里害怕和厌倦了。再者，他已是高中二年级的学生，课业紧张。他担心耽误学习，经医院同意，回家静养。

陈浩车祸受伤痊愈后，戴伯伯的好朋友——四川剑南春集团的副总裁乔愚，在温江实验中学附近，专门为陈浩租了一套两居室的住房。陈浩上下学方便，在城里打工的父母与他住在一起，早晚照顾他的生活。

陈浩正是在这个临时的家里，卧床养病。

伯伯戴克维得知情况后，叮嘱陈浩一定要听从医嘱，及时去医院复查，密切掌握蛛网膜下腔出血的状况。

医生曾悄悄嘱咐陈浩的妈妈，必须每天精心观察陈浩有无呕吐、头晕等症状。尤其是夜里，每隔两个小时，要起床查看陈浩有无异常。

于是，伯伯协调温江团区委，每天派人监护。

还好，陈浩头部的不适慢慢减轻。

半个多月后，能够下地活动，陈浩便重返课堂。

……

2013年4月底，四川大学邀请成功人士开展青春励志演讲。

伯伯得知消息后，请徐海鑫老师帮忙协调，安排陈浩到现场听讲。

励志演讲结束时，已是夜里十一点，徐海鑫老师与一位朋友开车，送陈浩回家。

67. 第一桶金

除了组织孩子们开展夏令营或冬令营、做义工等活动外，戴克维与王志航还利用假期组织他们外出打工，让他们在社会的实情实景中真真切切地感知社会。

2013年7月22日，王志航带领15名"5·12"地震致残的孩子，来到了丽江。

丽江市位于云南省西北部云贵高原与青藏高原的连接部，北连迪庆藏族自治州，南接大理白族自治州，西邻怒江傈僳族自治州，东与四川凉山彝族自治州和攀枝花市接壤，自古以来是丝绸之路和茶马古道的中转站，有建于南宋时期的丽江古城。

丽江的玉龙雪山和老君山、泸沽湖、金沙江等自然景观，四季如画。特别

王志航（左二）与晏鹏（左一）

是纳西东巴文化，源远流长。其中的东巴象形文字、纳西古乐、东巴经卷、东巴绘画、建筑艺术及宗教文化等，更是博大精深。

丽江丰富的旅游资源，吸引了众多中外游客，当地旅游经济蓬勃兴旺。

这是孩子们第一次外出打工，在丽江大研古镇、束河古镇的文化旅游商店里，负责打理店铺、制作推销产品、收银管账等，与中外游客广泛交流。

这是他们步入社会的第一次实战演练，赚到了有生以来的第一桶金。

按照原计划，戴克维准备利用这个暑假的时间，去北川大山中孩子们的家里走访。不想，一场50年一遇的洪灾，不单冲垮了孩子们家庭的营生，也冲毁了孩子们回家的道路。

地震后，李安强的爸爸先是做卖石板的小生意，后来又办起了小型饲养场。刚刚有点起色，一场洪灾把十几头待产的母猪和几十头即将出栏的大肥猪，

2013年12月，王志航、戴克维带孩子们参观阆中古城

全给冲走了，几年来的辛苦血本无归！

孩子们有家难回，戴克维立即与王志航商量调整活动方案，把组织孩子们外出打工实习的计划提前，因此就来到了丽江。

李安强被大研古镇一家名为"午后阳光慢生活"的休闲吧聘为账房先生，同伴们都称他李掌柜。刘敏在该店的一家分店推销自制的纯天然酸奶。段志秀呢，则是该店的销售策划，不单推出了销售原创明信片的业务，而且还提供明信片邮寄和慢递保管服务——取名"午后阳光，爱情慢递"。

何为爱情慢递呢？

就是游客在"午后阳光慢生活"休闲吧亲自手写一张原创明信片，店家代为保存，在与游客约定的某个特别的日子，将明信片寄出。

这项别出心裁的爱情慢递服务怎么收费呢？每份明信片每月只收取1元钱。

2009年暑假，王志航（左二）带20位伤残学生前往北戴河参加心理辅导夏令营

别说，这项生意还真的很受欢迎。

……

店里一下来了这么多大学生，个个青春靓丽，老板干脆在临街的窗玻璃上写下了一条极煽情的广告语——"本店帅哥多多，小心艳遇！"

8月4日，戴克维来到丽江，看望打工的孩子们。

那一天，段志秀在展销自己的"作品"时，一名外地年轻游客因为一点小事与她发生了争执。

戴克维（左六）、王志航（左三）及其他陪同人员与晏鹏（左五）、李安强（左七）谈心交流后合影

小青年哪里知道她左腿高位截肢呢，上前推搡，不想文弱的段志秀支撑不住，"扑通"一声摔倒在地。

"这不是欺负残疾人吗！"周边的人看到了，气势汹汹地围拢过来。

小青年看形势不妙，寻机钻出人群，溜走了。

人们愤愤不平，声言要请当地警方介入调查，维护残疾人的尊严。

戴克维得知情况后，过来安慰段志秀说，那人既然偷偷溜走，就说明他知道自己错了。然后他又劝大家得饶人处且饶人，不要扩大事态，要息事宁人。

戴伯伯还跟段志秀说："自己是身有残疾的弱势群体，遇事首先要学会保护自己，尽量避免与他人发生不必要的矛盾和争执。"

段志秀的心情很快平和下来，抬头看看，丽江的天空湛蓝，明亮而辽远⋯⋯

孩子们稍显颠簸的脚步，几年来走进了北京，走进了上海，走进了杭州，走进了丽江，走进了北戴河⋯⋯

他们，正由社会的旁观者，学习变成主人公。稚嫩的小苗，接受了更多的阳光雨露，也初步接触和感受社会鱼龙混杂、世态炎凉，开始变得更加茁壮、更加浓绿！

2012年12月，戴克维（左三）和中国残疾人康复基金会、中国青年志愿者协会领导到川大看望李安强

68. 现实大于梦想

面对女生的青睐,李安强的"免疫"力骤然下降,于是悄悄地恋爱了。

2012年12月9日,戴克维与团中央和中国残疾人康复基金会的领导来到四川大学,考察李安强的假肢使用及学习情况。

考察结束后,李安强陪大伯等坐车外出会见朋友。大伯坐在后排,李安强坐在副驾驶的位置。

上车后不久,李安强的女朋友发来一条信息,说了一些麻麻辣辣的情话。他担心被身后的大伯看到,因此瞟了一眼就赶紧把信息收了起来。

在此之前,大伯也曾给李安强发过一条信息。因此,大伯的信息与李安强女朋友的信息前后并列。

李安强裸露假肢街拍,他要尝试公开正视自己的不完美

2013年3月，戴克维拜访川大党委副书记李向成，就晏鹏、李安强、潘云龙、刘敏等若干伤残孩子的学业、生活做交流沟通

也是做"贼"心虚，李安强在给女朋友回信息时，手忙脚乱地写：老婆，我与大伯在一起，不便多说……然后又"亲你""爱你"之类急急忙忙写完，急急忙忙点了发送。然后才偷偷地松了一口气，装着若无其事地与大伯聊天，说大伯这次发型理得好，更年轻了。

这时，大伯的手机响了一下。李安强知道，这种铃声表示大伯收到了信息。他还暗自纳闷呢，咦，怎么这么巧？我刚发了一条信息，大伯也收到了一条信息。

不过，这种小小疑惑只是在脑中一闪而过，他又与大伯聊起天来。大伯却没应，继而便笑了起来。

李安强扭过头看看大伯："啥高兴事啊大伯，分享分享呗。"

李安强不说话犹可，话一出口，大伯更是笑个不住。笑得李安强莫名其妙，一脸呆萌。

大伯好不容易止住笑："好，就照安强说的，给大家分享分享吧。"

原来，李安强忙中出错，把发给女朋友的肉麻信息，发到了大伯的手机上。

李安强裸露假肢街拍,他要尝试公开正视自己的不完美

大伯念完信息，一车人笑得前仰后合，连司机都无法安心开车了。

再看看李安强，臊得满脸通红。

大伯笑着说："安强啊安强，谈女朋友这样的大好事，怎么不跟大伯说一声呢，也让大伯替你高兴高兴。"

李安强解释说："刚刚开始，八字还没一撇呢。我准备等关系确定了再跟您说。"

那几天，不论与谁见面，大伯总要把李安强错发的信息给人家分享分享。心里的高兴与幸福，溢于言表。

正是这次考察，使得李安强的命运，再一次发生了天翻地覆的变化。

共青团中央和中国残疾人康复基金会的领导被李安强的出色表现深深地感动了。当天晚上便向戴克维提议说，李安强这样品学兼优的孩子，应该给予更大的平台，使其更好地发展，最好送到国外去留学。

其实这也正是戴克维一直在考虑，但尚未考虑成熟的问题，因此一拍即合。

虽然戴克维在成都就与团中央和中国残疾人康复基金会的领导达成了共识，但因为没有最后确定，所以没有把这个消息告诉李安强与王志航。

回到北京以后，中国残疾人康复基金会确定资助李安强留学读研。这时候，大伯才打电话把这个惊人的好消息，告诉了李安强。

李安强听了之后当然对大伯充满了感激，因为他从来也没敢有过出国留学的梦想。

自己出身农家，能读重点大学就已经超越梦想了。出国留学，哪里会有这么大的造化呢？再说，尽管有资助，费用不必担心，可自己的身体条件也不允许啊。所以，李安强对最终能否出国留学将信将疑。

此后，大伯每次打电话，总会嘱咐他说，安强，你的英语基础不好，应该加强学习。利用这两年多的时间，全面做好出国留学的准备。

是啊，自己英语是短板，有些后悔当初没选ACCA。如果读了ACCA，没准自己会硬着头皮学进去，英语也不会是现在的水平。而现在到国外怎么与人交流呢？思来想去，李安强产生了畏难情绪，不敢想象自己能够出国留学。

为了增强李安强报考国外高校的应试能力，大伯帮他联系了专门的补习班。在补习班的学习中，李安强的英语短板更是充分地显现出来。虽然他有意

2015年6月，李安强从四川大学工商管理学院本科毕业

加强英语学习，但效果并不明显。

　　李安强思考再三，给大伯打电话说自己英语不行，还是不要出国留学了。大学毕业后，干脆就业得了。

　　大伯劝他说，这次机会难得，不要轻言放弃。人的成长本身就是冲刺一个个台阶的过程，每个台阶就是一个挑战。你的英语基础不太好，出国留学对你来说是个非常合适的挑战，对你一举攻克英语这个堡垒是个难得的激励性刺激因素。主动利用这个刺激，努力拼一把，出国到完全英语环境中接受熏陶，这样你不仅读研掌握一门专业知识和技能，还能使英语真正过关，这是在国内十几年甚至几十年都无法实现的。加上国外的历史文化与国内完全不同，这将会大大开阔你的眼界，增长更多的见识。你再考虑一下？

　　此后一段时间，不论见面，还是打电话、发信息，大伯都会积极给予李安强引导和鼓励。还安排一位精通英语的朋友，与李安强加为微信好友，帮助他学习英语。

　　到了大学三年级下学期，李安强在大伯的影响下，决心出国留学。

　　他的英语口语表达能力较弱，就每天早晨6点钟起床，先背单词1个小时，然后练习口语1个小时,练习听力2个小时,下午练习阅读2个半小时,练习写作2个小时。

如此强化训练,长达半年之久。有时候夜里说梦话,讲的都是英语。

此后,他又追美剧,终于练得可以熟练地对接台词了。

……

2015年李安强四川大学毕业后,申请报考了5所国外高校。

2016年3月,他同时被美国东北大学和美国新泽西州立罗格斯大学录取。他和大伯商量后,选择了后者,攻读该校在全美知名的公共管理专业。

69. 理想很骨感,现实很丰满

2014年上半年,是晏鹏大学四年级的最后一个学期,川大下发应届本科毕业生"支教保研"的报名通知。

"支教保研",是共青团中央与教育部联合推出的一项青年志愿者扶贫接力计划。

有关高校按照"公开招募、自愿报名、择优选拔"的方式,每年招募一批具备本校推荐免试硕士研究生资格的应届本科毕业生,和部分在读研究生,到西部贫困地区基层中小学校,开展为期一年的支教工作和力所能及的社会扶贫、志愿服务与各类公益活动,等等。

按照政策,支教保研推荐免试研究生的招募指标,由教育部专项下拨,不占用所在高校当年计划内推荐免试研究生的指标。

戴克维认为这是一次不错的机会,便鼓励晏鹏报名。可晏鹏觉得能读大学,已经远远超出了自己的理想,大喜过望了。因此,他只想毕业后尽快返乡,找一份工作,安安稳稳地过日子。

叔叔说,现在就业压力很大,本科学历的含金量远不比以前,找工作并没有多大优势。而且,你父母都还年轻,家庭条件允许,最好趁此机会,再进一

2013年3月，戴克维与孩子们一起

步深造。

可是，晏鹏已经打定了主意，不想继续读书。

戴克维自己手边的工作很多，一时走不开，电话里又很难把道理讲明白。于是，他还是委托徐海鑫，做晏鹏的工作。

不久后，戴克维利用到成都出差的机会，在南湖公园与孩子们见面了，并与晏鹏进行了深入交流。可以说，正是这次见面，改变了晏鹏先前固执的想法，使他的命运，再一次跃升。

晏鹏觉得，自己已经替弟弟完成了上大学的夙愿，可以告慰弟弟的亡灵了。

每年"5·12"汶川地震纪念日，也是晏鹏弟弟的忌日。即便有重要的课业，他也会请假回北川，到曲山小学的废墟前，祭奠弟弟。

了却了弟弟上大学的夙愿，因此他想大学毕业后返乡，孝敬双亲。

戴克维问他，你的父母是希望你继续深造呢，还是就此作罢？

父母当然希望我能有更大的出息，不过他们让我不要有太大压力，返乡就业他们也支持。

晏鹏还说，自己根本不是读书做学问的材料。

2014年10月,徐海鑫同晏鹏在成都南湖就其本科毕业后支教、读研做深入沟通

　　叔叔说,当初我劝你上大学,你也说不是上大学的材料。现在怎么样,大学成绩不是也很好吗?而且,通过上大学,你的综合能力已经有了很大的提升。不要先入为主地给自己设限,你到底有多大潜力,自己都没有发觉。

　　叔叔接着说,如果没有机会,也就罢了。当然,有的人学历不高,也能够生活得很好,甚至还干出了一番事业。可是,你有没有发现一个问题,但凡学历低而有所成就的人,往往有一个共同特点,就是喜欢学习。无数事例证明,只有读书学习,才是提高能力的不二法门。

　　叔叔拍拍晏鹏的肩膀说,地震前,你想着高中毕业后去当包工头搞建筑、开卡车;地震后你甚至想过高中毕业后摆地摊养活自己。现在你读了大学,还想去摆地摊吗?这就是你眼界开阔、能力提高的明证。如果读完研究生,你就会发现现在的想法,就像读大学之前的想法一样幼稚可笑。

　　在南湖边,徐海鑫也和晏鹏做了深入长谈。

　　……

　　晏鹏的思想终于松动了,回校后报名参加"支教保研"考试。

　　笔试顺利通过了,随即进入面试环节。

面试是模拟中小学课堂，试讲一堂课。

进入课堂，晏鹏先向讲台下深深地鞠了一躬。讲完课以后，他将黑板擦拭干净，然后又向讲台下鞠了一躬，才安静地离开。

晏鹏是所有面试者中，唯一先后两次鞠躬，并主动清空自己板面的考生。

考官们顿时对晏鹏刮目相看，一致高度评价。

最后，支教保研录取23名学生，晏鹏综合成绩排在第17名，顺利被本校法学院免试录取。

70. 成长是一剂良药

大学一年级的第二学期，张凤读了《挪威的森林》这本书。

书中主人公历经苦难，终于活了过来。可是，这反而让张凤陷入痛苦之中。她不断地问自己："我为什么活着？人活着的意义到底是什么？总有一天要死的，既然要死，早晚不都一样？"

她试图找到答案，但劳而无获。

张凤甚至觉得，如果找不到答案，简直就没法活下去。

可是，她又想，如果自己死了，父母、干妈、伯伯、张阿姨，还有那么多好朋友，他们肯定会伤心的。自己就这样死了，怎么对得起他们的苦心呢？

张凤在这纠结中，煎熬着黏稠的时光。

有一天她突然明白：活着，是为了更好地死去！虽然人都有一死，却各有不同的死法。她希望自己死时，不会带着遗憾和痛苦离开……

想到这些，她的内心豁然开朗！

……

张凤约见了心理咨询师，在咨询师的帮助下，她"回到"了2007年冬天的北川中学：

"进入校门，那两排树木依然整齐挺拔，一切像是什么都不曾发生过。整个校园空荡荡的，但空气中却弥漫着动人心魄的紧张，四处散落着湿漉漉的黄叶。操场角落那株蜡梅散发出冷冽的清香,而教学楼花坛前那株蜡梅只剩下一丛树桩。我攥紧拳头,小心翼翼地走上四楼,来到教室。课桌依然整齐排列着,却没了往日的欢声笑语。我在门口向里望了望,并不敢进去。我无法忍受自己的紧张,便快速跑下楼去,穿过操场跑向校门口……"

张凤第二次"回到"2007年冬天的北川中学,是一个雪天:

"我看见大家在雪地里欢呼奔跑。我捡起一个雪球砸向同学,然后快乐地跑回教室。我看见大家整齐地在教室里认真学习,一下子热泪盈眶。他们都在,每一个都在。魏老师依然穿着那件黑底白花的孕妇装;安阳靠在课桌上傻傻地望着我笑;飞妈立在她身旁;宗阳就那样看着我;张翠还是那么傻乎乎的……

2014年,晏鹏参加四川大学第十六届研究生支教团,到凉山州甘洛县田坝镇的甘洛中学支教一年,图片为2014年8月31日支教团甘洛分队第一次到达甘洛中学拍摄

晏鹏在凉山彝族自治州甘洛县田坝镇的甘洛中学上课

一时间大家都齐刷刷地看着我。我走进教室，走上讲台。我对大家说：'好久不见，你们都好吗？'大家纷纷靠了过来，把我围在中间。我一个一个对他们说着那些没来得及说的话，那些遗憾，那些抱歉，那些愧疚，那些不舍……他们都温和地看着我，握着我的手。他们轻轻地摇头，让我不必难过和抱歉。他们过得很好，他们在一起很开心，他们会一直在天上看着我陪着我的……我说：'我一辈子都不会忘记你们，你们永远活在我心里！'他们送我到校门口。我和他们一一拥抱再见，是那么不舍……"

张凤和那些不幸遇难的同学告别了，和过去的自己告别了。

她终于接受了自己，可以正确地面对自己了。把往事放在心灵的一隅，开启新的生活。

这，就是成长。

71. 叔叔的苦心

2014年7月，晏鹏被派往凉山彝族自治州甘洛县贫困山区田坝镇的甘洛中学，支教1年。待一年后支教结束，将回四川大学读研。

晏鹏在凉山彝族自治州甘洛县田坝中学讲课

上大学走出家乡的那道山沟后,晏鹏才意识到了家乡的闭塞与落后。他不敢想象,如果不读大学,自己在深深的山沟里寂寂一生,人生的意义该是多么苍白。

可是,来到田坝镇他才发现,这里的境况,竟然比自己的家乡还要落后,而且至少落后10年。

之前,他一直在走向更先进、更现代、更繁华,站在文明的高处回望原来的自己。现在,他走进了落后、昏暗,再反观自己,更让他内心震惊。

然而,真正触及他灵魂的事情,正在悄悄发生!

晏鹏负责教初中三年级的政治与历史课。

在他自己的学习经验里,政治与历史课,学起来相对简单——上课认真听讲,课余记记背背,总会有不错的成绩。

可是,没想到,第一次月考,他所负责的政治与历史课,平均成绩竟然仅仅20分左右。全年级的最高水平,也只有60多分。

晏鹏怀疑自己的教学方法有问题,于是向年长的、经验丰富的老教师请教。那位同事告诉他,不是教学方法的问题,全县的平均成绩,也就是这个水平。

这种相对简单易学的课程,竟然会考出这么差的成绩,怎么可能不是教学方法的问题呢?晏鹏百思不得其解!

那几天,班里有名学生请假了,过了十几天还不见回来。问问原因,原来是这名学生的父母外出打工了,家里的牛羊没人照料,他是回家照看牛羊了。这一请假,就是3个月。

怎么会有这样的父母啊?挣钱不就是为了给孩子营造更好的成长环境吗?而最重要的成长,不就是读书学习吗?

这完全刷新了晏鹏以往的经验,真是匪夷所思!

班里有名学生辍学了。晏鹏觉得,这么小的孩子,初中还没读完,能干什么呢?于是,他来到学生家里,进行家访。

学生家长直言相告,我们家孩子不是读书的材料。与其花钱读书,还不如趁早外出打工赚钱,将来好娶媳妇生孩子。

晏鹏告诉他们说,没有文化,只能干些苦力活,辛苦不说,赚钱也少。如果考上大学,有了文化,赚钱多,还不用费力气。一年比卖苦力几年都赚得多呢。

学生家长摇摇头,考大学太遥远了,不如打工赚钱实际,我们不做那个梦。

晏鹏与他们谈了两个多小时,学生家长硬是不为所动。

……

过了几天,班里又有学生辍学。晏鹏依然进行家访,争取让孩子复学。结果说法与前面那位学生的家长如出一辙。

晏鹏通过同事了解到,在这里,学生辍学非常普遍。初中一年级,一个班有60多名学生,但能读到初中三年级的,也就20个左右。其余的40多名学生,全都中途辍学了。

后来晏鹏又进行过几次家访,学生家长普遍为了眼前打工赚钱的利益,而不为孩子做长远打算。辍学的孩子们呢,从小受这种观念影响,也是只重眼前。

晏鹏猛然想起了多年前叔叔戴克维给自己讲的那个放羊娃的故事,一辈辈深陷在放羊的轮回里,这不就是活生生的例子吗?

真是无可救药啊!

那次家访回来,走到一处山坡上,晏鹏站下来休息。放眼四望,大山层层叠叠,与学校所处的山沟风景迥异。

蛰居在山沟里,满眼里除了石头,便是头顶窄窄的一线天空。可站在高高

晏鹏于 2014 年 9 月至 2015 年 7 月赴凉山州甘洛县田坝中学支教

的山坡上，极目远眺，远近风景，尽收眼底。人生，何尝不是如此呢？

就在此时，晏鹏似有所悟——自己以前不也相当于蛰居山沟吗，思维水平并不比这里的学生家长们高明。甚至因为读研究生的问题，叔叔打电话、见面谈心引导，不下 10 次；而徐海鑫老师更是时常劝导。他们苦口婆心，却几乎对牛弹琴！哎呀，自己真是好幼稚，好愚钝啊。

如果没有这次支教，晏鹏可能一辈子也看不到自己内心深处的"小农思想"。

后来晏鹏说，叔叔改变了我的命运，更重要的是改变了我的农村思维。而这，正是决定一个人前途命运的思想内核！

有句话说，一个人的格局有多大，舞台就有多大。所谓格局，就是一个人的思想境界。

毋庸讳言，支教前，晏鹏的思想境界，仍然被束缚在他根深蒂固的农村思维里。戴克维改变了他的这种思维，才真正帮他打破了思想枷锁，使他的命运发生了脱胎换骨的转变!

……

晏鹏给叔叔打电话,汇报了自己的想法。

叔叔听了很大一会没有说话,似乎是努力地平复了情绪以后,才夸奖晏鹏说,我就说嘛,你是很有潜力的。果然没有看错。

叔叔专程来山里看他,陪叔叔同来的,是陈浩。

这次田坝之行看似无意,叔叔实则"别有用心"!

附录

汶川大地震灾区采访手记之十一:

永远的宝藏

2008年5月28日　李春雷

昨天下午就接到通知:今天上午铁凝主席和金炳华书记将亲临灾区捐款并慰问。

捐款的地点就在都江堰市。

铁主席和金书记此行的另一个议程就是接我们回京。经过十天的采访,我们此行要结束了。

早饭后,我们携带行李,向都江堰赶去。

铁主席、金书记一行已在高速公路下道处等候。双方见面,分外亲热,铁主席甚至还与两位女作家进行了拥抱。

接着,在都江堰市抗震救灾指挥中心外的广场上,举行了一场简朴却隆重的捐款仪式。中国作家协会(不包括各省市作协组织)在向灾区捐款数百万元之后,这一次再捐10万元现金和若干顶帐篷。两位领导在现场都发表了讲话,再一次郑重重申了"作家不能缺席"的诺言。在听到有关灾情介绍后,作为女性的铁凝主席甚至再次流泪,使在场的人们慨然动容。

由于我们采访团的回京机票订在下午 2 点 30 分，而且登机之前在四川省作家协会还有一个简短的汇报会，所以，我们必须赶在 11 时 30 分之前赶到省作协机关。

　　午餐只有在会议室进行了。

　　在四川省作家协会的会议室内，铁凝、金炳华、高洪波等领导同志与大家一起，共进冷餐。餐后，汇报会开始了。

　　会议由铁凝主席主持。四川省作协主席吕汝伦报告了地震以来四川作家的情况。接着，高洪波副主席也汇报了采访团几天来的情况。在谈到作家们酝酿的作品时，高主席在讲话中再次提到了我的《夜宿棚花村》，他说这是一篇值得期待的作品。

　　会后，由于铁主席一行还要看望一下在川的老作家马识途、流沙河等人，所以便嘱咐我们提前登机。

　　这次采访的经历和震撼，对于我这个生命记忆以新时期为主的 40 岁的青年人来说，是从来没有过的。有生以来，我见惯了风平浪静，虽然在工作中和生活中也曾过波澜和曲折，但对比这场灾难来说，那算什么呢？

　　真正的大灾难，大悲痛，大幸运，大震撼，我从未经历过。但是这一次，我在现场看到了，听到了，感到了，闻到了。

　　我要认认真真地反思灾难，反思人生，反思文学，调整角度，写出真正的纯粹的发自人性深处的具有人类意识的文学作品，做一个真正的作家！

　　这一次灾区之行，将是我人生永远的宝藏！

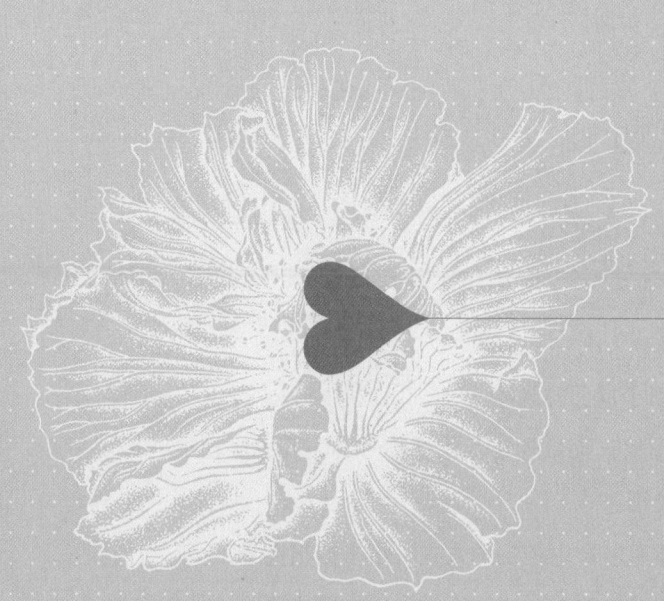

第十二章
芙蓉花开

十年风雨,十年磨砺,十年关爱,稚嫩少年一个个成长为英气勃发的青年。

他们终于领悟到,那一次次春风化雨的教导,那一次次不厌其烦的引领,都是为了放飞理想,让青春的步伐走得更远……

72. 摇摇摆摆的理想

2014年夏天，陈浩也迎来了自己的高考。

由于他被国家授予"抗震救灾英雄少年"荣誉称号的时间已经超过三年，因此不再享受大学"保送"政策。

所以高考前，伯伯建议他通过自主招生的方式，报考四川大学。

然而，因为高考时发挥不佳，陈浩与四川大学失之交臂，最终被泸州医学院录取。

陈浩学的是以医学为基础的应用心理学专业，但他由于曾经两次长时间住院治疗，对医院产生了本能的抗拒心理，因此不想毕业后做与医生、医院有关的工作。

2014年9月13日，陈浩入学泸州医学院

伯伯鼓励他考研，但陈浩也是"小富即安"的思想。他见早在初中或高中阶段就已辍学的同学如今结婚成家，生活过得有滋有味，于是也想大学毕业后尽快就业，然后娶妻生子。

陈浩长得帅气阳光，伯伯知道他比较容易受到诱惑，而此时陈浩已不期然地接触恋爱了。陈浩以为伯伯会批评他，结果伯伯并没有发表反对意见。

伯伯到四川出差时，会约他来成都，与他聊天谈心。但对于陈浩考研的事情，谈的反而不多，主要是谈些人生道理。其实，这时伯伯已经有了一个打算。

2015年"五一"期间，伯伯去甘洛看望在那里支教的晏鹏的时候，带陈浩一同前往。

在那个地处贫困山区的小镇上，陈浩震撼了。特别是晏鹏给他讲起当地学生家长根深蒂固的读书无用论的思想，更让他觉得不可思议。

从甘洛回到学校之后，陈浩的心思发生了微妙的变化。

……

2014年9月13日，陈浩入学泸州医学院报到

2014年9月,戴克维陪送陈浩入学泸州医学院

陈浩读大学期间的每个假期,伯伯总会安排他到著名的企业单位实习锻炼。

2016年陈浩大学二年级的暑假,伯伯帮他联系去天风证券武汉总部实习,见见世面。

天风证券人才济济,大学在读的陈浩在工作中明显感觉到力不从心。公司领导李巍曾借机鼓励陈浩大学毕业后继续深造,可以像安强哥那样出国留学读研,并可重新选一个自己喜欢又合适的专业,好好学进去,不然难以适应越来越激烈的竞争压力。

那天,伯伯给陈浩打话,问他能否适应公司的工作。陈浩的回答支支吾吾。伯伯说,8月19号安强赴美国留学,从北京出发。你向公司请个假,和

在西南医科大学(原泸州医学院)就读的陈浩(广州日报摄)

戴克维与孩子们集体谈心沟通

李巍大哥一起来北京送送安强哥哥。

在李安强出发前的几天里,哥俩在一起谈学习,谈未来。

送李安强赴美之后,陈浩试探着问伯伯,我是否也可以像安强哥哥一样,大学毕业后出国留学读研?

伯伯听后十分高兴,鼓励他把学习搞好,特别是英语,必须首先学习好。伯伯还谈到了陈浩的个人感情问题,说当前正是学习的关键时期,不要因为谈情说爱分散太多的精力。

……

新学期开始了,陈浩沿着自己的理想,奋马扬鞭,更加努力。

2018年5月12日,由戴克维发起的"欣鑫慈善基金会"在成都正式启动。

由于戴克维当天参加启动仪式与汶川地震十周年纪念活动,很忙。他本想与陈浩聊聊天,但一直抽不出时间。

再有一个多月,陈浩就要大学毕业了,考研的很多事情还需要商量,而且还要再给他鼓鼓劲儿。

自己抽不出时间,戴克维便安排前来参加活动的兰秀华与陈浩谈心。

兰秀华是戴克维从1995年开始资助的、云南丽江华坪县傈僳族的孩子。

在戴克维的帮助和影响下，兰秀华由一名从来没想过要考大学的孩子，后来考大学，读硕士，如今已是"985高校"——电子科技大学生命学院的在读博士生。是戴克维目前资助的几十个孩子中，学历最高的一位。

戴克维资助的十几名云南丽江华坪县傈僳族的孩子，后来多数考取了位于四川的高校。戴克维每次来四川出差，总会与云南和汶川地震灾区的孩子们见面，因而孩子们彼此间也十分熟悉，日常学习生活中互帮互助。

兰秀华鼓励陈浩全身心备考，争取考一所国外名校，确保留学质量。

……

那天忙完，已近深夜，陈浩也一直想与伯伯聊天，但是太晚了，不忍打扰。第二天一早，伯伯要返回北京。

当天晚上临休息前，伯伯来到陈浩房间，说今天太晚了，就不多说了。等你大学毕业的时候，我专门来一趟，商量一下你进一步学习的事情。

陈浩听了心里暖暖的。可看着伯伯走回自己房间时的背影，明显苍老了很多，他顿时鼻辣心酸……

73. 打开生命

地震受伤后，张凤深陷心灵的泥淖中，苦苦挣扎，难以自拔，是干妈王志航，是定期到北川中学做心理辅导的张阿姨，挽救了她。

从那时起，她便认定了拯救、抚慰和重塑人类灵魂的心理学专业。

随着知识的丰富、视野的开阔，张凤的职业趋向也越来越明确——做一名心理咨询师，帮助更多的人解除心灵的痛苦。

做心理咨询师需要丰富的阅历，才能达到与咨询者共同成长、互相启发的目的。因此，她与伯伯戴克维商量，大学毕业后是就业，还是读研。

伯伯的意见是，虽然就业也是增长阅历的途径，但读研可以接受更系统的学习，而且能够进一步开阔自己的眼界。见多才能识广，思想会更成熟。尤其你的身体状况，读研就能为你自立于社会奠定更坚实基础。

2013年5月，王志航与晏鹏、张凤等在一起

张凤觉得伯伯说的有道理，所以从大学三年级起，就开始了考研的各项准备。

伯伯联系考研辅导专业机构"万学海文"的好朋友，全额免费为张凤提供考研辅导。

伯伯曾介绍了很多孩子在这家机构进行免费考研辅导，并引导孩子们通过"少数民族高层次骨干人才计划"，报考研究生。

"少数民族高层次骨干人才计划"，是国家科教兴国战略举措。按照"定向招生、定向培养、定向就业"的要求，采取"统一考试、适当降分"等特殊政策招收新生，为西部培养一批少数民族高学历专业人才。学生毕业后按照定向培养和就业协议及服务年限规定，到定向地区和单位就业。

张凤打算报考广东或上海的重点高校。伯伯分析说，广东夏天炎热潮湿，会带来很多生活上的不便。而上海是国际化大城市，经济文化开放、先进，比较理想。

可是，当年上海的这家高校没有"少数民族高层次骨干人才计划"的招生名额。于是，张凤与伯伯商定，报考北京林业大学。

2016年5月,张凤去敦煌进行毕业旅行

2016年,张凤成功考取了北京林业大学心理学专业硕士研究生,专攻临床与心理咨询。

如今,张凤慢慢成长起来,变得更加洒脱与率真。谈到往事与生死,她也不再避讳。

"地震之后,我思考最多的就是死亡。一直在思考,也一直困惑着。对于灾难的巨大打击,我怀疑过生命的意义。现在,我慢慢觉得,'活着,是为了更好地死去'。这句话看似凄凉,但很有道理。当一个人把死亡当作活着的一部分的时候,心里就会豁然开朗,就会精心地过好每一天,而不再惧怕必然到来的死亡。

"死,并不可怕,就看当事人选择哪一种离开人世的方式。是在浑身插满管子、针头的痛苦中?是在无人陪伴的孤独中?还是在温馨的陪伴、幸福的回忆中呢?

"我平时很喜欢写日记,这些文字都是为以后自己老了写回忆录做的准备。死并不可怕,在满满的、幸福的回忆中,一点点老去,是一种岁月悠长的幸福……"

经过几年深入、系统的学习,张凤越发喜欢心理学专业了。

她在用心观察、思考、理解着社会,也更加清醒地认识、审视着自己。

2016年，张凤大学毕业，与同学合影留念

2018年夏，张凤在北京林业大学校园

内心更强大，人生更丰盈！

在满满的自信和希翼中，张凤的心灵事业，正在慢慢地展开……

74. 智慧，是生命的最佳气质

虽然刘敏已经成年，但却在丽江打工返程之前，患上了婴幼儿比较容易患染的"水痘"病。

一般情况下，成年人患水痘病，症状往往要比婴幼儿严重。而且，刘敏右腿的残端，水痘最为密集，已经亮起了密密麻麻的水疱，无法穿用假肢。

按照计划，他们坐火车返程。戴克维得知情况后，担心刘敏因为坐火车时间过长，水痘破裂后引发感染。于是，他安排工作人员为刘敏预订了由丽江飞往成都的航班。

2016年9月,刘敏被保送攻读南京大学法学理论硕士研究生

2017年冬，在南京大学的奖学金颁奖典礼上刘敏与校长陈骏合影

可是，刘敏却打电话请伯伯退掉机票。她说自己这次打工挣到钱了，要自己买机票。

伯伯也不强人所难，同意了刘敏的想法。

刘敏这次打工虽然挣钱不多，但却是她人生中挣到的第一笔钱。用自己挣来的钱买机票，使她拥有成就感。而这种成就感，会进一步激发她立足社会、自食其力的信心，增强学习的积极性。

这正是伯伯同意让刘敏自己买机票的真实用意。他总会利用日常生活的小事，润物无声地对孩子们进行成长教育。

这，或许就是大爱无形吧！

虽然刘敏自己买了机票，但因为她的肢体残端长了水痘不能穿假肢，旅行中会很不方便。伯伯就打电话和丽江机场联系沟通，建议对方准备轮椅和工作人员协助刘敏安检、登机。

刘敏飞抵成都的时间是夜晚。伯伯又安排司机到机场接刘敏，将她送到医院就医。

刘敏之所以把伯伯当作自己人生中最敬佩的人，绝不仅仅是因为学业和物质上的帮助，更关键的是，伯伯用自己的智慧，开启了她的心智，树立了积极的"三观"，学会了正确的处世方式。

那一次，她在四川大学江安校区参加完必修课考试，急忙骑着电动自行车，赶往老校区参加与学分无关的自选科目考试。

由于时间太紧，结果迟到了 10 分钟，监考老师不允许她进考场。

刘敏觉得委屈，便打电话向伯伯哭诉。伯伯安慰说，既然是自选科目，不必太在意。要学会有所放弃，把精力用在主要目标上。不能所有科目都要争名次，这样既分散了精力，也不利于搞好同学之间的关系……

听了伯伯的话，刘敏仔细想想，果然。这是在学校，将来走上工作岗位，如果也事事处处争先恐后，别人怎么展示才华呢？

始终有一双智慧的、温暖的眼睛在默默地关爱着自己，刘敏心里充满了踏实与幸福。

沐浴着伯伯与干妈的关爱，她安心学习，奋力拼搏。

在四川大学求学的 4 年中，刘敏先后荣获"中国大学生自强之星""四川省优秀共青团员""恒大集团全国'新青年新居梦'选拔赛亚军""四川大学法制知识竞赛（专业组）一等奖""'I 创意 WE 实现'创意大赛金奖"等 30 多项校级及以上荣誉；先后获得"全国残疾大学生励志奖学金"和"黄乾亨奖学金"；当选为优酷网"年度榜样自强人物典范"，并登上优酷头条；还担任"第九届全国残运会暨第六届特殊奥林匹克运动会"火炬手……

大学毕业前夕，刘敏以四川大学全校综合评定第 4 名的成绩，顺利进入向全国高校推荐优秀应届本科毕业生免试攻读研究生的面试名单。

2016 年 5 月，刘敏同时收到四川大学、武汉大学、南京大学三所"985"高校免试录取为硕士研究生的意向通知书。

此时，刘敏又站在了人生的一个至关重要的十字路口。该如何选择呢？她举棋不定。

生活中的事情，刘敏常常请教干妈。事关前途命运的大抉择，她首先想到的，必定是伯伯。

刘敏作为唯一的学生代表获选南京大学优秀共产党员,同时作为南京大学唯一入选的代表获得"全国高校百名研究生党员标兵"称号。图中作为南京大学"诚动天下"报告团首批成员刘敏,她正在分享她的成长心得

刘敏获得"百人会英才奖"

伯伯建议她选择南京大学法学系。

可四川大学向本校保送的是硕博连读啊。

伯伯帮刘敏分析得失利弊：南京大学录取的虽然不是硕博连读，但却是学术硕士。将来只要你自己愿意，学术硕士转博士不难。更重要的是，在南京读书，可以接受江浙文化的熏陶，大大开阔眼界。有些东西，从教科书中是学不来的……

刘敏愉快地听从了伯伯的建议。

入读南京大学法学系以后，她始终没舍得换掉当年伯伯帮自己选的手机号码。她要在伯伯的鼓励下，奋力拼搏，不管三七二十一，向自己的梦想迈进。

果然，刘敏不负众望。

2017年10月，导师正式提议刘敏转攻博士学位。

而且，年底她还获得了2017年度南京大学学生最高荣誉——南京大学"十大年度人物"荣誉称号。

就在2018年5月份，刘敏更是荣获"第十三届中国大学生年度人物"殊荣。

刘敏是南京大学"诚动天下"大学生成长报告团成员。她自信阳光的气质中，分明有着太多超越她年龄和人生阅历的智慧与成熟，连南京大学的校长都称她为"励志姐"。

75. 直视灾难

"我想我要感谢那场灾难，那场死亡，让我顿悟很多。曾经在冰冷的手术台上，看陌生人拿着手术刀与针，操纵我脆弱却真实的肉体时；曾经在轮椅上，长久失神于肉体上永久而骇人的伤疤时，我明白了温爷爷对我说的话：'灾难本身就是一所好学校，不要忘记这场灾难，因为这场灾难，因为他使我们懂得，在灾难面前，要永不屈服，永不退缩，永不低头，永远挺起不屈的脊骨。'"

2012年9月5日,戴克维陪送段志秀入学兰州大学

2012年9月5日，段志秀入学兰州大学。时任兰大党委书记王寒松（右二）与段志秀亲切交谈

2011年夏天，段志秀考取兰州大学。在大学新生主题班会上，她向同学和老师敞开了自己的心扉。

"今天，我在为学业打拼，为梦想奋斗，老师、同学对我很好，纵然有诸多不便、诸多困难，我却没有任何惧怕，我相信我能一一克服。人的脆弱和坚强都超乎自己的想象。有时，可能脆弱得听一句话便泪流满面，有时发现自己一咬牙便走过了很长一段路。"

……

2016年，段志秀因成绩优异，获准保送攻读本校民商法专业硕士研究生。

随着人生的阅历越来越广泛，她对人生的感悟也越来越深刻，已然一步步走出了地震灾难的阴影。

可以说，是华西医院给了她第二次生命，给了众多"5·12"汶川地震受伤的孩子第二次生命。

华西医院当时参与救治的医护人员，与这些孩子们结下了不解之缘。因而，

2016年6月,段志秀本科毕业

从 2008 年起，他们每年都要举办一次聚会。那是孩子们的"生日"，更是他们共同的节日。

2018 年 1 月 27 日，是他们第 10 次聚会的日子。

在这次聚会上，段志秀谈起了地震。虽然言语间不免感伤，但显然她已经能够正视那场灾难了。

"尽管从开始一切依靠轮椅到现在 5 年没碰过轮椅，一个人走遍很多地方，这中间经历了无力、挫败、愧疚、憎恶、埋怨，很多层变化。我曾好几个冬天因为买不到一双好看的鞋子而崩溃。可日子总是要过下去的。10 年时间实在是长，长到那些被震碎的荒山复又被秀丽的杜鹃花遮盖了。下一个 10 年，会发生什么我不知道，会失去谁也不知道。我们一直在长大，长到了需要面对以后、更要勇敢面对以前的年纪。废址的荒草也在慢慢长高，用一种生命的不休见证了另一种生命的消逝。它们的顽强更显悲凉，很久以后，那里就再也不会留下任何痕迹……"

"那时候的北川中学比不得现在，还只是个默默无闻的学校而已。是北川县里唯一的高中，所以，你说它是最好的？没有对比性的评价意义实在不大。当年踏进校门的所有人，谁也不能预见到自己会在这里面临生离死别；也不会想到，其中的一些人会把妈妈十月怀胎、辛苦给的完整身体，弄丢一部分在这个校园里。而太多人却永远留在了这里，成为如今博物馆地下的一抔黄土。那些进进出出的游客，都踩在他们身上。你们都要轻一点儿，不然会踩疼他们的啊……"

最后，段志秀说："我的家乡，有开得如轻羽般摇曳的满树羊角花，有声音清脆却悲凉的羌笛乐。北川羌族自治县，那个依旧美丽的地方……"

76. 做最好的自己

2017 年 5 月，晏鹏被安排到成都市金牛区法院刑事庭实习，做助理法官，主要负责案件材料整理、参与讨论案例和日常基础性工作，每月领受 2000 元

戴克维与孩子们交流谈心

生活补助。

　　同事们整天忙忙碌碌，既团结协作，又各有分工。

　　业余时间，志同道合的年轻人常常一起游玩、品尝美食，享受着欢乐的青春时光。

　　晏鹏人缘好，同事们对他的评价是成熟稳健又不失活泼，待人接物恰如其分富含真情。此时的晏鹏，与刚进北川中学读高中时已然判若两人！

　　晏鹏直言，这一切，得益于叔叔戴克维的帮助和影响。

　　其实，戴克维对于孩子们，从来没有严厉的说教，只是在具体的事例中，让他们自己感悟为人处世的道理。

　　在田坝镇甘洛中学支教时，有一天晏鹏把手机遗忘在讲桌上。等他想起来时，手机不见了。

　　要按照一般的处理方法，肯定会在学生中公开追查。

　　晏鹏把这件事说给叔叔戴克维。叔叔劝他不要声张。

　　叔叔说，在贫困山区，手机是稀奇的东西，小孩子难免会对它充满好奇

2018年，晏鹏获得法律硕士学位，于四川大学法学院顺利毕业

心。如果追查，手机可能会找回来，但却可能因此伤害一个孩子的心，把一个稚嫩但有些顽劣的孩子，变成自暴自弃的真"小偷"。

听了叔叔的话，晏鹏还是一如既往安心教学，只在课堂上轻描淡写地提示谁捡到了，帮忙放回桌上。

没有想到的是，一个星期后，丢失的手机果然又回到了讲桌上。

……

正是从一件件小事中，晏鹏在叔叔的引导下，慢慢地感悟着人生，完善着自己……

2017年6月11日，我与晏鹏相约见面。陪他一同前来的，是他的女朋友瑶瑶。

瑶瑶的老家，在都江堰市。

都江堰也是"5·12"汶川大地震的重灾区，万幸瑶瑶有惊无险。她2014年四川科技大学毕业后，在成都市政府机关工作。

女孩温润如玉，脸蛋儿圆圆，眼睛明亮，清澈如水；晏鹏浓眉大眼，健壮

2018年6月，晏鹏研究生毕业与导师合影

魁梧，质朴敦厚。两人走在一起，郎才女貌，天地良缘。

临别前，晏鹏略嫌羞涩地捧给我一份稿件，嘱咐我帮忙看看。他介绍说，这是他写的一篇小文章，虽然极不成熟，但却是真情实感。

这篇题目为《领悟》的小文章，质朴感人，于是便摘录下来：

我生性调皮，不安分，从小并不十分喜欢读书。

地震之前，我想读完高中考一所技工学校。学门技术，找份工作，自食其力，组建个小家庭，安安稳稳，过一辈子简简单单的生活就行了。

地震发生后，使我失去了很多，也得到了很多。我觉得失去和得到不能用"="">""<"来简单比较权衡。而是相辅相成，相互砥砺。失去了肢体，失去了很多同伴，失去了一些幼稚、狭隘、浮躁的思想；得到的不单是四面八方涌来的很多帮助，还有更宝贵的精神上的多重洗涤和全面提升。

失去，使我更加珍惜自己的生命、他人的生命，以及大自然的生命。得到，是因为得到了很多的关爱和帮助，使我及早地站在了一个更高更大的社会舞台上。人生的视角被拉远，因此变得更宽泛，更广大。生命的活力将会更强大，人生更丰富。

现在想来，地震不像是一场灾难，倒像是一个重大的人生转折。

面对无法回避的残疾，肯定会给生活造成一些困难。但到目前，我还没有感觉到有什么困难是不可跨越的。

有那么多人一直在关心、爱护和帮助着我们。

怎样回报社会？怎么感恩帮助我们的人？那就是我们不应该颓废，一定要生活好，工作好，让社会放心，让大家开心。

一些经历，回忆起来很苦涩。

对我来说，生命的意义就是沐浴着阳光和爱，一切向前看，努力向前进，做最好的自己！

2018年5月12日，晏鹏又回了一趟北川，来到曲山小学废墟前，看望弟弟。他跟弟弟说，再过几天，哥哥研究生就要毕业了。弟弟放心，哥哥会照顾好爸妈，会用心走好人生的每一步。因为，这是咱兄弟俩的人生……

前一天，晏鹏也参加了叔叔发起的欣鑫慈善基金会的成立仪式。他暗暗发誓，要像叔叔一样，将爱心，传递下去……

2018年5月24日，晏鹏顺利通过了硕士论文答辩。

戴克维清楚地记得，八年前的这一天，他在韩国收到晏鹏短信：他正在北川中学办公室里填写保送高校志愿书。这一天他还和晏鹏一起最终确定读川大法学专业的志向。

回想晏鹏八年来的成长和人格变化，戴克维感慨万分，莫大的欣慰充盈心头。

77. 颜色不一样的焰火

地震八年了，我觉得自己应该多些释然，多点接受，接受自己的优点，也接受自己的缺陷。这是我第一次在朋友圈发我假肢的照片。除了和我一样在北

李安强在微信朋友圈贴出裸露肢体残端和穿戴裸露的假肢的艺术照片,尝试公开自己的不完美

川中学经历了那次不堪回首的地震的高中朋友外,大学很多朋友都不知道我是半个 Iron Man(钢铁侠)。

我想,是因为之前的自己还不够释然。所以,有时候才会刻意回避这样的自己吧。

然而,八年过去了。我由一名16岁的脆弱少年,迎来了属于自己的第二个本命年,我长大了。

我就是我,或许只是颜色不一样的焰火……

这是 2016 年 5 月 12 日,24 岁的李安强确定赴美读研后,在自己的微信朋友圈里,写下的内心表白。

配图中,他身穿短裤,两个金属膝盖闪闪地发射寒光。

这是他第一次让自己的义肢"亮相"。

按照父母的身高和李安强个人健康综合数据,医生曾做过预测,他至少能长成 180 厘米的大个头。

但是现在的李安强,穿戴着假肢,只有 174 厘米。可他,在公开场合,仍旧自信地介绍说:"我,身高 180!"

……

李安强在朋友圈贴出裸露肢体残端和穿戴裸露的假肢的艺术照片

2017年8月,戴克维看望李安强

晏鹏、李安强截肢后参加了北川中学轮椅吉他队

2016年8月19日,李安强飞往美国,开始异国他乡的求学生涯。

几天前,他就来到了北京,住在大伯家里。大伯跟他谈了中美文化差异和待人接物的注意事项,鼓励他一定放开自己,大胆融入新环境。

大伯的夫人沈新华,为李安强准备了新被子和适用的生活用品。大伯的女儿把她留学英国时的牛筋质地大旅行箱送给他。大伯还为他重新购置了笔记本电脑。沈阿姨还专门到酒店借来抽气工具,将棉被包装袋抽了真空。压缩了的被子体积小小,但是爱心满满——在美国求学期间,李安强一直用着沈阿姨送他的棉被。

陈浩来送李安强,这哥俩也谈了很多。李安强与他分享了自己的学习经验,并一再鼓励他用心学习,全面做好出国留学的准备。

干妈也来了,为李安强准备了不少美食。

大伯、沈阿姨、大伯的女儿、干妈、李巍大哥、陈浩,和在京读书、工作的众多小伙伴,大家一起来到首都机场为李安强送行

机场工作人员很惊奇地问李安强,怎么这么多人来送你啊?李安强幸福地笑笑说,我家亲人多。

沈阿姨联系安排了专用服务,由

机场工作人员用轮椅推送李安强，走专用通道过海关安检和登机，免去了脱下假肢接受安检的麻烦，大大节省了长长的出境排队等候时间。

李安强孤身一人，在国外生活习惯吗？

其实，多年以来，他在干妈与大伯的影响下，已经练就了很强的自理能力。

李安强在校外租了一间民房，自己开火做饭。除了特殊情况，一般都是自己在家做中餐。

他原本就性格开朗，自信阳光，因此深得美国同学的喜欢。再加之他做得一手美味的中国菜，更是让他的小屋成了国际会客厅。

遇到节假日，同学们便不请自来，纷纷要求 Mr Li 展示展示。

李安强为美国同学包饺子，做回锅肉。但他最拿手的，还是麻辣火锅，地道的川味。美国同学吃得头冒热汗，举着大拇指不停地说"OK，OK"。

李安强经常把自己的拿手菜拍成照片，用微信发给大伯和干妈。大伯和干妈便会转发到自己的朋友圈，分享他的愉悦、快乐。

因为李安强身在美国，我对他进行电话采访。

谈到成长经历时，李安强说自己很幸运，遇到了干妈和大伯。他们不仅改变了我的命运，也改变了我家族的命运……

善莫大焉！

……

我上网查阅了李安强的微博，那一条条质朴率真的博文，袒露着他的心迹：

2011年，我的四川大学，您发来了当年的第1号录取通知书。那时的我，还是一个懵懂的少年。四年，所有青葱岁月能和您一起度过，真是我的荣幸与福气。感谢您让我有了勇于跨越每一座"长桥"的勇气！

……

有你们，我怎能不勇敢；有你们，我怎能不阳光；有你们，我怎能不奋发图强！感恩，每一个爱我的和我爱的人！

……

爱来得实在太浓烈，让我实在受宠若惊，唯有努力，不辜负！

……

2018年5月李安强以全院最高学分绩点从美国罗格斯大学公共管理学硕士研究生毕业

我们的时光,是无忧的时光,是最精彩的岁月,不会被什么改写!
……

李安强的微博上,还有很多他自己拍摄的吉他弹唱小视频。

在北川中学读高中的时候,首都师范大学奔赴北川的志愿者曾组织伤残学生成立轮椅吉他队,李安强从那时起便喜欢上了吉他弹唱。

不过,那时候学校组建轮椅吉他队,一来是为孩子们排解忧烦,更重要的是,打算为这些孩子们增加一项求生技能。想想当初,看看现在,真是云壤之别!

他新近的一段小视频,弹唱的是名为《以为》的一首歌。这首原本带着淡淡忧伤的歌曲,却被他唱出了一股孤傲和执着:

我以为鸟儿长出了翅膀，就能够飞翔；我以为鱼儿离开了池塘，它还是一个样；我以为还有另外一个地方，和家乡一个样；我以为只要弹琴把歌唱，就有快乐没悲伤……

2018年4月12日，李安强顺利通过硕士学位论文答辩。

原定最长33个月周期的项目课程，李安强用不到两年时间就完成了，且各科目全A，并因学分绩点全院最高而被授予德雷克塞尔·戈弗雷奖。

该奖项是以该校MPA专业创始人、前美国中情局副局长德雷克塞尔·戈弗雷博士的名字命名，每年授予应届毕业生中学分绩点最高的一名学生。

谈到回国后的打算，李安强说想搞教育。或者当一名教师，或者创办一家教育机构。不过目的只有一个，就是去教育和影响更多的人，把爱，传递下去……

当然，他回国后的第一站，是北京大伯家——那个他留学梦想起飞的地方！

78. 最幸福的母亲

2016年11月7日，王志航迎来了自己的第60个生日。

小芳在丈夫的陪伴下，带着孩子来了；晏鹏来了；陈浩来了；段志秀来了；刘敏来了；张凤来了，王志航的孩子们能来的都来了，李安强也从美国发来了生日贺卡……

这一天，她立下了一份遗嘱：我死以后，遗体全部捐献，骨灰撒向任何河流；我死以后，不占一寸土地，不树碑立传！

这一天，她收到了一份宝贵的礼物：上海的阿文夫妇从当月起，每月给她发放养老金，直至她生命终结！

这一天，她写了一则日记：

"来之不易的花甲，我和我的众孩子们、朋友们、后天的亲人们，隆重地

2016年7月,王志航送王虎前往资阳加多宝工厂工作

迎接了她的到来。这一天,我强烈感觉到,我的生命才刚刚开始,而不是正慢慢老去。她前所未有地鲜活、轻盈。灵魂与肉体轻盈得仿佛化作一只羽毛,飞向天宇。

"我的世界充满爱,我依然热烈地爱着我自己,爱着我的孩子们,他们是我一生中最为宝贵的财富!

"我,是世界上最幸福的母亲……"

是的,2017年的生日,王志航也是世界上最幸福的母亲。将来的每一个生日,每一天,她都会是世界上最幸福的母亲……

十年来,孩子们在各自的青春世界里,哭泣、歌唱、得意、失意、恋爱……如今,出国的,搞对象的,读研的,上班的,各自绽放着自己的青春。

而戴克维退休了,也快乐地生活在自己的轨道上。创办了"欣鑫慈善基金会",工作之余去会见老同学,去苏州100医院看望老母亲,清明节去扫墓看父亲。当然,孩子们有什么心事,还会要找他。

他只有一个女儿,却又有这么多儿女。

王志航呢,虽然老了,红颜不再,但经历沧桑之后,却活得更明白,更扎实,更真实,更自信了。她时常照照镜子,看着真实的自己。她笑着,笑成一朵菊花。

她活在光明和温暖中，像在天堂，像在梦乡，像在理想。但分明，又在现实中，正在现实中……

附录

汶川大地震灾区采访手记之十二

再访棚花村

2018年5月11日　李春雷

暮春时节的一个早上，我从成都出发，赶往棚花村。

当时，正是踩着这片颤抖的土地，我走进了一个个颤抖的灵魂，产生了对生命意义的深层思考和追问，从而写出短篇报告文学《夜宿棚花村》，初步找到了文学的自信。

十年过去了，这片土地的伤疤早已愈合，灾区的楼房站起来了，灾民的灵魂也站起来了。又是一年春来到，石榴猩红，枇杷金黄，桑葚槐花，各呈黑白。一汪汪温静的水塘，宛若一颗颗丰盈的明眸……

记得十年前，从成都到小村，百公里的路程，辗转行走大半天。这一次，成都的朋友开车送来，导航直达村部，仅仅一个小时。

不想，刚刚靠进村部，骤然听到一阵阵凄厉的狗叫。

我心内一惊，仿佛又发生了一次大地震。

原来，两个防疫人员正在为狗狗们打防疫针。村民们牵着狗儿，零零散散地来，陆陆续续地走。娇贵的小狗惊惧不堪，畏畏缩缩不肯上前。防疫员只好用长长的铁夹子，把狗夹住，强行注射。狗们声嘶力竭地哀求着、嚎哭着，如临大刑，如丧考妣。注射结束，狗儿们瞬间便恢复顽皮，嬉笑着向"施暴者"行礼致敬。

防疫人员告诉我，棚花村几乎家家豢养宠物狗，所以每年春天必须注射疫苗,这是地震后形成的新习惯。

这时,村委会办公室的大门猛然打开,一个黧黑且壮实的男人快步走出来,紧紧抓住了我的手。

他,就是《夜宿棚花村》的主人公——本村党支部书记付少平。

当年,在作品中,我并没有写出他的名字,曾经引起许多读者疑问。其实,我有着自己的寓意:他就是那个特殊时期里整个灾区的村干部形象,沉默着,苦干着,像一头含着泪水拉车的耕牛。

我看着他,还是那么健硕,黑黑的脸庞,威严的目光。两只大手,铁钳子般刚劲。十年了,他几乎没有什么变化。

在办公室小坐之后,他便陪着我,步行在村里转悠。

棚花村分六个自然组,分散在山坡上。地震之前,这里完全是传统农业,以油菜、小麦与水稻轮茬种植为主,上千块耕地,高高低低、扁扁圆圆,村民们只是聊以温饱。

付少平告诉我,现在全村1649人,与地震前相差无几;耕地890亩,另有6000多亩山地,全是天然林。地震之后,最大的变化就是土地集中流转。外来的几个种植大户把流转的土地进行重新平整,成方连片,种植优质猕猴桃。村民们的土地租金比过去种植油菜、小麦和水稻的收入还要高,而且还能打工挣钱。

土地流转之后,一部分村民就地打工,变成农业工人;还有一部分村民开办农家乐餐饮和旅馆。这几年,生态成为棚花村的一张名片,这里背靠大山,远离喧嚣,森林丰茂,是负氧离子高度聚集的地方,吸引着城镇居民纷纷前来休闲度假。村民们开办的农家乐旅馆,竟达40多家,而沿路出售山货的商铺,更是不计其数。

即使如此,村民们仍然保留着一个传统:在房前屋后或自留地里种植油菜。菜籽成熟后,送到作坊里榨油。菜籽油,是川人最原始的能量。那种喷香,是祖传的味道,祖宗的味道。

我们走进五组的一户人家。这户的女主人名叫李生珍,就是作品中提到的那位在地震中失去婆婆和孙女且丈夫重伤的妇女。她已经六十多岁了,灾后在国家和外地企业人士的支援下,盖起了新房。丈夫的身体完全康复了,儿子儿媳又生育了一个孩子。

她家的后院里是一片山坡,长满毛竹。春天里,她就在林下挖竹笋,还可以种植鱼腥草。这种棕黄色的腥气浓浓的奇异草类,是城里人的好口味,价格蛮高呢。

在村街上,我们还遇到了一位奇特的老人。

老人名叫邓少模,年近七旬。他本是绵竹县城人,20世纪70年代作为知识青年下乡到棚花村,由于出身等原因,无奈落户于此。可经过几十年的生活,他已经完全融入了这片苦难却温暖的土地。地震的时候,他正在镇上的一个茶楼上与朋友喝茶。小楼倒塌,朋友亡命,他跳楼得以逃生,腿部骨折。这几年,他越发钻研地方文化,收藏民间旧物,对小村的根脉进行了深深且细细的梳理。

他告诉我,正在编写村志,已达十几万字。

邓先生,真是一位乡贤呢。

在后街的一座小楼里,一群姑娘正在进行刺绣——那是正宗的蜀绣。地震之后,棚花村竭力挖掘传统手艺,多多培育蜀绣新人,村里有几十位姑娘、媳妇成为能手。这些年,小村的蜀绣产品已经远销海内外。

付少平告诉我,2017年,全村人均收入达到18666元,几乎是震前的十倍。

那天的午饭,仍是在付少平家。

他的家,宛若一处花园。当年的废墟上,建起一栋精致的二层小楼,白墙蓝瓦,四围青竹。园中开挖一汪小湖,湖中心筑一座小岛,岛上建造了一枚凉亭。水声潺潺,鸟鸣啾啾,竹影摇晃,清风舞香。

地震之前,付少平在城里曾开办一家装修公司,小有积蓄,加上国家的灾后重建补贴,正好筑建新巢。

不用说,我再次见到了那位主任娘子。

其实,她,才是《夜宿棚花村》中的一号主人公。

出于与付少平相同的原因,我当初在作品中也没有透露她的名字。现在,我可以郑重地告诉大家,她叫邓洪英,是一位典型的四川俏媳妇。

出乎我意料的是,她的面貌也几乎没有什么变化,反而似乎更加水灵了。

当时的憔悴，岁月的沧桑，正好抵消。她，仍是当年的阳光和乐观。见到我，仍是笑。转眼间，就端来一杯翠青色的新鲜绿茶。再一转身，就到厨房里忙碌去了。

更让我惊奇的是他们的女儿——付雪君。

当年，我在他们家用餐时，旁边有一个小女孩，十三四岁，眼睛圆大大，头发毛蓬蓬，似乎是一个腼腆的丑小鸭。而现在，明眸皓齿，秀发飘飘，身材高挑，性格开朗，是一个典型的四川美女呢。这期间，她高中毕业，和许多农家女儿一样，没有考上大学，于是便找工作，在镇上派出所做临时工。由于勤奋用心，深受全镇好评。在工作中，他认识了一个志趣相投的小伙子，而后结婚并辞职。小夫妻共同做生意，很快便发财致富，竟然购置了一辆"宝马"。

这天的午餐煞是丰盛。厨房里，各种调料应有尽有。女主人拿出她的全部手艺，做了十多个拿手川菜：回锅肉、水煮鱼、蒜泥白肉、酸辣腰花……

饭菜上桌，她又摆出几瓶白酒和啤酒，爽朗地说："今天可要真喝酒啊。"

付少平和我，相视而笑。

不用说，那一天，我们喝得高兴。如入梦寐，如入仙苑，感慨唏嘘，云雾满天。

这天晚上，付少平安排我住进一个农家乐。

静静的夜空中，星星闪烁，香雾氤氲。窗外是一望无际的猕猴桃园。一棚棚藤蔓缠绕着，数不清的毛茸茸的"小猕猴"们交头接耳，在私语着心底的秘密，唑唑唑，嗡嗡嗡，沙沙沙。那是大地的吟唱，那是生命的诗篇，那是永恒的梦想。

打开窗户，几缕缓缓的犬吠，悠然响起；一袭浓浓的花香，扑面而来。

闭上眼，我分明看到了小村明媚的笑靥……

后记　爱永远……

"我以为我是去爱他们，却被他们涤荡了灵魂。每一个孩子都是强者，他们对生命的热爱震撼着都市里无病呻吟的成年人，也包括我。'5·12'地震，震醒了我，孩子们拯救了我的灵魂，让我找到了人生的价值和意义……"

在采访中，王志航的这段话，让我陷入了深深的思考。

是啊，如果没有去做抗震救灾的志愿者，王志航仍然是王志航，摆摆"龙门阵"、穿着睡衣在小区里闲晃。

但是，如果王志航没有去做志愿者，世间就少了一个"绿丝带"爱心团队，因此可能会多出几百个身心伤残后自暴自弃的张志航、徐志航……

2014年7月在北京，几名青年志愿者策划组织几十名与戴克维有密切联系的孩子到访北京。晏鹏主持了午餐会，并为戴克维庆祝生日。

王志航毫不讳言，如果自己有孩子，她或许不会去做志愿者，因为不仅没有那么多的时间和精力，存款也会留给自己的孩子。

万丈黄尘，如此不可捉摸，众多机缘巧合，竟然成就了拥有200多个子女、幸福快乐的王志航，成就了众多胸怀中国梦的张志航、徐志航……

地震灾难降临之初，王志航并没有怀揣为国家分忧解难的宏愿，只是不想碌碌无为、混天聊日，只是想在灾难面前搭把手、出份力。

然而，谁也不会想到，她竟然做成了如此功德无量的"大事业"，不仅改变了自己的命运，更改变了许许多多伤残孩子们的命运，也的的确确地在为国家分忧，解难！

静下心来想想，其实我们每个人，来到这个世界上，都肩负着自己的使命和责任。哪怕最平凡、最草根的人，内心深处都怀有善意，只要奉献爱心，都会洒下一片绿荫。

在四川，在中国，有众多"王志航"，用爱心编织起了长长的"绿丝带"。

这，正是灾区梦想起飞的希望，是民族心灵涅槃的暖巢！

2015年6月，戴克维从繁忙的工作岗位退休，开始着手创立永久性爱心事业——"欣鑫慈善基金会"。而王志航，还有更多的爱心人士，都是最忠实、最坚实的拥趸！

戴克维诚恳地说："很多时候，一个人的力量是不够强大的，但是，我们可以组织、动员、发动身边的人，集聚力量。我相信，我们调动社会力量，一定可以帮助更多的人。"

2018年5月12日，汶川地震十周年纪念日这一天，"欣鑫慈善基金会"在成都正式启动！

……

如今，戴克维和他的团队，正将多年来纷繁的爱心事业进一步梳理规范，统筹运作，形成完善的资源管理和使用机制，融合更多的社会资源，把更多的爱心凝聚起来，传递给更多、更需要的人，温暖和照亮更多苦难中的前行者。

让爱，延续，永远……

李春雷
2018年5月20日

附录 "5·12"汶川大地震亲历者感言

痛苦与骄傲，这一生都要拥有。

——全国抗震救灾英雄少年　陈浩

地震给柔弱的我，锻造出了一双飞出大山的丰满翅膀。

——左腿高位截肢者　段志秀

现在想来，地震不像是一场灾难，倒像是一个重大的人生转折。

——右腿高位截肢者　晏鹏

不完美的躯体，也可以拥有完美的人生，因为人生路上我们会相遇很多美好。

——右腿高位截肢者　刘敏

过去终将成为过去，而未来却有无限种可能。或许，你会偶尔愤慨命运的不公，但你也终将会感恩命运。

——双腿高位截肢者　李安强

地震之后，我想得最多的就是死亡。我慢慢觉得，活着是为了更好地死去！

——双腿高位截肢者　张凤

地震突然震醒了我，拯救了我的灵魂，让我把爱的能力释放了出来，倾情于无数个孩子。

——志愿者　王志航

这些孩子单纯而勇敢，面临灭顶之灾，没有成年人的"深谋远虑"和瞻前顾后，为救他人不考虑别的，致使自己终身残疾。这是至真的纯粹！命运已经把他们推出正常的生活轨道，社会应该给他们足够的庇护。

——爱心人士　戴克维

从山村出发的青春队列，2011年9月18日成都。

晏鹏
汶川地震中被砸埋
在废墟中救同学，导致右腿高位截肢
二级伤残
法学硕士，毕业于四川大学法学院

李安强
汶川地震中被砸埋
在废墟中救同学，导致双腿高位截肢
一级伤残
管理学硕士，毕业于美国罗格斯新泽西州立大学公共事务与管理学院

陈浩
汶川地震中为救同学而被砸埋，导致脏器、肢体严重受伤
三级伤残
被四部委授予"抗震救灾英雄少年"称号
理学学士，毕业于西南医科大学人文与管理学院

刘敏
汶川地震中被砸埋，导致右腿高位截肢
二级伤残
法学硕士，毕业于南京大学法学院

张凤
在汶川地震中被砸埋，导致双腿高位截肢
一级伤残
教育学硕士，毕业于北京林业大学人文社会科学学院

段志秀
汶川地震中被砸埋，导致左腿高位截肢
二级伤残
法学硕士，毕业于兰州大学法学院